クリスティー文庫
55

死の猟犬

アガサ・クリスティー
小倉多加志訳

早川書房

5341

THE HOUND OF DEATH
by
Agatha Christie

Translated by
Takashi Ogura
Published 2020 in Japan by
HAYAKAWA PUBLISHING, INC.
This book is published in Japan by
arrangement with
AGATHA CHRISTIE LIMITED
through TIMO ASSOCIATES, INC.

目次

死の猟犬

死の猟犬

The Hound of Death

　わたしが最初その事件のことを耳にしたのは、アメリカの新聞特派員をしているウィリアム・P・ライアンからだった。彼がニューヨークへ帰るという前夜、わたしは彼とロンドンで夕食を共にしたが、そのときわたしは何気なく明日フォルブリッジへ行くことを話した。

　彼は目をあげると鋭い口調で言った。「コーンウォールのフォルブリッジかね？」

　コーンウォールにフォルブリッジというところがあるのを知っているのは、今どき千人に一人あるかなしだ。フォルブリッジと言えば、たいていの者がハンプシャーのフォルブリッジだと思う。それだけにライアンがコーンウォールのほうを知っていたことがわたしの好奇心をそそった。

「そうだよ……きみ、あそこを知ってるのか？」

あいにくご存じなのさ、と彼は答えたきりだったが、そのあとで、ひょっとしてきみはトゥレアンという家を知らないかねと訊いた。

わたしはますます興味を感じた。

「知るも知らないもないよ。じつはぼくが行くのはそのトゥレアンなんだからね。あそこは姉の家なんだ」

「ふーん……そいつはおどろきだなあ！」

奥歯に物がはさまったような言い方をせずに、もっとはっきり言ってくれとわたしは言った。

「よかろう……ただそうするには、どうしても戦争がはじまった頃のぼくの体験談からはじめなけりゃならないんでねえ」

わたしは溜め息が出た。これからわたしが話そうという事件が起こったのは一九二一年のことだ。戦争のことを思い出させられるのは誰でもいやだ。さいわいやっとそれを忘れかけていたのだから。おまけにわたしはよく知っていたが、ライアンの戦争体験談ときたら、とても信じられないほど延々と続いて尽きるところを知らないのだ。

しかし今さらごめんだと言うわけにもいかなかった。

「たぶんきみは知ってるはずだが、戦争がはじまった頃、ぼくは社用でベルギーにいてね……あちこちとびまわっていた。ところで、ある小さな村があってね……ま、X村とでもしておこう。猫の額と言ってもいいような狭い村だが、そこにとてつもなく大きな修道院があった。なんていうかな……白衣《びゃくい》の修道女がいたが、教団の名前は知らないんだ。とにかくそんなことはどうでもいい。ところでこの小さな村がちょうどドイツ軍の進路にあたってたんだな。槍騎兵《そうき》がやってきて……」

わたしはもじもじした。ライアンは心配するなというふうに片手をあげた。

「大丈夫だよ……ドイツ兵の残虐物語をするってんじゃないから。そりゃあ残虐行為だってあったかもしれないが、ぼくのはそうじゃない。ほんとはその反対なんだ。ドイツ兵は修道院に向かって進んでいった……彼らがそこに着くと、いっぺんに何もかも吹っとんじまったんだ」

「ほんとか！」わたしはいくぶんおどろいて言った。

「おかしな事件だろう？　もちろんぼくだって率直に言えばドイツ兵たちはお祝いでもやって、ふざけ半分に爆発物を持ち歩いてたんだろうって言いたいよ。が、そのとき彼らはそんなものはまるきり持ってなかったらしいし、そんな高性能爆薬を持つ部隊でもなかった。となると、きみに訊くが……どうして修道女たちが高性能爆薬のことを知ってたんだろう？　尼さんがだよ！」

「変だなあ！」とわたしも相槌をうった。

「ぼくは農民たちがその事件の話をしてるのを聞いて、こいつはいけると思った。もちろん連中の話は例によって例のごとしだったがね。それによると、この事件はそれこそ天下一品、効果百パーセントな奇蹟の現代版ってことになるんだ。その修道院の修道女のうちの一人は、〝うら若い聖女〟というもっぱらの評判だったらしいが、その女が神がかった状態でいろんな幻《まぼろし》を見たんだな。で、農民たちの話によると、爆破は彼女のやった奇蹟だというんだ。彼女が稲妻《いなずま》を呼びおこして、不敬なドイツ兵を吹っとばしちまった……もちろん彼らは木っ端みじんだったが……有効距離内にあったものは何もかも吹っとんじまった。まさにとびきりの奇蹟だよ、こいつは！

この真相はよくわからなかった……暇もなかったしね。ちょうどその頃は奇蹟ばやりだった……モンス（ベルギー南西部の都市）に天使があらわれたとかなんとかでね。ぼくはそいつを記事にして、ちょっとばかり悲愴感も加え、宗教的な差し障りのあるところは削って本社へ送った。こいつが合衆国でえらくうけてね。やっぱりあっちでもその頃はそういったものがよろこばれていたんだな。

ところが……こう言ってもきみにわかってもらえるかどうか疑問だが……書いている

うちにだんだん興味が湧いてきてね。真相を突きとめてみたくなったんだよ。現場は見たが、べつにどうってことはなかった。ただ壁が二つまだ残っていて、その一つに火薬のあとがまっ黒についていた。そしてそれが大きな猟犬の形そっくりなんだ。付近の農民たちはその痕《あと》を死ぬほどこわがってた。死の猟犬だと言ってね。暗くなると、そっちのほうへ行こうともしないんだ。

迷信ってやつはおもしろいもんだが、ぼくはそうしたことをやってのけた女性に会ってみたいと思ってね。彼女は事件のときには死ななかったらしいんだ。ところが彼女はほかの避難民たちと一緒にイギリスへ行っちまってた。ぼくは苦労して彼女の行方を捜した。そしてコーンウォールにあるフォルブリッジのトゥレアンに送られたってことを突きとめたんだ」

わたしはうなずいた。

「戦争の初期に姉はベルギーからの避難民をたくさん世話してたからね。二十人くらいもいたろう」

「ふーん……ぼくは時間があったらその女性に会おうと思ってた。彼女の口からじかに例の事件のことを聞きたかったんだ。ところが忙しいやら何やらで、忘れるともなく忘れちまってね。とにかくコーンウォールはちょっと辺鄙《へんぴ》だし……じつはたったいまきみがフォルブリッジって名前を言うまで、ぼくはもうすっかり忘れてしまってたんだ」

「そいつはぜひ姉に訊いてみよう。何か聞いてるかもしれないから。もちろんベルギー人たちはもうとっくの昔に引き揚げてしまってると思うが……」

「そりゃそうだろう。しかしきみの姉さんが何か知ってたら、楽しみに待ってるから知らせてくれないか」

「もちろんそうするよ」とわたしはよろこんで答えた。

ということで、そのときはそれで終わった。

わたしがその話のことを思い出したのは、トゥレアンに着いて二日目だった。そのときわたしは姉とテラスでお茶をのんでいた。

「キティ、あんたが前に面倒をみたベルギー人の中に尼さんはいなかった？」

「まさかシスター・マリー・アンジェリックのことじゃないでしょうね？」

「そうかもしれないよ」とわたしは慎重にかまえて言った。「その女性のことを話してもらいたいんだけど……」

「まあ！　やっぱりそうなのね。とっても神秘的な人だった。まだここにいるわよ」

「え？　この家に？」

「いいえ、この村によ。ローズ博士のとこ……あんたローズ博士のこと知ってる？」

わたしは首を振った。

「八十三ぐらいのおじいさんならおぼえてるけど……」

「それはレアド博士よ。ああ！　あの人はもう死んじゃったわ。ローズ博士はここにきてからまだ五、六年にしかならないの。うんと若くて、新知識にとっても熱心な人。シスター・マリー・アンジェリックにとても興味をもっててね。彼女が幻覚やら何やらを見るもんだから、医者の立場から見るとずいぶんおもしろい研究対象になるらしいの。かわいそうに彼女はどこも行くとこがなかったの……それにじつのところ、わたしから見るとひどく常軌を逸していて……いえ、言い方がわるいけど、まあ感情の波がはげしくて……で、今も言ったように行くところがなかったもんだから、ローズ博士が面倒をみてこの村にいられるようにしてあげたのよ。きっと彼女について、ほら研究論文とかなんとかお医者さんが書くものを書いてるんでしょう」

彼女はちょっと口をつぐんだが、それからまた言った。「あの女性のこと、何か知ってるの？」

「ちょっと妙なことを聞いたからさ」

わたしはライアンから聞いたとおりに受け売りした。キティはひどく興味をそそられた様子だった。

「あんただって吹きとばしかねない人よ……こう言うとなんだけど」

わたしは好奇心をかきたてられて――「ぼくはぜひその若いご婦人に会いたいんだがね」

「会ってごらんなさい。わたしだってあんたがあの女性をどう思うか知りたいもの。さきにローズ博士に会いに行くといいわ。お茶のあとで村まで歩いていったらどう？」

わたしはそのすすめに従った。

さいわいローズ博士が在宅だったので、わたしは自己紹介した。人あたりのいい青年だったが、わたしは彼の人柄にどことなく反発を感じた。ひどく押しつけがましくて、なんとなくわたしの気にくわなかったのだ。

わたしがシスター・マリー・アンジェリックの名前を言うと、とたんに彼は緊張に身をかたくした。あきらかにひどく興味を感じた様子だった。わたしは事件に関してライアンから聞いたことを話した。

「ほほう！　とても参考になります」と彼は思案顔で言った。

それからチラッとわたしを見てから話を続けた――

「この症状はずばぬけて興味のあるものでしてね。あの女性がこの土地にきたときは、何かひどい精神的なショックをうけているようでした。それにはげしい興奮状態にもありました。まったくびっくりするような幻覚に悩まされていましてね。性格もまったく特異なものです。ひとつご一緒に会いに行ってみましょう。いちど会っておいてもわるくはありませんよ」

わたしはよろこんで承知した。

わたしたちは連れ立って出かけた。行きさきは村はずれにある小さな家だった。フォルブリッジはそれこそ絵に描いたように美しい村だ。村の大部分はフォル河の河口の東岸にある。西岸は切り立ったような絶壁つづきで家を建てるには不向きだが、それでも崖の斜面にへばりつくようにして何軒かの家が立っている。博士の持ち家はその断崖の突端にちょこんと立っていた。そこから見おろすと、大きな波が黒々とした岩にくだけているのが見える。

わたしたちが行こうとしている家は海の見えない奥のほうにあった。

「あそこにはこの地区担当の看護婦が住んでるんですがね。シスター・マリー・アンジェリックも一緒に住ませることにしたんです。腕のいい看護婦がそばにいるほうが安心ですから」ローズ博士が説明した。

「態度なんかは普通なんですか？」わたしは好奇心にかられて訊いた。

「ま、もうすぐご自分で判断していただきましょう」と彼は微笑しながら答えた。

わたしたちが家の前までくると、ずんぐりした、感じのいい看護婦がちょうど自転車で出かけるところだった。

「やあこんばんは……患者の様子はどうだね？」と医者が声をかけた。

「相変わらずですよ、先生。両手を膝において坐ったきり、ぼんやりしてます。まだ英語がわからないせいもあるんでしょうが、わたしが何か言っても返事をしないことのほうが多くて」

ローズ博士はうなずいた。看護婦が自転車で行ってしまうと、彼は家の入口に行ってドアを強くノックしておいて中に入った。

シスター・マリー・アンジェリックは窓のそばに置いた長椅子に寝ていた。わたしたちが入っていくと彼女は顔をねじ向けた。

一風変わった顔だった——青白く、肌がすきとおるような感じで、目がいやに大きい。そして底知れない悲しみが浮かんでいるようだった。

「こんばんは、シスター」と医者はフランス語で言った。

「こんばんは、先生」

「紹介しましょう……こちらは友人のアンストラザーさんです」

わたしが頭をさげると、彼女はかすかに微笑をみせてうなずいた。

「で、今日はどんな具合です？」と医者は彼女のそばに腰をおろしながら訊いた。

「相変わらずです」ちょっと口をつぐんでから続けた。「まるでみんな夢みたいで……。すぎていくのが日なのか……月なのか……それとも年なのか……？　よくわからないんです。夢だけがほんとみたいな気がして」

「じゃ相変わらず夢はよく見るんですね？」

「いつも……いつもです……それにおわかりでしょうか？……その夢のほうが実際のものよりもほんとのような気がするんです」

「故郷の夢を見るのですか？……ベルギーの……？」

彼女は首を振った。

「いいえ。実際にはない国の……全然この世にない国の夢を見るんです。でも、あなたはわかってくださるでしょう、先生？　もう何度もお話ししましたから」そう言うと口をつぐんだが、すぐまた取ってつけたように――「ところでこちらもお医者さまなんでしょう？……脳の病気のお医者さまなんでしょう？」

「いや、ちがうよ」ローズは相手を安心させるような口調で言ったが、そう言ってにこにこする彼を見て、わたしは彼の犬歯が並はずれてとがっているのに気づいた。そしてそれを見たとたん、ふとそういえばこの男にはどこか狼みたいなところがあると思った。彼は続けた。

「アンストラザーさんに会ったらあなたがよろこぶと思ったんです。彼はベルギーをすこし知ってるんでね。最近、あなたがいた修道院のことを耳にしたそうだし……」

彼女は目をわたしのほうへ向けた。頬にかすかに赤味がさした。

わたしは急いで弁解した。「いや、大したことじゃないんです。ただこの前の晩、夕食を一緒にした友人から修道院のこわれた壁の話を聞いただけですよ」

「じゃ、やっぱりこわれてしまったんですね！」

そのおどろきの言葉も低く、わたしたちに向かってというより、独《ひと》り言《ごと》でも呟くような口調だった。それからもう一度わたしの顔を見て、ためらいがちに訊いた。「あのう……そのお友だちの方、どんな……どんなふうにしてこわされたとおっしゃってましたか？」

「爆破されたんです」とわたしは言ったが、すぐつけ加えた。「農民たちはこわがって、夜はそっちのほうへ行かないそうですよ」

「なぜこわがるんでしょう？」

「こわれた壁についた黒い痕のためです。迷信じみたこわがりようで」

　彼女は体を乗りだすようにして――

「話してください……早く……早く……話してください！　その痕はどんな形をしてるんですか？」

「大きな猟犬の形です……農民たちはそれを〝死の猟犬〟と呼んでるそうです」

「ああ！」

　つんざくような叫びが彼女の唇から洩れた。

「じゃ、やっぱりほんとだったんだわ……ほんとだったんです。わたしがおぼえてるのはすべてほんとのことだったんです。悪夢じゃなかったんです。ほんとだったんです！ほんとにあったんですよ！」

「何があったって言うんです？」と医者は低い声で訊いた。

「思い出しました。あの段の上で……思い出しました。そのときのことを思い出しました。わたしはいつものように神のお力を使ったんです。わたしは祭壇の段に立って、あの人たちにそれ以上近づいちゃいけないと言いました。おとなしく引きあげるようにと言ったんです。あの人たちは聞こうとしませんでした。警告したのに近づいてきたんです。だから……」そう言いかけて彼女は体を乗りだして妙な身振りをした。「だから、あの人たちに死の猟犬をとびかからせたんです……」

彼女は目をとじて、全身を震わせながら長椅子の上に仰向けに倒れた。

医者は立ちあがって、戸棚からグラスを出すと、半分ほど水を入れ、それにポケットから取り出した小瓶の液体を一、二滴たらして彼女に渡した。

「これを飲みなさい」と彼は命令口調で言った。

彼女はおとなしく飲んだ——といっても、どこか機械的な感じだった。何か脳裡に浮かんだ幻でも見ているように、遠くを見ているようなまなざしだった。

「では、それじゃみんなほんとだったんです……何もかも。円形の都……水晶宮の人々……何もかも。みんなほんとだったんですわ」

「そうらしいですな」とローズが言った。

彼の声は低く、いたわるようで、彼女を力づけ、彼女の思考の糸を乱すまいとしているふうだった。

「その都のことを話してくれませんか。円形の都……いまそう言ったように思うけど……?」と彼は言った。

彼女はぼんやりと機械的な口調で答えた。

「はい……円は三つありました。最初の円は神に選ばれた人たちのもの、次のは女司祭たちのもの、そしていちばん外側の円は司祭たちのものなんです」

「で、まん中には何があるんです？」

彼女ははげしく息を吸うと、名状しがたい畏れのこもった口調に声をおとした。

「水晶宮です……」

そう呟くように言うと、彼女は右手を額にあてて、指さきで何かの形をなぞるようにした。

その指さきがこわばって動かなくなると、彼女は目をとじた。が、体がすこしふらっとしたかと思うと、急に眠りからさめたようにビクッとして坐り直した。

「どうしたんでしょう？　わたし、何を口ばしりました？」と彼女は戸惑ったように言った。

「べつに何も。あなたは疲れてる。休まなくては。わたしたちはもう失礼するから……」

わたしたちが部屋を出るときも、彼女はぼんやりしている様子だった。

外に出るとローズは言った。「ねえ、あなたはあれをどう思います？」

彼は鋭い目つきでチラッとわたしを横目で見た。

「頭がすっかりいかれてるんじゃありませんか？」とわたしはゆっくり言った。

「そう思うんですね？」

「ええ……事実そうじゃありませんか……そのう、妙に自信たっぷりで。彼女の話を聞いてると、彼女が話どおりのことを実際にしたんだ……どえらい奇蹟みたいなことをやってのけたんだって印象をうけましたからね。そうだという彼女の信念がそれこそ本物みたいだし。だから……」

「だから彼女の頭はいかれてるにちがいないと言うんですね？　なるほど。しかし、それを別の角度から考えてみたらどうでしょう。実際にあの奇蹟をやってのけたのだとしたら……一人で一つの建物を破壊し、数百人の人間をほんとに殺したんだとしたら……」

「意志の力だけでですか？」とわたしは微笑して言った。

「いや、そうは言ってません。爆破装置のスイッチを入れて人間を殺すのなら、一人でだってやれるでしょう」

「それはやれますがね……それじゃ機械仕掛けってことじゃありませんか」

「なるほど、機械仕掛けにちがいないが……それだって煎じつめれば自然の力を細工して、うまく調整したわけでしょう。雷と発電所とは、根本的に同じものですからね」

「それはそうだが、雷をコントロールするには機械を使わなけりゃならないでしょう」

ローズは微笑して――

「ちょっと話が脇道にそれますが……冬緑油《とうりょくゆ》という物質がありますね。これはもともと植物の形で発生するものです。ところがこれは人工的に実験室で化学的に合成してつくることもできるんですよ」

「で？」

「つまり、方法は別々でも同じ結果の得られることがよくあるということなんです。なるほど今われわれがやってるのは合成的な方法ですが、ほかにも方法はあるかもしれないでしょう。たとえばインドの行者がやってのけるおどろくべき術は、なに簡単な方法で説明のつくというものではないでしょう。われわれが超自然的なものと言ってるのは、かならずしもそうじゃありません。野蛮人にとっては懐中電灯だって超自然なものでしょう。つまり超自然的なものというのは、法則がまだ理解されていない自然現象にすぎないんですよ」

「というと？」わたしはひどく興味を感じて言った。

「人間が……男も女も……自分の目的のために何か途方もない破壊力を思うままにできるかもしれない、いい可能性を、わたしは頭から否定するわけにもいきませんがね。それをやってのけた手段方法は、われわれにとっては超自然に思われるかもしれない……が、ほんとはそうじゃないでしょう」

わたしはおどろいて彼の顔を見つめた。

彼は笑った。

「これは憶測にすぎませんよ」彼は軽い口調で言った。「どうです、あなたは彼女が水晶宮と言ったときにした仕草に気がつきましたか？」

「手を額にあてましたね」

「そうです。そしてそこに円を描《か》いたでしょう。あれはカトリック教徒が十字を切るのとよく似ています。ところで、ちょっとおもしろいことをお話ししましょうか、アンストラザーさん。あの患者のとりとめのない話の中に水晶って言葉があんまり頻繁に出るので、実験をしてみたんです。人から水晶玉を借りておいて、ある日いきなり彼女の目の前にその玉を突き出して、反応を調べてみたんですよ」

「そしたら？」

「そしたらその結果がじつに妙でね、何かありそうなんです。全身を硬直させましてね。自分の目が信じられないといったふうに、まじまじと玉を見つめてるんです。そのうちに今度はその前にひざまずいて、何か二言《ふたこと》三言《みこと》つぶやいたかと思うと……気を失しなってしまったんです」

「何をつぶやいたんです？」

「それがまたじつに妙でしてね。『水晶！　それなら信仰はまだ生きている！』って……」

「変だなあ！」

「何かありそうじゃありませんか？　それにもう一つ妙なことがあるんです。彼女は失神状態からさめると、なんにもおぼえてないんです。わたしは水晶玉を見せて、これにおぼえがあるかと訊いてみたんですがね。占い師が使う水晶玉じゃないでしょうかと答えました。で、以前こういうものを見たことがあるかと訊いたら、『一度もありません、先生』という返事なんです。しかし彼女の目には当惑の色が浮かんでいました。『シスター、どうかしましたか？』とわたしは訊きました。すると、『あんまり不思議だからです。水晶玉なんて今まで一度も見たことがないのに……よく知ってるような気がして……。何かあるんです……思い出せさえすれば……』と答えました。記憶を懸命に呼び起こそうとしても苦しむばかりなので、わたしはもう考えるのはやめなさいと言いました。それが二週間前のことです。わざと今まで間《ま》をおいたんです。明日また実験を続けてみようと思ってるんですが……」

「水晶玉で？」

「そうです。彼女に玉をジッと見つめさせてみます。きっとおもしろい結果が出ると思いますよ」

「どんな結果が出ると思ってるんですか？」とわたしは好奇心にかられて訊いた。

ただなんとなくそう訊いただけだったのに、結果は意外だった。ローズはハッと緊張して顔を赤らめ、口をあけたときの様子もなんとなくちがっていた。それまでよりも形式ばっていて、いかにも職業的なものになっていたのだ。

「今まで不完全にしか理解できなかった精神錯乱の状態が、それで多少は解明できるでしょう。シスター・マリー・アンジェリックは最も興味のある研究対象ですよ」

それではローズの関心は医者としてだけなのだろうか、とわたしは疑問をいだいた。

「わたしも一緒に行ってかまいませんか？」とわたしは訊いた。

ほんの思いつきでそう言っただけだったが、彼は返事をするまでにちょっと躊躇《ちゅうちょ》していた。気がすすまないのだなとわたしは思った。

「いいですよ。わたしはべつにかまいません」

それからまたつけ加えて――

「ここには長く滞在なさるんじゃないでしょうね？」

「明後日までです」

わたしの気のせいか、彼はそれを聞くとほっとしたようだった。そして表情を明るくして、最近モルモットを使ってした実験の話をはじめた。

翌日の午後、わたしは約束どおり医者に会って、二人でシスター・マリー・アンジェリックのところへ行った。その日、医者はいやに愛想がよかった。前日の印象を拭い去ろうとしているのではないかとわたしは思った。

彼は笑いながら言った。

「わたしの言ったことをあまり本気にしないでください。神秘学に夢中だなんておっしゃらないでくださいよ。わたしの一番わるいところは、病状をとことんまで突きとめずにおけないことでしてね」

「ほんとですか?」

「ええ……得体の知れないものであればあるほど、おもしろいんです」

そう言うと彼は自分のおかしな欠点を自嘲するように笑った。

家に着くと例の看護婦が何かローズに相談したいことがある様子だったので、わたしはシスター・マリー・アンジェリックのそばに残った。

見ると彼女はわたしをジロジロ探るような目で見ていた。そのうちに彼女は口をあけた。

「ここのあの看護婦さんね、あの人が言ってましたけど、あなたはわたしがベルギーからきたとき連れていかれた大きなお家《うち》の、親切な奥さんの弟さんだそうですね？」

「ええ」

「あの人はとても親切にしてくださいました。いいかたですわ」

何か思い出の糸をたぐっている様子で黙っていたが、それからまた言った。

「あの先生ね、あのかたもいい人なのでしょう？」

わたしはちょっと面くらった。

「うーん、そう……だと思いますが」

「まあ！」ちょっと口をつぐんだあとで言った。「たしかにわたしにはずいぶん親切にしてくださったわ」

「そうでしょうとも」

彼女はキッとした目でわたしを見あげた。

「ムッシュー……あなた……あなたは今こうしてわたしと話してますが……あなたはわたしを狂っていると思いますか？」

「どうしてどうして、シスター、そんなことは一度だって……」

彼女はゆっくり首を振って、わたしをさえぎった。

「わたしは狂っているのでしょうか？　自分でもわからないんです……わたしがおぼえてることや……忘れてしまったことは……」

彼女は溜め息をついたが、そのときローズが部屋に入ってきた。

彼は朗らかな声で彼女に挨拶すると、用件を説明した。

「世間にはね、水晶玉の中にいろんなものを見ることのできる才能をもった人がいる。わたしはあなたにもそういう才能があるような気がするんですがね、シスター」

彼女は困ったような顔をした。

「いいえ、わたしにはそんなことできません。未来を占おうとするなんて……わるいことです」

ローズは虚をつかれておどろいていた。修道女がそんな考え方をするとは思いがけなかったからだ。彼はうまく話をそらした。

「そりゃあ未来をのぞこうとしたりしちゃいけない。あなたの言うとおりだ。が、過去をのぞくとなると……これは話が別ですからね」

「過去を？」

「そう……過去にはいろいろ不思議なことがある。場面がよみがえって……一瞬見えるが……それきりまた消えてしまう。水晶玉の中でなんでも見つけようとしてはいけません、それはあなたには許されないことなのだから。ちょっとでいいから手にとってごらん……そうそう。のぞいてごらん……じーっと。そう……じーっと……じーっと。思い出した。ね？　思い出したでしょう。わたしが話しかけてる声が聞こえる。だったらわたしの質問に答えられる。聞こえますか？」

シスター・マリー・アンジェリックはおかしいくらいうやうやしげな手つきで、言われたとおりに水晶玉をとりあげた。そしてじーっと玉を見つめたが、そのうちに目がうつろでぼんやりとしてきて、首をうなだれた。眠りこんだ様子だ。

医者は彼女の手からそっと水晶玉をとるとテーブルに置いた。彼女の瞼《まぶた》のはしをあげてみる。それからわたしのそばにきて坐った。

「目がさめるまで待たなくてはなりません。そう長くはないと思いますがね」

彼の言うとおりだった。五分もするとシスター・マリー・アンジェリックの体が動いた。そして夢見心地で目をあけた。

「わたし、どこにいるんでしょう？」

「ここ……うちにいるんですよ。ちょっと眠ったね。夢を見たのでしょう？」

彼女はうなずく。

「ええ、見ました」

「水晶宮の夢をですね？」

「はい」

「話してごらん」

「わたしを気がふれていると思うでしょう、先生。だってわたしの夢の中では、水晶宮は神聖な象徴なんですもの。信仰のために死んだ水晶宮の導師である第二のキリストも現われました。彼につき従う者は駆り立てられ……迫害されました……でも信仰は長く続いたのです」

「信仰が続いた？」

「はい……満月が一万五千回もくり返されるあいだ……つまり、一万五千年のあいだです」

「一回の満月はどのくらいのあいだ続くの？」

「普通の月が十三回出るあいだです。はい、一万五千回目の満月の時でございました……わたしは水晶宮の第五宮の女司祭でした。第六宮があらわれはじめた頃のことでした……」

彼女は眉をひそめ、その顔に恐怖の色がみなぎった。

「早すぎたのです」と呟く。「早すぎました。まちがいだったのです……ああ！　そうです、おぼえてますとも！　第六宮でした！」

彼女は腰をあげかけたが、またくずれるようにその腰をおとすと、片手を顔にあてて呟くように言った――

「でも、わたし、何を言ってるんでしょう？　わたし、とりとめのないことばかり言って。そんなことなど全然なかったのに」

「さあ、くよくよすることはありません」

しかし彼女は苦しそうな当惑の面持《おもも》ちで彼を見ていた。

「先生、わたしにはわからないんです。どうしてあんな夢を見るんでしょう？……あんな根も葉もないことを……？　わたしがはじめて信仰生活に入ったのは、十六のときでした。旅に出たことなど一度もありません。それなのにいろいろな町や、知らない国々の人のことや、見知らぬ習慣の夢を見るのです。なぜなんでしょう？」彼女は両手を頭にあてた。

「催眠術をかけられたことは？　昏睡《トランス》状態になったことはありませんか？」

「催眠術にかけられたことは一度もありません。トランス状態のほうですが、礼拝堂でお祈りをしていると、魂が体からぬけて、何時間も死んだような状態になることはよくありました。院長さまがおっしゃるのには、これはありがたい状態なのだ……神のお恵みをたまわった状態なのだということでした。ああ、そうだわ！」と息をつめて、「思い出しました。わたしたち、そういう状態をお恵みをたまわった状態と言っていたんです」

「ちょっと実験をしてみたいんですがね、シスター」とローズは事務的な口調で言った。「そうすれば今みたいな思い出せそうで思い出せないってことはなくなるかもしれない。もういちど水晶玉を見つめてごらんなさい。それからわたしがいろいろ訊くから、それに答えるんです。あなたが疲れるまで続けてみよう。言葉にではなく、水晶玉に神経を集中するようにするんです」

　わたしが水晶玉の包みをほどいて、もういちど玉をシスター・マリー・アンジェリックに渡たそうとしたとき、彼女がうやうやしげな手つきでそれにさわるのに気づいた。黒いビロードの上に置かれた玉を、ほっそりした両方の手のひらではさむようにしたのだ。彼女のおどろくばかりに深みのある目が、じーっとそれを見つめた。ちょっと沈黙が続いたあとで医者が言った。

「猟犬」

　シスター・マリー・アンジェリックはすぐさま答えた。「死」

わたしはその実験のことを詳しく説明するつもりはない。医者はわざと不必要なことや無意味な言葉をいろいろ言った。〝猟犬〟以外の言葉を何度もくり返して問いかけた。同じ答えが出ることもあれば、ちがった返事がくることもあった。

　その晩わたしたちは崖の上の医者の家で実験の結果を話し合った。

　彼は咳ばらいを一つしてから、メモをつけた手帳を手もとへ引きよせた。

「ここに出ている結果はなかなかおもしろい……いや、とても奇妙だ。〝第六宮〟という言葉に対する答えは、破壊、紫色、猟犬、権力……といろいろ変わったあげく、また破壊と出て、最後にはまた権力と出ている。あとで……これはあなたも気づいたかもしれないが……わたしは質問のやり方を逆にしてみたが、すると次のような結果が出た。破壊という言葉には猟犬と出た。紫色には権力、猟犬にはもういちど死。そして権力には猟犬だ。これはどれもこれも関連性がある。ところがもういちど破壊と言ってみると、海と出た。これはぜんぜん無関係としか思えない。〝第五宮〟に対しては青、思想、鳥と出て、それからまた青だ。そして最後に心と心の触れ合いというなかなか意味深長な答えが出ている。〝第四宮〟には黄色から光と出て、〝第一宮〟に血と答えている点からみて、わたしは宮にもそれぞれ色があって、第五宮には鳥、第六宮には猟犬というふうに、特別な象徴があるように思う。が、その中でも第五宮がいわゆる精神感応《テレパシー》……つまり、心と心の触れ合いをあらわしているような気がします。第六宮は破壊力をあらわしてるにちがいありません」

「海は何をあらわしてるんでしょう？」

「正直なところわかりません。あとでもういちど訊いてみたら、ボートという平凡な答えが出ましたがね。第七宮にははじめ命と出たのが、二度目には愛と出ました。第八宮に対しては反応なしです。だから〈宮〉は全部で七つなんでしょう」

「しかし第七宮まで行けなかったんでしょう。第六宮で崩壊してしまったんだから」とわたしはふと思いついて言った。

「ふーん！　そう思いますか？　しかしこんなことが……気の狂ったようなたわごとが、いやに真剣な話題になったもんですな。実際、これは医学的に見た場合におもしろいってだけなんですから」

「精神科のお医者さんにはきっとおもしろいでしょう」

　医者は目を細めた。「しかし、わたしはべつにこれを公表するつもりはありませんよ」

「するとどういうつもりで……？」

「まったく個人的なものなのです。もちろん病状に関するメモはとりますがね」

「なるほど」と言ったものの、わたしはそのときはじめて自分はまるで盲人のように、何一つ見えていないのだという気がした。わたしは立ちあがった。

「じゃ、これで失礼します、先生。明日ロンドンへ帰りますので」

「ほお！」わたしはそう言う医者の声にどことなくほっとした安堵の気持ちがこもっているような気がした。

わたしは軽い口調で続けた。「研究のご成功を祈ります。今度お会いしたときに死の猟犬を解き放たないようにおねがいしますよ」

わたしは彼の手を握っていたが、そう言ったとき気のせいか彼の手がピクッとしたように思った。が、彼はすぐ平静にもどった。彼が微笑むと、唇がめくれて長くとがった犬歯がのぞいた。

「権力を愛する人間にとって、これはねがったりかなったりの権力になりますよ！どんな人間の命だろうと、それを掌中に握れるとはねえ！」と彼は言った。そして満面に笑みを浮かべた。

わたしが直接この事件に触れたのは、それが最後だった。

その後、ローズ医師の手帳と日記がわたしの手に入った。そのごく一部をここに書き写しておこう――もっともそれがほんとにわたしのものになったのは、しばらくあとになってからだったことはおわかりいただけることと思うが……

八月五日　シスター・M・Aが〝選ばれた人たち〟と言ったのは、その種族をおこした人たちをさしていることがわかった。その人たちは最高の名誉をうけ、僧職より上の地位におかれていたらしい。この点を初期のキリスト教徒たちと比較してみること。

八月七日　シスター・M・Aを説いて催眠術をかけることにした。催眠に導きトランス状態にすることには成功したが、霊交は失敗。

八月九日　現代の文明などくらべものにならないほどの文明が、はたして過去にあったのだろうか？　もしそうなら不思議なことだ。しかもその謎をとく鍵はこのわたし一人が握っているのだとなると……

八月十二日　催眠術をうけているとき、シスター・M・Aは暗示に対してさっぱり反応がない。そのくせトランス状態に入るのは簡単なのだ。どうも合点がいかない。

八月十三日　今日シスター・M・Aは〝神のお恵みをたまわった状態〟では、ほかのものに肉体を支配されぬよう、門が閉じられてしまうにちがいないと言った。おもしろいにはおもしろいが……さっぱりわからない。

八月十八日　となると、第一宮はやはり（ここの文字は消えて不明）……では第六宮に到達するまでには何世紀ぐらいかかるのか？　しかし、権力にいたる近道があるとしたら……

八月二十日　シスター・M・Aが看護婦と一緒にここにくることに話がついた。しんぼうしてモルヒネ療法をうける必要があると彼女に話した。わたしは狂っているのだろうか？　それとも思いのままに死を左右する権力を握った超人なのだろうか？

（記入はこれで終わっている）

次にあげる手紙を受けとったのは、たしか八月二十九日のことだったと思う。義姉の住所に送られたわたし宛てのもので、外国人風な字体の傾斜した筆跡だった。わたしはいくぶん好奇心にかられながら封を切った。そこにはこう書いてあった——

拝啓

あなたさまには二度しかお会いしていませんが、信頼できるおかたとお見うけいたしました。わたくしの見る夢が正夢《まさゆめ》かどうか存じませんが、近頃それがだんだんはっきりしてきたのでございます。それにどう考えてみましても、あの死の猟犬は決して夢ではございません……。あなたさまに申しあげた頃（これも現実なのかどうか、わたくしにはわかりかねますが）、水晶宮の守護をしてくださっていた神さまは、人々に第六のみしるしをお示しになるのが早すぎたのでございます……そのためその人たちの心に悪魔が入りこんでしまいました。彼らは思いのままに人を殺す力を持ったのです。そして理非の別なく人を殺しました。権力のうま酒に酔いしれたのでございます。わたくしたちはそれを見たとき……まだ無垢であったわたくしたちは……二度とふたたび円を閉ざしてはならない、〈永遠の生の宮〉へまいってはならないと悟りました。水晶宮の次の守護者となるべきものは行動を命じられたのでございます。古いものがほろびて果てしない歳月が経《た》ったあとで新しいものがふたたび生まれてこられるようにと、守護者は……円を閉じてしまわないように気をつけながら……死の猟犬を海へ放ち、海は犬の形にふくれあがり、陸地をすっかり呑みこんでしまったのです……

前に一度わたくしはこれを思い出しました……ベルギーの、祭壇の段の上で……ローズ博士のことですけど、彼も仲間の一人なのでございます。彼は第一宮のことを知っておりますし、第二宮がどんな形のものかということも知っております……もっともその意味は選ばれた少数の者以外には伏せられて知るべくもありませんが。彼はわたくしから第六宮のことを知るでしょう。わたくしも今までは彼に知らせないようにしてきました……が、わたくしは次第に弱りが出てきていますから。人間がその時期のこないうちに権力を握ることはよくありません。人間の手に死を左右する力をゆだねてもいいように世界が形づくられるまでには、まだまだ何世紀も経たなければならないのです……どうかおねがいです、あなたさまは善と真を愛されるおかたでございます。どうかわたくしをお助けください……手遅れにならないうちに。

かしこ

シスター・マリー・アンジェリック

わたしは思わず手紙を取り落とした。自分の立っている大地が、いつもとちがってぐらぐらしているような気がした。が、すぐわたしは気を取り直した。この女性の掛け値なしに純粋な信仰心にわたしは心の底から揺り動かされんばかりだった！　一つだけはっきりわかっていることがあった。ローズ博士は病症に熱を入れすぎたあまりに、医師の職権をひどく乱用していることだ。わたしはすぐにも出かけたいと思った。そして——

その手紙と一緒にきた郵便物の中に、キティからの手紙があるのに気がついた。わたしは急いで封を切った。そこにはこう書いてあった……

とんでもないおそろしいことが起こりました。あなたは崖の上の、あのローズ博士のこぢんまりした家をおぼえているでしょうね？　あの家がゆうべ地すべりで押し流されてしまい、先生と、お気の毒にシスター・マリー・アンジェリックが亡くなってしまわれました。浜辺にくずれおちた残骸ときたら、ゾッとするような光景でした……何もかもが妙にうずたかく積み重なって……それが遠くから見ると、まるで大きな猟犬みたいに見えるのです……

手紙はわたしの手から落ちた。

ほかにもいくつか偶然の一致かと思われることがあった。その同じ晩にローズという名の人が急死をとげた。落雷にうたれたということだったが、わたしの調べたところでは、彼はローズ医師の裕福な親戚だった。しかし知られているかぎりでは、そのあたり一帯に雷雨は全然なかったが、ただ一、二の者は一度だけ雷鳴を聞いたと断言した。その死体には奇妙な形をした火傷の痕があった。彼は遺産のすべてを甥のローズ医師に贈るという遺言書をのこしていた。

ところで、もしローズ医師がシスター・マリー・アンジェリックから第六のみしるしの秘密を首尾よく聞き出したとしたらどうだろう？　わたしはかねがね彼を無法な男だと思っていた。自分に嫌疑がかからぬ自信があれば、なんのためらいもなく叔父の命だって奪いかねない。しかしわたしの頭にはシスター・マリー・アンジェリックの手紙にあった一句がこびりついて離れなかった――〝円を閉ざさないように気をつけながら……〟という言葉だ。ローズ医師はそんな注意を払いはしなかっただろう。いや、おそらく必要な段取りはもとより、その必要にさえ気づかなかっただろう。とすると、彼が使った力が円を一周して舞いもどり……

しかし、もちろんそんなことは愚にもつかぬ話だ！　すべてはごく自然な説明のつくことだ。ローズ医師がシスター・マリー・アンジェリックの幻覚を信じたこと自体が、彼の頭もまたどこか平衡を失っていたという証拠にしかならないではないか。

しかしそう思いながらも、わたしはかつて人間が住み、現代文明をはるかにしのぐ文明をもちながら海底に没し去った大陸を夢みることがある。

それともシスター・マリー・アンジェリックの脳裡によみがえったのは逆で——その可能性を説く者もあるが——この円形の都というのは過去のものではなく、未来のものなのだろうか？

ばかばかしい——もちろん何もかもただの幻覚にすぎなかったにきまっているのだ！

赤信号

The Red Signal

「いいえ……でも、とってもスリルがあるじゃありませんか」と美人のエヴァースレイ夫人は、美しいがどこかうつろな目を大きく見ひらいて言った。「よく女は第六感がはたらくって言いますけど……それ、ほんとだとお思いになりまして、アリントン卿?」

有名な精神科医は皮肉な微笑を浮かべた。彼は自分と同様この家に招かれたこのような頭のよわい美人を、ひどくばかにしていた。アリントン・ウェストは精神病の権威で、自分の地位と重要さを充分に心得ていた。どこか横柄な恰幅《かっぷく》のいい男だ。

「ずいぶんばかげた話ですな、それは、エヴァースレイ夫人。いったいどういうことです?……その第六感というのは」

「あなたがた科学者はいつだってそうですけど、ほんとにおやかましいんですね。でも時として人間がちゃんとさきのことが見通せるらしいって、ほんとに妙じゃございませんか？……つまり、ちゃんとわかるんです……感じるんです……それこそうす気味わるいくらい……まったく。クレアにはわたしの言ってることわかると思いますけど、ね、クレア？」

彼女はちょっと口をとがらせ、一方の肩をすくめながらその家の女主人に訴えた。

クレア・トレントはすぐには答えなかった。それは小人数の晩餐会で、席には彼女と夫のほかに、ヴァイオレット・エヴァースレイ、アリントン・ウェスト卿、そして彼の甥のダーモット・ウェストがいたが、ダーモットはジャック・トレントの古い友人なのだ。ジャック・トレントはいくぶん太り気味の血色がよい男で、たえず愛想のいい微笑を浮かべながら感じのいい悠長な笑い声を立てていたが、その彼が話を引きとった。

「ばかを言っちゃいけないね、ヴァイオレット！　あんたの親友が交通事故で死ぬ。とたんにあんたは先週の火曜日に黒猫の夢を見たことを思い出す……おどろいたね、あんたはそれ以来ずっと何か起こりそうな気がしてたってわけさ！」

「あら、ちがいますよ、ジャック。それじゃ予感も直感もごたまぜじゃありませんか。どお、ね、アリントン卿、あなただって予感というものがあることは、きっとお認めになるでしょう？」

「まあ、ある程度はね」医者は慎重な口のきき方をした。「しかし、偶然の一致ってことも多分にあって、曰《いわ》く因縁《いんねん》のほとんどがそれから否応なくでっちあげられるってことになりがちですからな……そこのところを考えに入れないと……」

するとだしぬけにクレア・トレントが口を出した。「わたしは予感なんてものがあるとは思いませんわ。でなけりゃ直感も、第六感も、こうして議論してるようなものはね。わたしたちは行きさきもなしに暗闇の中を突っ走る汽車みたいに、一生を生きていくのよ」

「そのたとえはあんまりいただけませんね、トレント夫人」ダーモット・ウェストがはじめて顔をあげて議論に仲間入りした。よく日焼けした顔にはおかしいほどくっきりした、澄んだ灰色の目が妙に光った。「信号のことを忘れてるんじゃね」

「信号のこと？」

「そう、緑《あお》なら安全で、赤なら……危険てやつですよ」

「赤なら……危険……ま、なんてスリルがあるんでしょう！」とヴァイオレット・エヴァースレイが小声で言った。

ダーモットはちょっといらいらしたふうに彼女から目をそむけた。

「もちろんただの言葉の綾《あや》ですよ。前方は危険！　赤信号！　注意！……てやつです」

トレントはけげんそうに彼を見つめながら——

「まるでそんな目に会ったことがあるみたいな言い方じゃないか、おい、ダーモット」

「そうさ……そうなんだよ」

「話してくれよ」

「一つだけ話してみようか。メソポタミアでのことだ……休戦直後だったが、ある晩テントに入ると、妙に胸さわぎがしてね。あぶない！　気をつけるんだ！……て気がした。何があぶないのかさっぱり見当はつかない。ぼくは必要以上に泡をくってキャンプの中を一わたり見てまわり、敵のアラブ人たちから襲撃されないように万全の防御体制をととのえた。それからもう一度テントにもどった。中に入ったとたん、前よりもはげしい胸さわぎがした。あぶない！　とうとうぼくは毛布を外に持ち出して、それにくるまって寝た」

「で？」

「翌朝テントに入ってみると、まっさきに目についたのが大きなナイフだった……四十五センチくらいあったかな……そいつが寝床の、ちょうどぼくが寝たはずのところに突き刺さってたんだ。犯人はすぐわかった……アラブ人の召使の一人だった。そいつの息子は前にスパイだっていうんで銃殺されたのさ。アリントン叔父さん、こいつはぼくの言う赤信号の一つの例になると思うんだけど、どうです？」

　医者は煮えきらない微笑を浮かべた。

「なかなかおもしろい話だな、ダーモット」

「だが眉つばものだって言うんですか？」

「いやいや、お前の言ったように、危険の予感がしたってことは疑っちゃいないよ。ただわしが言うのは、そうした予感がどうして起こるかってことなんだ。お前の話からすると、外から……つまり、何か外部的な原因がお前の心に作用して起こったことになるがね。今日《こんにち》じゃほとんどすべてが内部から……つまり、われわれの潜在意識から起こるということになってるからな」

「やれやれ、また潜在意識か。この頃はなんでもかんでもそれで片づけられちまうんだからな」とジャック・トレントが大声で言った。

　アリントン卿はそんな邪魔には耳もかさずに続けた。

「わしに言わせりゃ、ちょっとした目つきだとか顔つきなんかで、そのアラブ人がうさんくさいことがわかってたんじゃないかな。お前は意識的には気づかなかったし、おぼえてもいなかったろうが、潜在意識的にはそうじゃなかった。潜在意識は絶対に忘れたりせん。それは表面的な、意識上の意志とはぜんぜん無関係に、推理し、結論を出すことができる。お前の潜在意識はお前を殺そうとして何かが行なわれるかも知れないと信じて、それに対する恐怖感をお前の意識上の感覚に感じさせることに成功したのだ」

「なるほど、そう言えばなかなかもっともらしく聞こえますね」とダーモットは微笑を浮かべて言った。

「でも、そうなるとあんまりスリルがありませんわね」とエヴァースレイ夫人が口をとがらせて言った。

「その男がお前に対していだいていた憎しみを、お前が無意識に感じていたということも考えられないことじゃない。むかし以心伝心《テレパシー》と言われたものも、それを支配する条件はまだほとんどわかっちゃいないが、たしかにあることはある」

「ほかに実例はありませんの？」とクレアがダーモットに訊いた。

「いや、あるにはあるけど、あんまりはっきりしたものじゃないんでね……偶然の一致って名目で片づけようと思えば片づけられるものばかりだから。じつは前に一度ある別荘に招待されたけど断わったことがある。ただ例の赤信号が出たってだけでべつに理由はなかった。ところがその家がその週のうちに火事で焼けちまったんだ。それはそうとアリントン叔父さん、この場合はどういうふうに潜在意識が働いたんです？」

「どうも働いたんじゃないようだね」アリントン卿は微笑して言った。

「しかし、さっきのと同じに、説明はちゃんとつくんでしょう。言ってみてくださいよ。甥だからってもったいぶることはないでしょう」

「うん。じゃ言うことにするか……お前はあまり気がすすまなかったので招待を断わったんだが、火事のあとでお前はやっぱり虫が知らせたんだと思って、今ではその説明を内心信じてるんじゃないかと思うんだがね」

「それじゃかたなしだ」ダーモットは笑った。「それじゃ表が出たら叔父さんの勝ち、裏が出てもぼくの負けってわけじゃないですか」

「大丈夫よ。ウェストさん」とヴァイオレット・エヴァースレイが言った。「わたしはあなたのおっしゃる赤信号をちゃんと信じてますから。あなたの経験はそのメソポタミアのが最後だったんですの？」

「ええ……それが……」

「というと……？」

「いや、なんでもありません」

ダーモットはそれきり口を開かなかった。彼が言いかけてやめたのは、「ええ……それが今夜また……」という言葉だったのだ。それとはっきりつかめたわけではないが、その気持ちが嘘でないことだけは自分にわかっていた。例の赤信号が暗闇からぼんやり浮かびあがっていたのだ。あぶない！　身近に危険が迫っている！

――しかし、なぜだろう？　こんなところでいったいどんな危険があるというのだ？　この友人の家の中で……？　すくなくとも……いや、たしかにあの種の危険が迫っている……

彼はクレア・トレントを見た――抜けるように白い肌、ほっそりとした体つき、えも言えぬ風情《ふぜい》にかしげた金髪の頭。ぼんやりした危険信号はもうしばらく前から感じていたのだ――が、ぐんぐん高まっていくというのではない。ジャック・トレントは彼の親友だ――いや親友以上だった。フランダース戦線で彼の命を救ってくれた恩人だし、その功績でヴィクトリア十字勲章を授けられてもいるのだ。

――いいやつだ、ジャックは。男の中の男だ。おれがジャックの女房に惚れるなんてほんとについていない。いつかそのうちにはおれの熱だってさめるだろう。こんな状態がいつまでも続いちゃたまったもんじゃない。その気持ちをだんだんへたばらせるんだ……そうとも、干《ひ》ぼしにするんだ。彼女はすこしも気づいちゃいないらしい……たとえ気づいたって、おれに好意をよせる気づかいはない。彼女は彫像のようなものだ……美しい彫像、黄金と象牙と淡いピンク色のさんごでできた像だ……いわば王様のおもちゃで、生身《なまみ》の女じゃないんだから……

クレア……彼女の名前を思い出すだけで——そっと呟くだけで彼は胸がいたんだ。どうしても忘れなければいけない。これまでに好きになった女は何人もいた。〝しかし、こんな気持ちになったことはない〟と心のどこかで声がした。〝こんな気持ちになったことはない〟そう、たしかにそうだった。と言っても、べつに危険はなかった——なるほど心は痛んだ。が、危険というものではない。赤信号の出る危険ではなかった。とすると、危険なのは何か別のことでなのだ。

彼はあらためてテーブルを見まわしてみた。すると、そのときになってはじめて、これはちょっと妙な取り合わせの集まりだということに気づいた。たとえば彼の叔父だが、彼がこんな小人数の四角ばらない集まりに出て食事をするなどということはめったになかった。それにトレント夫妻も古くからの友だちというふうではない——今夜までダーモットはだいたい叔父が彼らと知り合いだなどとはすこしも知らなかったのだ。

なるほど口実はある。かなり悪評の高い霊媒が、夕食後に降霊術の会をひらくためにやってくることになっているのだから。アリントン卿も降霊術にすこしは興味をもっていると言っていたが、もちろんそれは口実にちがいなかった。

その言葉が気になってしようがなかった。〝口実〟という言葉が。

——降霊術はこの精神科の専門医が晩餐会に出席してもおかしくないように見せかけ

る口実にすぎなかったのだろうか？　とすると、彼がここにきたほんとうの目的はなんなのだろう？……

いろんな細かなことがダーモットの頭に一度にどっと浮かんできた——まだそのときは気づかなかった——叔父なら言いそうな——意識に知覚されなかった些細なことが。

医学の大家は一度ならず妙な、じつに妙な目でクレアを眺めた。いかにも見張っているといった感じだった。彼女はそうやってじろじろ見られるので、そわそわしていた。両手をちょっと揉みしぼるようにした。そわそわしている——ひどくそわそわしていた。だが、こわがって……いや、こわがるわけでもあるのだろうか？　なぜこわがってるんだろう？……

彼はハッとわれに返って、テーブルをかこむ話に耳を傾けた。エヴァースレイ夫人がアリントン卿に専門の話をさせているところだった。

「奥さん」と彼は言っていた。「狂気とはいったいなんでしょう？　はっきり言って、この問題は研究すればするほど断言しにくくなるのでしてね。われわれは誰でもある程度の自己欺瞞におちいるものですが、それがおれはロシア皇帝だぞなんて思いこむようなところまでいくと、監禁されたり、拘束されたりすることになる。しかし、そこまでいくには遠い道のりがあります。その道のとくにどの地点に標柱を立てて、〝こちら側は正常。あちら側は異常〟と書くのか？　とてもできるものじゃありません。それにこういうこともある……たとえその人間が妄想に悩まされているとしても、たまたま本人がしゃべらなければ、九分九厘われわれは彼を常人と区別できません。精神異常者の並はずれた正常さが、最も興味ぶかい問題なんです」

　アリントン卿はうまそうにワインを一口すすって、みんなに笑顔を向けた。

「そういう人たちはとても狡《ずる》がしこいんですってね」とエヴァースレイ夫人が言った。

「狂っている人のことですけど」

「まったくそうなんです。それにそういう人間の特殊な妄想を抑圧すると、悲惨な結果を招くことがきわめて多いのです。だいたい精神分析学がわれわれに教えているように、すべて抑圧は危険です。常人と変わっていても、実害がなく、それはそれとして徹底している人間は、正気と異常の境界線を越えることはめったにありません。ところが……」ちょっと口をつぐんでから、「うわべはどう見てもまったく異常がない男、あるいは女こそ、ほんとうは社会に危険を流す有毒源なんですよ」

　彼の視線は静かにテーブルの上をクレアのほうへ動いていったが、それからまたもとに戻る。そしてもう一度ワインをすすった。

　ダーモットははげしい恐怖で胸をしめつけられた。

——叔父さんは本気であんなことを言ったんだろうか？　彼の狙いはそれなんだろうか？　まさか……でも……

「するとすべては自分を抑圧することからくるんですのね」とエヴァースレイ夫人が溜め息をついて言った。「いつも充分に気をつけないといけないことがよくわかりましたわ……自分の性格を出すときにはね。相手の人が危険だなんて、おそろしいことねえ」

「いやいや、エヴァースレイ夫人」とアリントン卿は言いきかせるような口調で、「あなたはわたしの言ったことを誤解していらっしゃる。そういう不幸の原因は頭脳の物理的問題なんですよ……つよくなぐられるといったような外的な原因で起こることもあるんです。ときには……遺憾ながら——先天的な場合もありますがね」

相手はなんとなく溜め息をついて、「遺伝はほんとに困りますわね。肺病やなんか」

「結核は遺伝じゃありませんよ」とアリントン卿はそっけなく言う。

「そうですの？　わたし、そうだとばかり思ってましたわ。でも、狂気はそうなんですね！　なんておそろしい。ほかにどんなのがございまして？」

アリントン卿は微笑しながら、「痛風がありますな。それから色覚異常もね……これはちょっとおもしろいんです。男性には直接遺伝しますが……女性の場合は潜伏するんですよ。だから男に色覚異常は大勢いるのに、女が色覚異常になる場合は、父親が色覚異常で、母親にも遺伝子が潜在していなければならないわけで……よほどのことがないかぎりそういう場合はありません。これがいわゆる性別限定遺伝というやつです」

「なんておもしろいんでしょう。でも狂気はそうじゃないんでしょう?」

「狂気は男だろうと女だろうと区別なく遺伝します」と医者はむずかしい顔をして言った。

　いきなりクレアが立ちあがったが、椅子をあんまり勢いよくうしろへ押しやったので、引っくりかえしてしまった。顔色がまっ青で、はた目にもわかるほど指さきをぴくぴく痙攣《けいれん》させていた。

「あのう……お話はまだ長くかかるんでしょうか?　もう四、五分するとトムスン夫人が見えると思うんですけど」と彼女は頼むような口調で言った。

「ワインをもう一杯ちょうだいしたら、わたしもみなさんとご一緒しますよ」とアリントン卿。「トムスン夫人のすばらしい実演を見るためにうかがったんですからな?　ハッハッハッ!　いや、ご案内いただかなくても大丈夫です」そう言うと立ちあがっておお辞儀をした。

　クレアはうっすらと微笑を浮かべてうなずくと、エヴァースレイ夫人の肩に手をかけて部屋を出ていった。

「どうも商売上の話ばかりしちゃって」と医者はもういちど椅子に腰をおろしながら言った。「すまなかったね、きみ」

「どういたしまして」トレントはおざなりにそう答えた。

彼は緊張と心配のいりまじった顔をしていた。ダーモットがこの友人と付き合いだしてから、こんなによそよそしく感じたのはこれがはじめてだった。この二人のあいだには、古い友人の自分にもわからない秘密があるふうだった。そのくせ、一切合財《いっさいがっさい》つかみどころがなく、とても信じられなかった。

何を手がかりにすればいい？　一、二度叔父が妙な目でチラッと見たことと、一人の女性が落ち着かない様子だったというだけじゃないか……

彼らはそれからまたしばらくワインを飲んだが、そのあと客間へ行くと、ちょうどそこにトムスン夫人の来訪が告げられた。

霊媒は小肥りの中年女で、赤紫色のビロードというけばけばしい服装だったが、大きな、むしろなんの変哲もない声をしていた。

彼女は明るい口調で言った。「遅刻じゃなかったでしょうね、トレント夫人。たしか時間は九時とおっしゃったでしょう？」

「きっちり時間どおりですわ、トムスン夫人」とクレアは美しい、ちょっとかすれた声で言った。「みなさんお集まりですのよ」

こうした場合のしきたりで、あらたまった紹介はなかった。トムスン夫人は鋭い、射るようなまなざしでみんなを見まわした。

「うまくいくとよろしいけど」とてきぱきした口調で言う。「よそに呼ばれて、つまり……みなさんにご満足ねがえなかったときは、ほんとうにいやな気持ちですからね。頭がどうかなってしまいそうなくらい。でも今夜シロマコは……これ、わたしを動かす日本の霊なんですけどね……うまくやってくれそうな気がします。わたしの気分もほんとにぴったりですし……わたし、焼いたチーズが大好きなんですけど、今日はウェルシュ・ラビット（トースト・パンまたはビスケットにチーズをとかしてかけたもの）も口にしませんでしたからね」

ダーモットはジッと聞いていたが、おもしろいと思う気持ちと、ばかばかしい気持ちが半々だった。一から十までなんて散文的なんだ！　しかし、おれの見方がまちがってるんじゃないだろうか？　つまるところ、何もかも自然で……霊媒が呼びよせる力も自然の力で、ただそれがまだ充分に理解がついてないってだけなんだ。明日むずかしい手術をするという夜は、立派な外科医なら不消化なものを食べないように気をつけるかもしれない。とすればトムスン夫人だってその口かもしれないじゃないか……

椅子は円形にならべられ、明かりはうまく上げたり下げたりできるようにしてある。

事前のチェックをするのかどうか訊く者もなく、ダーモットはアリントン卿が降霊術のお膳立てに満足しているらしいのに気づいた。

――いや、トムスン夫人の催しも、隠れみのにすぎない。叔父がここにきた目的はほかにあるんだ……クレアの母は外国で死んだ。あの死には何か謎が……遺伝的な……

彼はそうした回想を払いのけて、周囲の様子に目を向けた。

みんなはそれぞれの席につき、離れたテーブルにのった赤いシェードをつけた小さな明かりだけを残して、照明はすっかり消された。

しばらくのあいだは霊媒の低い単調な息づかいのほかに何も聞こえなかった。それは次第に高まって、鼾《いびき》をかくような音になった。すると、いきなり部屋の向こうはしからトントンと叩く大きな音がしたので、ダーモットはおどろいてとびあがった。今度は反対側からその音がくり返された。やがてそれはだんだん高くなった。そして低くなって消えたかと思うと、だしぬけに甲高い笑い声があざ笑うように部屋じゅうにひびいた。そしてそのあとの静寂が、トムスン夫人の声とは似もつかぬ甲高くて奇妙な抑揚の声で破られた。

「みなさん、わたし、ここにいます。そうです、ここにいます。お訊きになりたいことがあるのでしょう?」とその声は言った。

「あなたは誰です？　シロマコですか？」

「そうです。わたし、シロマコ。わたし、ずっと前に死にました。わたし、働いてる。とてもしあわせです」

それからシロマコの生涯のことがこまごまと語られた。すこぶる平凡でおもしろくもなんともないもので、ダーモットは今までにそうした話なら飽きるほど聞いていた。いつでもみんなしあわせだった。ごくしあわせなのだ。身内の者らしいものからのいろいろな言伝《ことづて》が話されたが、どれもこれも九分九厘どんな場合にも当てはまるような内容のものばかりだ。年輩の女が——おそらくその場にいる誰かの母親らしい女がしばらくのあいだ出てきて、話の内容とはちぐはぐなもっともらしい口調でありきたりな格言を言ったりした。

「今度はまた別の人がお話ししたいことがあるそうです」とシロマコが言う。「殿方《とのがた》のうちのお一人にとてもだいじなことをお知らせしたいと言っています」

ちょっと間《ま》をおいてから、今までとちがった声が不気味な笑い声を立てたあとで言った。

「ハッハッ！　ハッハッハッ！　うちへ帰らないほうがいい。うちへ帰らないほうがいい。わたしの忠告を聞きなさい」

「誰に言ってるんです？」とトレントが訊いた。

「あなたがた三人のうちの一人にだ。わたしだったら帰らないな。あぶない！　血だ！　たくさんは出ない……が、それで充分なのだ。そう、帰っちゃいけない」その声は次第に消えていく。

「帰っちゃいけない！」

声はすっかり消えてしまった。ダーモットは胸さわぎがした。その警告が自分に向かって言われたにちがいないと思った。とにかく今夜は外に何かあぶないことがあるのだ。

霊媒は溜め息をついたかと思うと、続いて呻き声を洩らした。正気に戻ろうとしているのだ。明かりがつけられ、しばらくすると彼女は坐り直して目をちょっとパチパチさせた。

「うまくいきましたか？　だといいんですけど……」

「ほんとに、とてもうまくいきましたよ。ご苦労さん、トムスン夫人」

「シロマコが出てきたでしょう？」

「ええ。それからほかの人たちも」

トムスン夫人はあくびをした。

「すっかり疲れてしまいました。欲も得もないくらい。みなさんもでしょう。でも、うまくいってよかった。成功するかどうか、ちょっと心配だったんです……かんばしくないことが起こるんじゃないかと思って。今夜この部屋には妙な感じがありましたからね」

そう言うと彼女は肉づきのいい肩ごしに左右をチラッと見まわしてから、気味わるそうに肩をすくめた。

「どうも気に入りませんね。最近みなさんの中のどなたかのお身内に、急死なさった方がおありですか？」

「どういうことです？……わたしたちの中でですか？」

「近い身内の方とか……親しいお友だちとか……？　ございません？　そうですか……ちょっと芝居がかった言い方をしますと、今晩はなんとなく死の匂いがすると言いたいところです。なにこれはほんの冗談ですけどね。おやすみなさい、トレント夫人。ご満足いただけてうれしゅうございます」

赤紫色のビロードのガウンを着たトムスン夫人は帰っていった。

「おもしろうございましたでしょう、アリントン卿」とクレアが呟くように言った。

「今夜はとても愉快でしたよ、奥さん。およびいただいてほんとにありがとう。ではおいとましましょう。みなさんはダンスにお出かけになるんでしたな？」

「ご一緒にいらっしゃいません？」

「いやいや、わたしは十一時半までに床に入ることにしてますんでね。おやすみなさい。さようなら、エヴァースレイ夫人。ああ、ダーモット、お前にちょっと話がある。いまこれから一緒にきてくれないか？　みなさんとはグラフトン・ギャラリーズで一緒になりゃいいだろう」

「いいですとも、叔父さん。じゃ、トレント、向こうで会おう」

ハーリー街（ロンドンのマリルボーン区にある町。一流の医師がたくさん住んでいる）までの短いドライヴのあいだ、叔父と甥はほとんど口をきかなかった。アリントン卿はわざわざダーモットを引っぱりだしたりしてわるかったと弁解めいたことを口にすると、ほんの五、六分ですむからと言った。

「車は待たせておこうか？」二人が車をおりる時にアリントン卿は訊いた。

「いや、かまいませんよ、叔父さん。ぼくはタクシーを拾うから」

「じゃそうしてもらおう。あんまり遅くまでチャールソンを起こしておきたくないんでね。おやすみ、チャールソン。ええっと……鍵はどこだったかな？」

アリントン卿が階段の上でポケットをあちこち探しているうちに、車は静かに走り去った。

「もう一つのコートに入れ忘れたにちがいない」けっきょく彼はそう言った。「ベルを鳴らしてくれんか？　たぶんジョンソンはまだ起きてるだろうから」

一分と経たないうちに落ち着きはらったジョンソンがドアをあけた。

「鍵を忘れたもんだからな、ジョンソン」と彼は言いわけした。「ウィスキー・ソーダを二杯、書斎へ持ってきてくれないか」

「かしこまりました、旦那さま」

医者は大股で書斎に入ると明かりをつけた。それからダーモットに手ぶりでドアを閉めるように合図した。

「手間はとらせないが、ちょっとお前に言っておきたいことがあったのでな。わしの気のせいかもしれんとも思うが、それともお前は何か……ジャック・トレントの奥さんに愛情《タンドレス》といったものを持っとるのかね？」

ダーモットの顔がサッと赤くなった。

「ジャック・トレントはぼくの親友じゃありませんか」

「わるいがな、それじゃわしの質問の答えにはならん。たぶんお前はわしが離婚やそうしたことに対していやに厳格な考えをもってるのを頭に入れているからだろうが、お前はわしのたった一人の近い身内で、わしの相続人だということを忘れちゃいかん」

「離婚なんて問題じゃありませんよ」とダーモットは腹を立てて言った。

「そりゃもちろんそうだろう……お前よりわしの方がよくわかっとるかもしれない理由でな。その理由も今ここで言うわけにはいかんが、お前に注意だけはしておきたい。クレア・トレントはお前に似つかわしくないぞ」

若者は叔父の凝視をしっかり受けとめた。

「ぼくだってちゃんとわかってます……そしておそらく叔父さんが思ってるよりよくわかってると言ってもいいでしょう。ぼくは叔父さんが今夜の晩餐会に出たわけだって知ってるんですからね」

「え?」医者はさすがにおどろいたふうだった。「どうして知ってるんだ?」

「推理の結果と言っておきましょう。叔父さんがあそこへ行ったのは……医者の立場として……と言ってまちがいないんじゃありませんか?」

アリントン卿は大股で行ったりきたりした。

「まさにそのとおりだよ、ダーモット。もちろんあのときはお前にわしの口からこれこれだとは言えなかった……もっともそのうちにはみんなにもわかっちまうんじゃないかと思うがね」

ダーモットは心臓がキューッとしまるような気がした。

「すると叔父さんは……決心したというんですか?」

「そうだ、あの一族は精神異常の筋だ……母方にな。悲しむべきことだ……いや、まったく悲しむべきことだよ」

「とても信じられません、叔父さん」

「そりゃそうかもしれん……素人目《しろうとめ》には、たとえ何か徴候があらわれていても、まずそうとは思わんからな」

「それが専門家の目だと？」

「証拠は決定的だ。こういう場合、患者はできるだけ早く拘束状態におかなけりゃいかん」

「おどろいたなあ！」とダーモットは小声で言った。「しかし全然どうってことないのに、人を監禁するわけにはいかんでしょう」

「いいかね、ダーモット！　野放しにしとけば、社会に危険をもたらす結果を招くという場合にかぎって拘束するのさ。

　とてもおそろしい危険さ。九分九厘、殺人狂特有の症状だ。母親の場合もそうだった」

　ダーモットは呻き声を上げて目をそむけると、両手に顔を埋めた。クレア――白い肌、金髪のクレア！

医者は気楽な調子で続けた。「そういう事情なので、わしはお前に警告する義務があると思ってな」

「クレアが」とダーモットは呟く。「かわいそうにクレアが」

「うん、ほんとうに、誰だって気の毒に思うさ」

と、いきなりダーモットは顔をあげた。

「そんなこと、ぼくは信じません」

「なんだって?」

「そんなこと信じないって言ってるんですよ。医者にだってまちがいはある。それくらい誰だって知ってるんだ。それに医者なんて、自分の専門のこととなると、いつだって夢中になっちまうんだから」

「いいか、ダーモット」とアリントン卿は怒ってどなった。

「そんなこと信じないって言ってるんですよ……それにとにかく、たとえそうだったところで、ぼくは平気だ。クレアを愛してるんだから。もし彼女が一緒にきてくれるなら、ぼくは彼女を連れていく……遠くへ……おせっかいな医者の手が届かないところへね。ぼくが彼女を守ってやる、面倒をみてやる、ぼくの愛情でかばってやる」

「そんなことをしちゃいかん。お前、頭がおかしくなったのか?」

ダーモットはあざけるような笑い声を立てた。

「ま、叔父さんならそう言うでしょうね」

「わしの言うことをわかってくれ、ダーモット」アリントン卿は顔をまっ赤にして癇癪玉をおさえた。「もしお前がそんなことをしたら……そんな恥知らずなことをしたら……それでおしまいだ。わしが今お前にやってる手当てもやめにするし、遺言状も書き直して、わしの財産はみんな方々の病院にやっちまうぞ」

「そんないまいましい金など、叔父さんの好きなようにしてください」とダーモットは低い声で言った。「ぼくは愛する女性を自分のものにするんだから」

「あの女は……」

「彼女の悪口を一言《ひとこと》でも言ったらさいご……嘘じゃない！　叔父さんを殺してやる！」

とダーモットは叫んだ。

グラスのかすかにチリンチリンいう音がしたので、二人ともサッと振り向いた。議論に夢中で聞こえなかったが、ジョンソンがグラスをのせた盆を持ってきていた。彼はできのいい召使らしく、顔色ひとつ動かしてはいなかったが、ダーモットはどの程度この男の耳に入っただろうと思った。

「それでいい、ジョンソン」とアリントン卿はそっけなく言った。「もう寝ていいぞ」

「ありがとうございます。おやすみなさいませ、旦那さま」

ジョンソンは引きさがった。

二人の男は目を見合わせた。一時中断されたため、嵐も静まっていた。

「叔父さん」とダーモット。「あんな言い方をすべきじゃありませんでした。叔父さんの目から見たら、ああ言うのも無理じゃないってことはよくわかります。でもぼくはずっと前からクレア・トレントを愛してたんです。ジャック・トレントが親友だってことが、これまでぼくの愛情を当のクレアに打ち明ける妨げになってたんです。だけど、こういう事情になっては、そんなことなんかもう問題じゃありません。金銭的な条件がぼくに思いとどまらせようって考えはばかげてます。もう二人とも言うだけのことは言ったようですね。おやすみなさい」

「ダーモット……」

「これ以上議論したって、ほんとになんにもなりませんよ。おやすみなさい、アリントン叔父さん。残念だが仕方ありません」

彼は急いで部屋を出ると、うしろ手にドアを閉めた。ホールはまっ暗だ。彼はそこを通って玄関のドアをあけ、通りに出るとドアをバタンと閉めた。

ちょうどタクシーが通りのすこしさきの家の前で客をおろしたので、ダーモットはそれを呼んで、グラフトン・ギャラリーズへ走らせた。

彼は途方にくれてダンス・ホールの入口で立ちどまった——頭がくらくらしたのだ。耳ざわりなジャズ音楽、笑顔の女たち——まるで別世界に踏みこんだような気持ちだった。

——これはみんな夢だったのだろうか？　叔父とのあのくそおもしろくもないやりとりが、ほんとにあったなんてあるもんか……ほっそりした体にまるでシースドレスのようにぴったり合った白地に銀糸をあしらったガウンを着て、クレアが百合のように軽やかに通りすぎていく。彼女はおれにほほ笑みかけた。顔はなごやかで落ち着いている。何もかも夢だったにちがいない……

ダンスが一曲おわった。しばらくすると彼女は彼のそばへやってきて、ほほ笑みながら彼の顔を見あげた。彼はまだ夢の続きを見ているような気持ちで彼女にダンスを申しこんだ。今度は彼女は彼の胸の中にいる。また耳ざわりなメロディーが流れだした。

彼は彼女がいくぶん元気がないような気がした。

「疲れたの？　やめようか？」

「よろしかったら。どこかお話のできるところへまいりません？　ちょっとお話があるんですの」

夢ではない。彼は一足とびに現実の世界に舞いもどった。彼女の顔がおだやかで落ち着いてるなんて、どうして考えたんだろう？　この顔には心配と恐怖がこびりついてるじゃないか。彼女はどの程度知ってるんだろう？……

彼が静かな一隅《いちぐう》を見つけたので、二人は並んで腰をおろした。

「さあ」と彼は心にもない気軽な調子で言った。「何かぼくに話があるってことだったけど」

「ええ」彼女は目を落とした。ガウンの房飾りをそわそわといじっている。「言いにくいんですけど……ちょっと……」

「言ってごらんなさい、クレア」

「じつは、わたし、あなたに……しばらくよそへ行っていただきたいんですの」

彼はおどろいた。どんな想像をしていたにせよ、こんなことではなかった。

「ぼくによそへ行ってもらいたいって？　どうして？」

「正直に言って、それが一番いいんじゃないでしょうか？　わたし……わたし、あなたが紳士でわたしのお友だちってことは知ってます。あなたによそへ行っていただきたいって言いますのは、わたしが……わたしがあなたを好きになってしまったからなんです」

「クレア」

彼女の言葉を聞いて彼は口がきけなくなった――舌が動かなくなってしまったのだ。

「おねがいですから、あなたがいつかわたしを好きになるなんて思い描くほど、わたしが自惚《うぬぼ》れてると思わないでくださいね。ただ……わたしはあまりしあわせじゃないってだけなんです……それで……ああ！　あなたによそへ行っていただくほうが……」

「クレア、きみは気がつかなかったのか、ぼくがきみが好きだったことを……はじめて会ったときからずっと……？」

彼女はびっくりしたような目をあげて、彼の顔を見た。

「あなたがわたしを思っていてくださった？　ずっと前から思っていてくださったんですって？」

「はじめからずっとです」

「ああ！」と彼女は叫んだ。「どうして言ってくださらなかったの？　それじゃ……？　あなたの胸にとびこもうと思えばとびこめたときに！　もう遅すぎた今になって、なぜおっしゃるの？　いいえ、わたし、頭がどうかしてるんですわ……自分で自分の言ってることがわからないんですもの。あなたの胸にとびこむなんて、できっこありませんでしたもの」

「クレア、『もう遅すぎた今になって』と言ったけど、それどういう意味なんだ？　それ……それ、ぼくの叔父のせいですか？　彼の知ってることが？　彼が考えてることがですか？」

彼女は黙ってうなずいた。涙が頬に流れおちた。

「聞くんだ、クレア、あんなことなんかすこしも信じちゃいけない。きみはそんなこと気にしなくたっていい。その代わりぼくと一緒に逃げよう。南太平洋の、緑《あお》い宝石みたいな島々へ行くんだ。そこならきみはしあわせになるし、ぼくが面倒をみてあげる……いつまでも心配なんかしないようにしてあげるよ」

彼は彼女の体に両腕をまわした。彼女を抱きよせると、その手に彼女の震えているのが伝わった。と、とつぜん彼女は身もだえして彼から離れた。

「ああ、いけません、おねがいです。おわかりになりませんの？　もうだめです。そんなことよくない……よくないことですわ。今までずっとわたしは行ない正しくありたいと思ってきたんですから……それを今さら……やっぱりよくないことですもの」

彼女の言葉を聞くと彼は当惑して口をきくのをためらった。彼女は哀願するように彼を見た。

「おねがい。わたしは行ないを正しくして……」

ダーモットは何も言わずに立ちあがると、彼女のそばを離れた。そのときの彼はその言葉を聞いて、口もきけないほど感動すると同時に胸苦しくもあったのだ。彼は帽子とコートを取りに行ったが、そこでトレントと顔を合わせた。

「やあ、ダーモット、もう帰るのか」

「うん、今夜はどうも踊る気がしないのでね」

「いやな晩だ」とトレントは憂うつそうに言った。「それでもきみにはぼくみたいな心配がないからいいよ」

ダーモットはトレントが打ち明け話をするんじゃないかと思って、急におそろしくなった。

――いやだ……それだけはごめんだ！……

「じゃ、失敬」と彼は急いで言った。「帰るよ」

「うちへか、え？　さっきの霊の警告はどうなんだ？」

「かまうもんか。おやすみ、ジャック」

ダーモットの家はたいして遠くなかった。冷たい夜気にあたらなければ熱い頭がさめないような気がしたので、自宅まで歩いた。

彼は自分が持っていた鍵で家の中に入ると、寝室の明かりをつけた。

するとたちまち——これでその晩は二度目だったが——彼が赤信号という名で呼んでいた感じが、どっと押し寄せてきた。その感じがあまり強かったので、クレアのことさえ一瞬彼の頭から、抜けてしまったくらいだった。

あぶない！　おれはあぶない。たった今この瞬間に、現にこの部屋の中で、おれは危険にはまりこんでるんだ……

恐怖から逃げだすために笑いとばしてしまおうとしてみたがだめだった。おそらくその努力も無意識のうちに気乗りしていなかったのかもしれない。これまでのところ、赤信号はいつでも折よく警告してくれ、そのおかげで災難をのがれてきたのだから。彼は自分自身の迷信かつぎにすこしばかり苦笑しながら、家の中を丹念に見てまわった。誰か悪党が入りこんでこっそり隠れているかもしれない。しかし調べた結果は別条なかった。

下男のミルソンは留守で、家の中はがらんとしていた。

彼は寝室にもどって、顔をしかめてゆっくり服をぬいだ。危機感は依然ひしひしと感じられた。ハンカチを出そうとして引き出しのところへ行ったが、そこで急に彼は棒立ちになってしまった。引き出しのまん中がいつもとちがってこんもりふくらんでいる——何か固いものがあったのだ。

彼の気ぜわしげな指がハンカチを横へはねのけて、その下に隠れていたものを取り出した。回転拳銃《リヴオルヴアー》だった。

ダーモットは度胆をぬかれて、熱心にそれを調べた。あまり見なれない型のもので、最近一発発射されている。それ以上のことはさっぱりわからなかった。誰かがついその夕方その引き出しに入れたのだ。彼が晩餐会へ行くために着替えをしたときにはなかったのだから、それはまちがいなかった。

それを引き出しにもどそうとしたとき、ベルが鳴ったので彼はギョッとした。ベルはくり返しくり返し鳴って、静まりかえった人けのない家の中に異様なほど大きくひびいた。

こんな時間に玄関《おもて》にくるなんて、いったい誰だろう？　ところがその疑問にはたった一つの答えしかかえってこなかった——本能的な、執拗な答えだった。

「あぶない……あぶない……あぶない……」

思いがけない本能の働きでダーモットは明かりを消すと、椅子にかかっていたオーバーをはおって玄関のドアをあけた。

おもてには二人の男が立っていた。そしてその向こうにダーモットは青い制服の男が一人いるのも見た。警官だ！

「ウェストさん?」と二人のうち前にいたほうの男が訊いた。

ダーモットは返事をするまでに何年もかかったような気がした。が、下男の無表情な声をかなりうまく真似して答えるまでには、じつのところほんの一、二秒しかかかってはいなかった。

「ウェストさんはまだお戻りになっていません。夜のこんな時間にいったいなんのご用でしょう?」

「まだ帰宅してないんだね、え? そうか、それじゃ中へ入って待ったほうがよさそうだな」

「いえ、いけません」

「いいかね、きみ、わたしはロンドン警視庁のヴェラール警部という者で、きみの主人の逮捕状も持ってる。見たけりゃ見せてやるよ」

ダーモットは差し出された書類に目を走らせた。というよりそんなふりをしてから茫然とした声で訊いた。

「どうしてです? 何をなさったんですか?」

「殺人さ。ハーリー街のアリントン・ウェスト卿をだ」

ダーモットは頭の中がくらくらして、このおそろしい訪問者の前から尻ごみした。彼は居間に入って明かりをつけた。警部はあとからついてきた。

「そこらを捜せ」と警部はもう一人の男に命じた。それからダーモットのほうを振り向いた。「お前はここにいるんだ、いいか。こっそり抜け出して主人に知らせにいったりするんじゃないぞ。ところでお前の名前は？」

「ミルソンです、旦那」

「主人は何時ごろ帰ってくると思う、ミルソン？」

「わかりません、旦那……たしかダンスにお出かけだと思いますが。グラフトン・ギャラリーズに」

「そこは一時間ちょっと前に出ている。たしかにここへは戻らなかったんだな？」

「じゃないでしょうか。家の中にお入りになれば、物音が聞こえたはずだと思いますから」

そのときもう一人の男が隣室から入ってきた。手には回転拳銃《リヴオルヴアー》を持っている。興奮気味でそれを警部に渡した。警部の顔に満足げな表情がチラッと浮かんだ。

「これで片がついた」と彼は言った。「お前が聞きつけないようにこっそり入ってきて、またこっそり出ていったにちがいない。もう今頃はずらかってるぞ。わたしも出かけたほうがよさそうだ。コーリー、お前はほしが戻ってくるかもしれんから、ここにいろ。

それにこの男も見張っておれるしな。この男、見かけより主人のことを知っとるかもしれんぞ」

警部はあたふた出ていった。ダーモットがなんとかしてコーリーから事件のことを詳しく聞き出そうとしていると、相手はたちまち調子にのってしゃべりだした。

「まったく一目瞭然たる事件さ」と彼はご機嫌で言った。「殺人はほとんど犯行直後に発見されてるしな。召使のジョンソンが階上《うえ》の寝室にあがったかと思うと銃声がしたような気がしたので、もういちど下へ降りた。そして行ってみると、アリントン卿が心臓を射ち抜かれて死んでたってわけさ。彼がすぐ電話をかけてきたので、われわれは行って彼の話を聞いたんだ」

「その結果、じつに一目瞭然な事件てことになったんですね？」とダーモットは思いきって訊いた。

「きまってるじゃないか。ウェスト青年は叔父と一緒にやってきて、ジョンソンが飲みものを持っていったとき、二人は言い争ってたんだ。老人は遺言書を書きなおすと言って甥をおどすし、お前の主人は射ち殺すぞと言ってたんだから。それから五分も経たないうちに銃声がした。どうだ！　うん、簡単明瞭。ばかな若造さ」

なるほど簡単明瞭だ。ダーモットは自分に不利な、圧倒的に有力な証拠の性質がわかって憂うつになってしまった。たしかにあぶない――ぞっとするほどの危険だ！　すると逃げる以外に助かる道はない。彼は機転をはたらかせた。しばらくして彼はお茶を一ぱい入れましょうかと言った。コーリーはよろこんで承知した。警官はすでに家の中を捜索して、裏に出入口のないことを知っていた。

ダーモットは台所に入ることを許された。そこに入ると彼はヤカンをかけ、カップや皿をわざとガチャガチャいわせた。それから足音をしのばせてすばやく窓のところへ行くと、窓枠を押しあげた。その部屋は二階にあって、窓の外側には商人たちが使う鋼鉄のケーブルで上下させるワイヤ・リフトがある。

とっさにダーモットは窓の外に出て、ワイヤ・ロープにぶらさがって降りた。ロープが手のひらに食いこんで血が出たが、必死になって滑り降りた。

二、三分後、彼はその一画の建物の裏からこっそり出てきた。角を曲ると、歩道のわきに立っている人影が見えた。それがジャック・トレントだったのには、彼もすっかり面くらってしまった。トレントは危険な状況を充分のみこんでいた。

「大変だぞ！　ダーモット！　はやくはやく……この辺でぐずぐずしてちゃだめだ」

彼はダーモットの腕をつかむと、路地へ連れこみ、さらに別の路地へと引っぱっていった。やっとタクシーが一台見つかったので、彼はそれを呼んだ。そして二人がとび乗ると、トレントは運転手に自分の住所を言った。

「さしあたりあそこがいちばん安全な場所だよ。あそこで次にどうやってあの間抜けな警部どもをまくか決めればいい。ぼくは警官がやってこないうちにきみに知らせてやれたらと思いながらあそこまで行ったんだが、あとの祭りだったってわけさ」

「きみの耳に入ってるなんて夢にも思わなかった。ジャック、きみはまさか……」

「もちろんさ、きみ、これっぽっちもだよ。ぼくはきみを知りすぎるくらい知ってるんだから……。それにしてもきみにとっちゃ厄介なことになったもんだな。やつら、やってきていろいろ訊いてたよ……きみが何時にグラフトン・ギャラリーズにきて、何時に出てったかといったようなことをね。ダーモット、いったい誰があの老人を殺《や》ったのかなあ？」

「想像もつかん。誰が殺したか知らんが、そいつが拳銃をぼくの引き出しに入れたんだろう。かなり綿密にぼくたちの行動を見張ってたにちがいない」

「あの降霊術の会はまったく妙だったな。『うちへ帰るな』だなんて。あれはかわいそうにウェスト老人のことだったんだ。それなのに彼は帰宅したから殺されたんだ」

「それはぼくにも当てはまるさ」とダーモット。「うちに帰ったら、拳銃は隠してあるし、警部には来られるし」

「うん、ぼくはその二の舞いはごめんにしたいな」とトレントは言った。「さあ着いたよ」

彼はタクシー料金を払って鍵でドアをあけると、暗い階段をのぼってダーモットを書斎へ案内したが、そこは二階にある小さな部屋だった。

彼がドアを大きく押しあけたのでダーモットが入ると、トレントは明かりのスイッチを押してからダーモットのそばへやってきた。

「ここなら、ま、しばらくは大丈夫だよ」と彼は言った。「さ、それじゃ一つ善後策の相談でもするか」

「ばかな真似をしちまったなあ、ぼくは」と急にダーモットが言いだした。「まともに立ち向かうべきだったんだ。今になってみると、だんだんよくわかってきたんだが。何もかも罠だったんだ。おい、何を笑ってるんだ？」

トレントが椅子にもたれかかって、おかしさがこらえきれずに体をゆすって笑っていたのだ。その笑い声には何かぞっとするようなものがあった――いや、トレントの様子にも何かぞっとするものがあった。その目には奇妙な光があった。

「じつにうまい罠さ」と彼は喘《あえ》ぎながら言った。「おい、ダーモット、お前はもうおしまいだぞ」

彼は電話を自分のほうへ引き寄せた。

「何をしようっていうんだ？」とダーモットは訊いた。

「警視庁に電話するのさ。あいつらのさがしてるほしはここにいる……ちゃんと錠をおろして閉じこめてあるってだよ。そうさ今ここに入ったとき、おれはドアに錠をおろした……そして鍵はおれのポケットの中だ。おれのうしろのドアを見たってだめさ。あれはクレアの部屋に続いてるんだが、ドアは彼女が向こうから鍵をかけてるんだ。あいつはおれをこわがってるのさ。ずっと前からだ。あいつはおれがあのナイフのことを……長くてよく切れるナイフのことを考えてると、いつもちゃんとわかるんだな。いや、お前にはわからん……」

ダーモットは彼に向かってとびかかろうと身構えたが、相手はいきなり無気味な回転《リヴオル》拳銃《ヴアー》を引き抜いた。

「こいつは二梃目さ」とトレントはクスクス笑いながら言った。「一梃目のやつはお前の引き出しに入れた……ウェスト爺さんを射ったあとでな……おれの頭のうしろの何を見てるんだ？　あのドアか？　クレアがあれをあけたところでだめさ……いや、お前のためならあけるかもしれんが……お前がそこまでいかないうちに一発お見舞いするからな。心臓じゃない……殺しはせん、お前が逃げられないように腕に怪我をさせるだけだ。

おれは射撃の名手なんだ。以前お前の命を助けてやったこともある。ばかなことをしたもんだ。そうとも、そうとも、おれはお前を吊るし首にしてやりたいんだ……うん、吊るし首にだぞ。ナイフを使いたいのはお前じゃない。クレアさ……まっ白なやわ肌をした美しいクレアさ。ウェスト爺さんは知ってた。今夜ここにきたのもそのためだったんだ……おれが狂ってるかどうか見にな。あいつめ、おれを監禁したがってた……おれがナイフでクレアに襲いかからないようにだ。しかしおれはなかなかどうして抜け目がないからな。あいつの玄関のキーもお前のキーも手に入れた。ダンス・ホールに着くと、おれはすぐ抜けだした。お前があいつの家から出るのを見とどけてから、おれは中に入った。あいつを射ち殺しといてすぐ逃げた。それからお前のうちへ行って拳銃を置いてきた。そしてお前とほとんど同じ頃ちゃんとグラフトン・ギャラリーズに戻って、お前におやすみと言いながら、お前のコートのポケットにキーを放りこんだってわけさ。こうして一部始終を話しちまったがかまうことはない。ほかに聞いてる者がいるわけじゃなし、お前がいよいよ吊るし首にされるってときに、犯人がおれだってことをわかっておいてもらいたいからさ……逃げ道なんかない。笑わせるなあ……いや、まったく笑わせるぜ！　何を考えてるんだ？　いったい何を見てるんだ？」

「きみがたったいま言った言葉《こと》を考えてるのさ。トレント、うちへ帰らなけりゃ、きみももっとうまくやれたのになあ」

「それ、どういうことだ？」

「うしろを見ろよ」

トレントはサッとうしろを振り向いた。隣室の入口にクレアが立っていた——それからヴェラール警部が……。

トレントの動きはすばやかった。拳銃はたった一度しか音を立てなかった——そして狙いははずさなかった。彼はテーブルの上へのしかかるようにして倒れた。警部はそのそばへとんでいったが、ダーモットは夢見心地でクレアを見つめたままだった。いろいろなことが彼の頭の中を目まぐるしく駈けめぐった。叔父……口論……とんでもない誤解……精神異常の夫から絶対にクレアを解放しないイギリスの離婚法……「誰だって彼女を気の毒に思うさ」と言った叔父の言葉……彼女とアリントン卿の計画をトレントの悪知恵がちゃんと見破っていたこと……「よくない……よくない……よくない！」と彼女が彼に言った言葉。そうだ……しかしもう今は……

警部はもういちど体をおこした。

「死んでる」と彼は腹立たしそうに言った。

「そうでしょう」とダーモットは独り言《ひとごと》を呟くように言った。「彼は昔から射撃の名手だったから……」

第四の男

The Fourth Man

キャノン（大聖堂参事会員）・パーフィットはすこし息がはずんだ。汽車に乗ろうとして走るくらい、彼の年輩の男にしてみれば大したことではない。一つには彼の体格が以前とちがって輪郭もほっそりしたところがなくなり、息切れがしやすくなっていたせいもある。この傾向をキャノン自身はいつももっともらしい口調で、「心臓がどうもなあ！」と言っていた。

彼はやれやれとばかりに溜め息をつきながら、一等車の片隅に腰をおろした。スティームのきいた客車の暖かさが、彼にはなんとも快適だった。外は雪が降っている。長い夜汽車の旅で隅の席がとれたのはもっけのさいわいだった。でなければみじめな気持ちになったことだろう。こんな列車には寝台車をつけるべきなのだ。

ほかの三つの席はすでにふさがっていたが、それとわかったとき、彼は向こう隅の男が軽くうなずいて笑顔を見せたのに気づいた。きれいに髭を剃ったからかい好きらしい顔の男で、こめかみのあたりにほんのすこし白いものがまじっている。彼の職業が法律関係だということは、誰でも一目でそれとわかるほどはっきりしていた。事実ジョージ・デュランド卿はすこぶる有名な弁護士だった。

「なあ、パーフィット」と彼は愛想よく言った。「あんたはこれに乗ろうというんで走ってきたんだろう？」

「心臓にひどくわるいとは思うんだけどねえ」とキャノンは言う。「ここでお目にかかるとはまったく偶然ですね、ジョージ卿。かなり北まで行くんですか？」

「ニューカッスルだよ」とジョージ卿は言葉みじかに言った。それからつけ加えて、「それはそうと、あんたはキャンベル・クラーク博士をご存じかね？」

客車のキャノンと同じ側に坐った男が愛想よく会釈した。

「彼とはプラットフォームで会ったんだがね」と弁護士は続ける。「これも偶然のめぐり合わせというやつだ」

キャノン・パーフィットはひどく興味をそそられたらしい目でキャンベル・クラーク博士を見た。それまでにもたびたび耳にした名前だったからだ。クラーク博士は内科医だが、精神病の専門医としても一流で、彼の最近の著書『無意識心理の問題』はこの年の最も話題を呼んだ書物だった。

キャノン・パーフィットは角ばった顎、ひどくしっかりした感じの青い目、そして白《しら》髪《が》は全然ないが、急速に薄くなりつつある赤味がかった髪を見た。そして個性が非常に強そうだという印象もうけた。

ごく自然な連想から、キャノンはそこにも会釈の目があるものと半ば期待しながら前の席へ目をやったが、四人目の乗客はぜんぜん見ず知らずの男だった――外国人らしいと彼は思った。色は浅黒く、どちらかというと風采のあがらぬほうだ。大きなオーバーにくるまってぐっすり眠っている様子だった。

「ブラッドチェスターのキャノン・パーフィットさんですか？」とキャンベル・クラーク博士は愛想のいい声で訊いた。

キャノンはご機嫌な顔だ。彼の書いた『科学的説教集』はじつのところ大いに当たったのだ――新聞が取りあげたあとはとくにそうだった。なるほどそれは教会が求めているものだった――なかなか近代的な、現代に則したものだったからだ。

「あなたのご本はとてもおもしろく拝見しましたよ、クラーク博士。もっともすこし専門的でわたしにわからないところもかなりありますがね」

デュランド卿が横から口をはさんだ。

「あんたはおしゃべりがしたいのかね？……それとも眠りたいのかね、キャノン？　わしなら……不眠症で困ってるんで……即座に言うな、おしゃべりのほうがいいって」

「いやあ！　そうですとも。きまってますよ」とキャノン。「わたしはこういう夜汽車の旅じゃめったに眠れないし……持ってきた本はとてもおもしろくないときてるんでね」

「とにかくわたしらは代表者会議を開いているんですからな」と医者がにこにこ笑いながら言った。「教会と法律と医学のね」

「わしらのあいだなら意見がないなんてことはあまりないよ、な？」とデュランドが笑って言う。「教会は精神的な面から、このわしはまったく世俗的で法律的な面から、そして医者のあなたは純粋に病理学的なものから、そのう……超心理学的なものにわたる、あらゆるものに関する最も広い分野をもってるんだからね！　われわれ三人のあいだでなら、どんな分野でもかなり徹底的に論じ合えるはずだと思う」

「いやあなたが考えとるほど徹底的にはいかんでしょうな」とクラーク博士が言う。「もう一つ、あなたが言い忘れた観点があるからでね……しかもこれがかなり重要なものなんだ」

「というと?」と弁護士が訊く。

「庶民の意見というやつですよ」

「それがそんなにだいじかな?　庶民はたいていの場合まちがってるんじゃないかね?」

「うん!　そりゃまあ九分九厘まではね。しかしどんな専門的な意見にも欠けてるもの……つまり、個人的な意見をもってるからね。煎じつめれば、誰だって個人的関係から逃れるわけにはいかない。それもわたしは職業がら気づいたんだ。というのは、ほんとに病気でわたしのところにくる本物の患者一人に対して……同じ家に同居している者たちとうまく折り合っていく能力がないというほかは、まるきりなんともないのが五人はやってくる。そりゃなんだかんだ言うよ……膝関節の痛みから書痙《しょけい》にいたるまでな。が、みんな同じことでね……心と心の摩擦によって皮がすりむけてひりひりしてるだけなんだ」

「あなたのとこには神経のいかれたなんて患者が大勢くるでしょうね」とキャノンは軽蔑のこもった口調で言った。彼自身の神経には異常がなかったからだ。

「そりゃもう!　しかし、それ、どういう意味ですか?」相手は閃光のようにくるっと顔を向けた。「神経のいかれたって!　みんなは今あなたのおっしゃったとおりのことを言っては笑います。『誰それはどこもなんともないんだ……ただ神経がいかれてるだけさ』ってね。ところがどっこい、あなた、万事そこが肝心かなめなとこなんですよ！たんなる肉体的な病気なら罹《かか》っても治せる。しかし神経症のはっきりした原因については、今日《こんにち》でも……そのう、エリザベス女王時代とくらべてなにほどもわかっちゃいないんですからね！」

「おやおや、そうなんですか？」とキャノン・パーフィットはその猛攻に会っていささか鼻じろみながら言った。

キャンベル・クラーク博士は続けて、「いいですか、それは神のありがたいおぼしめしのあらわれなんですよ。昔われわれは人間を肉体と精神をもつ単純な動物だと考えた……それも肉体のほうに重きをおいた動物としてね」

「肉体と精神と、それから霊魂ですよ」と牧師はおだやかに訂正した。

「霊魂？」医者は妙な微笑を浮かべた。「あなた方宗教者は正確なところ霊魂をどういう意味で使ってるんです？　どうしてもそれがはっきりしませんな。ずっと昔からはっきりした定義づけを避けてますからな」

キャノンは口をあけようとして咳ばらいをしたが、残念ながらその機会は与えられなかった。医師が続けて言ったからだ。

「その言葉が単数の霊魂（spirit）と言うのもまちがいないんでしょうか？……複数の霊魂（spirits）かもしれないじゃありませんか？」

「複数の霊魂だって？」ジョージ・デュランド卿がからかうように眉をあげて訊いた。

「そうだよ」それまで動かなかったキャンベル・クラークの目が彼の方へ動いた。体を前へ乗りだして、相手の胸を軽く叩くと、生《き》まじめな声で言った。「この建物の住人はたった一人だってことにそれほど確信があるかね？……それだけだって……。この住み心地のいい家は家具つきの家でね……七年、二十一年、四十一年、七十一年……ま、何年だっておれる。そしてしまいに借家人は持ち物を運び出す……すこしずつ……そしてやがて完全にその家から出てしまう……そして家は荒廃と腐朽《ふきゅう》のかたまりとなって倒壊してしまうってわけさ。あんたはその家の主人だ……それは認める。が、そのほかのものの存在にあんたはぜんぜん気づいてないんじゃないかな？……仕事をしてるって以外はほとんど気づかれない忍び足の召使たち……いや、彼らが仕事をしたこともあんたは気づいちゃいない。あるいは友人たち……あんたをつかまえ、あんたをしばらくのあいだまるで俗に言う〝人が変わった〟ようにしてしまう雰囲気にもね？　あんたがその城の王さまだってことはまちがいないが、そこには〝卑劣な悪党〟が同居してることもよくよく確認することだな」

「おいクラーク君」と弁護士はものうげな口調で言った。「あなたの話を聞いていると、わしはまったく不愉快な気持ちになる。わしの心はほんとに性格と性格がぶつかり合ってる戦場なのかね？　それが科学の新知識だっていうのかね？」

今度は医者が肩をすくめる番だった。

「あなたの肉体がそうなんだ」と彼はそっけなく言う。「肉体がそうなら、精神がそうでないってわけがなかろう？」

「なかなかおもしろいですね。うん！　すばらしい科学だ……すばらしい科学だ」とキャノン・パーフィットが言った。

そして彼は心ひそかに呟いた。〝この考えをタネにしてじつに感動的な説教をやることができるぞ〟

しかしキャンベル・クラーク博士は一時の興奮もさめて、もういちど座席の背にもたれた。

「じつを言うと」彼はそっけない医師らしい口ぶりでこう述べた。「わたしが今夜ニューカッスルへ行くのも、ある二重人格の患者のためなんだよ。なかなかおもしろい症状でね。もちろん神経性のものだ。が、正真正銘のものなんだよ」

「二重人格か」とジョージ・デュランド卿は思案顔で言う。「たしかそんなに珍しいもんじゃないと思うな。記憶喪失も同時に起こるんじゃないかね？　このあいだも遺言検認裁法廷でその問題が持ちあがったのをおぼえてるよ」

　クラーク博士はうなずいて言った。

「言うまでもなくその古典的な例はフェリシー・ボウルの場合だ。聞いたことがあるだろう？」

「もちろんですとも」とキャノン・パーフィットが言った。「新聞でその記事を読んだおぼえがあります……が、もうそれこそずいぶん前でしょう……すくなくとも七年にはなるでしょうな」

　キャンベル・クラーク博士がうなずいた。

「その娘はフランスで最も有名な人物の一人になりました。世界じゅうから科学者たちが彼女に会いにやってきた。彼女はすくなくとも四つのはっきりちがった性格をもっていてね。それらはフェリシー1、フェリシー2、フェリシー3、フェリシー4というふうに呼ばれた」

「何か計画的なぺてんの匂いはなかったのかね？」とジョージ卿がすかさず訊いた。

「フェリシー3とフェリシー4の性格にはいくぶん疑わしいところがあった」と医師は認めた。「といっても主たる事実に変わりはない。フェリシー・ボウルはブリタニーの農家の娘だった。彼女はきょうだい五人の三番目で、のんだくれの父親と精神的欠陥のある母親のあいだに生まれた。父親はいちど酒乱をおこしたときに母親を絞め殺してしまい、わたしの記憶にまちがいがなければ、終身流刑になったはずだ。当時フェリシーは五歳だった。そうした子供たちに関心をもつ情けぶかい人たちはいるもので、フェリシーも貧しい子供たちのために一種のホームを経営しているあるイギリス人のオールド・ミスの手で育てられ教育された。しかし彼女もフェリシーを向上させることはほとんどできなかった。彼女の書いているところによると、フェリシーは異常なほどのろまで、愚かで、読み書きを教えるだけでもめっぽう骨が折れたし、手さきが不器用だったそうだ。このスレイターという婦人はフェリシーに家事を覚えさせようとしてみたし、そろそろ勤めに出てもいい年頃になったので、じっさい勤め口もいくつか探してやった。が、間の抜けかげんと、ひどいぐうたらということもあって、どこへいっても長続きしたことがなかった」

医者はすこしのあいだ息を入れた。そしてキャノンは足を組みかえ、旅行用の膝かけをそれまでよりもかたく体にまきつけたが、ふと向かい側にいる男がごくかすかに体を動かしたのに気づいた。それまで閉じられていた目が今は開けられ、そこに浮かんだ何かが……どことなく人をばかにしたような得体の知れぬ表情が尊師キャノンをハッとさせた。その男はまるでみんなの話を聞きながら内心ほくそ笑んでいるようだった。

医者は続けた。「フェリシー・ボウルが十七歳のときに撮《と》った写真があるんだがね。それを見ると彼女が体のがっちりした、泥くさい農家の娘だったことがわかる。その写真にはやがて彼女がフランスじゅうで最も有名な人物の一人になることを示したものなど何一つない。

五年後、二十二歳のときだったが、彼女はひどい神経性の病気にかかったんだが、それが治ると妙な現象があらわれだした。これから言うのは大勢の優秀な科学者たちによって証明された事実なんだ。フェリシー1と呼ばれた性格は、それまで二十二年間のフェリシー・ボウルと区別がつかなかった。これはフランス語を書いてもへたくそでたどたどしく、外国語はまるきり話せず、ピアノを弾くこともできなかった。それとは逆にフェリシー2はイタリア語は流暢に、ドイツ語もほどほどにしゃべる。彼女の筆跡はフェリシー1のそれとは似ても似つかぬものだったし、流暢で表現ゆたかなフランス語を書いた。政治や芸術について議論もできたし、ピアノを弾くのが大好きだった。フェリシー3はフェリシー2と共通する点がいろいろあった。頭もよく、明らかに相当の教養もあったが、徳性の点じゃまるで反対だった。じっさい彼女は根っから堕落した女だったらしい……が、それはパリ風にであって、田舎流にじゃなかった。彼女はパリの隠語はなんでも知ってたし、粋《いき》な娼婦たちの言いまわしも心得ていた。彼女の言葉は下司《げす》っぽくて、いつも宗教や、いわゆる善良な人々をきわめつきの口汚い言葉でののしった。最後にフェリシー4があるが……これはぼんやりした、ほとんど薄ばかと言ってもいいような女で、非常に信心ぶかく、いかにも千里眼的なところがあったが、この四番目の性格はどうも納得のいかない点があるし、つかまえどころがなくて、フェリシー3の計画的なぺてん……彼女が簡単に物を信じる世間のやつらをからかった一種の冗談だと考えられたこともある。まずフェリシー4は除外するとして、それぞれの性格ははっきりしていてちがっていたし、たがいに何も知らなかったと言っていいようだ。フェリシー2が言うまでもなくいちばん強くて、時には一度に二週間も続くことがあるし、かと思うとフェリシー1が突然あらわれて一日か二日続くこともある。おそらくそのあとにはフェリシー3だとか4があらわれたのだろうが、このあとの二つは数時間以上も支配したままでいることはめったになかった。それぞれの転移のあとにはきまってひどい頭痛と深い眠りがあって、どの場合でもほかの状態の記憶を完全に失い、問題の性格はその前の性格が消えた時点からはじまるのだが、その間の時間の経過については意識がないんだよ」

「おかしいな……ほんとにおかしなことがあるもんだ」とキャノンは呟いた。「まだまだわれわれは宇宙の神秘についてほとんど知らないと言ってもいいんだなあ」

「あくどく狡がしこい詐欺師たちがいることも知ってるがね」弁護士はそっけなく述べた。

するとクラーク博士は口ばやに言った。「フェリシー・ボウルの症状は医者や科学者ばかりでなく、法律家たちによっても調査された。あなたたちもおぼえているだろうが、メートル・キムベリエは最も徹底した調査をして、科学者たちの見解を確認した。ところで要するにどうしてそれがわれわれをあんなにおどろかせたかだ。われわれは黄身《きみ》が二つ入ったタマゴに出くわすことがあるだろう？　それに双子《ふたご》のバナナにもね？　それなら一つの肉体の中に双子《ふたご》の霊魂があったっておかしくないだろう……あるいは四つ子の霊魂があってもね？」

「双子《ふたご》の霊魂だって？」とキャノンが抗議した。

クラーク博士は射るような鋭い青い目を彼に向けた。

「ほかに呼びようがないでしょう？　つまりですよ……性格が霊魂だとしたらね？」

「そういう状態が〝変種〟みたいなものにすぎないのなら結構だがね」とジョージ卿が言った。「もしその場合がありふれたものとなると、こいつは相当ややこしいことになりかねないな」

「もちろんこうした状態はごく異常なものだよ」と医者は相槌をうった。「もっと長く研究が続けられなかったことがいかにも残念だが、すべてはフェリシーの不意の死によって終わってしまったんだ」

「わしの記憶にまちがいなければ、あれには何か妙なところがあったんじゃなかったかな」と弁護士はゆっくりした口調で言った。

キャンベル・クラーク博士はうなずいた。

「じつに不可解なことだったね。この娘はある朝ベッドの中で死体となって発見されたんだ。が、明らかに絞殺されていた。が、みんなが唖然としたのは、彼女が自分で自分の咽喉《のど》を絞めて死んだことが、疑問の余地なくはっきりと立証されたからだ。頸部についていた痕《あと》は彼女自身の指の痕だった。物理的には不可能じゃないが、おそろしく強い筋力と、ほとんど超人的な意志力を必要としたにちがいない自殺の仕方だよ。なぜこの娘がそんな羽目に追いこまれたかってことは、誰にも発見できなかった。もちろん彼女の精神的均衡はいつも不安定だったにちがいない。しかし事実はあくまでも事実だ。フェリシー・ボウルの謎は永遠に幕がおろされてしまったのだ」

向こう隅にいた男が笑いだしたのは、ちょうどそのときだった。

ほかの三人はまるで銃で射たれたようにとびあがった。彼らは四人目の男がそこにいたことなどすっかり忘れていたのだ。みんなが男の坐った座席の方へびっくりした目を向けると、彼はまだオーバーにくるまったまま、もういちど笑った。

「どうか勘弁してください、みなさん」と彼は完全な英語で言ったが、どこか外国訛りがあった。

彼は坐り直して、まっ黒な口髭を生やした青白い顔を見せた。

「いや、失礼をお許しください」と彼は形ばかり頭をさげて言った。「しかし、ほんとでしょうか！　科学はまだ最後の断をくだしていないのじゃないでしょうか？」

「あなたはわたしたちが話し合っていた事件のことを何かご存じなんですか？」と医者はていねいに訊いた。

「事件のことを？　いや。でもわたしは彼女を知っていたんです」

「フェリシー・ボウルを？」

「ええ。それにアネット・ラヴェルのことも。みなさんはアネット・ラヴェルのことはお聞きになったことがないでしょうね？　ところがこの一方の身の上話はもう一方の身の上話ってことになるのです。嘘じゃありません。アネット・ラヴェルの経歴をご存じなければ、フェリシー・ボウルのことは何もご存じないってことになります」

彼は懐中時計を引っぱりだして見た。

「次の停車までにちょうど三十分だな。みなさんにその話をする時間はあります……といっても、みなさんがお聞きになりたければのことですがね？」

「話してください」と医者が静かに言った。

「よろこんで……よろこんでうかがいますよ」とキャノンも言った。

ジョージ・デュランド卿は全身を耳にしたような様子で、居ずまいを直しただけだった。

「わたしの名前はラウール・ルタルドーと言います」とその見知らぬ乗客は話しはじめた。「たった今あなたは慈善事業に興味をもっているスレイターというイギリスの婦人のことをおっしゃいましたね。わたしはそのブリタニーの漁村で生まれましたが、わたしの両親が鉄道事故で二人とも死んでしまったとき、救いの手をのばして、みなさんのお国イギリスの孤児院にあたるところからわたしを救い出してくれたのがそのミス・スレイターだったのです。男女あわせて二十人ほどの子供が彼女の世話になっていました。その子供たちの中にフェリシー・ボウルとアネット・ラヴェルがいたんです。わたしの話であなた方にアネットの人柄がおわかりにならなければ、何一つ理解できないでしょう。彼女はいわゆる〝娼婦〟の子供で、その母親は愛人に捨てられたあげく、肺病で死んでしまいました。彼女はダンサーでしたが、アネットもダンサー志望でした。わたしがはじめて彼女に会った頃、彼女は十一で、人をからかってるのかと思うと何か期待をもたせるような目をした、なりの小さな子でしたが……全身これ火と生命力といったようなチビでした。そしてたちまち……そうです、たちまち彼女はわたしを奴隷にしてしまいました。それは、『ラウール、これをしてちょうだい』『ラウール、あれをしてちょうだい』というふうで、このわたしはと言えば、唯々諾々《いいだくだく》。もうすっかり彼女を崇拝していたし、彼女もそれを見抜いていたのです。

わたしたちはよく三人そろって海岸へ行ったものです……というのはフェリシーがきまってわたしたちと一緒にきたからです。そして海岸にくると、アネットは靴もストッキングもすっかりとって砂の上で踊りました。そして息が切れて坐りこむと、わたしたちに自分が将来何をし、何になるつもりか話してきかせるのでした。

『いいこと、あたしは今に有名になるんだから。そう、うんと有名にね。絹のストッキングなんか……純絹のをよ……何百何千て持つんだから。そしてすてきなアパートに住むの。あたしの恋人はみんな若くてハンサムで、しかもお金持ちよ。そしてあたしが踊るときはパリじゅうの人が見にくるわ。あたしの踊りを見てわめいたり叫んだりどなったりで、まるで気がちがったみたいになるの。だけど冬は踊らない。南のほうへ日光浴をしに行くんだから。そこにはオレンジの木のある別荘があってね。その一つを買うのよ。あたしは日なたの絹のクッションに寝て、オレンジを食べるの。あんただけどね、ラウール、あたし、どんなに偉くなって、金持ちになって、有名になっても、あんたのことは忘れないわ。あんたの後楯になって出世させてあげる。このフェリシーはあたしのお手伝いさん……いいえ、手が不器用だからだめね。見てごらんなさいよ……なんて大きくてごつごつしてるんだろう』

そう言われるとフェリシーはきまって腹を立てましたがね。そうするとアネットがますますからかうってわけで。

『あんた、まるでレディみたいよ、フェリシー……とっても優雅で、とっても垢ぬけててさ。変装したお姫さまなのね……ハッハッハ』

『あたしのお父さんとお母さんはちゃんと結婚したんですからね。あんたよりゃましよ』とフェリシーは意地わるくうなるような声で言いました。

『そうお……でもあんたのお父さんはお母さんを殺したじゃないの。結構なことね……殺人犯人の娘だなんて』

『あんたのお父さんはお母さんを捨てたもんだから、お母さんは淫売になったじゃないの』フェリシーはきまってそう言い返しました。

『ふーん！　そうお』アネットは思案顔になって、『かわいそうな《ポーヴル》・お母さん《ママン》。人間は強くて丈夫でなくちゃだめね。誰でも強くて丈夫でなくちゃね』
『あたしは馬みたいに強いわ』ってフェリシーは自慢そうに言いました。
実際そうでした。ホームにいるほかのどんな女の子よりも倍は力が強かったんです。それに病気など一度もしたことがありませんでした。
しかしおわかりのように彼女は愚かでした……けだものみたいに愚鈍だったんです。どうしてあんなアネットについてまわってるんだろうと、わたしはよく思いました。彼女の場合、蛇に見込まれた蛙みたいなもんだったんですね。彼女はほんとにアネットを憎んでたんじゃないかと今でもときどき思うことがあります……事実アネットは彼女にやさしくなんかしませんでしたから。アネットは彼女ののろまぶりや愚かさをあざ笑ったし、ほかの子の前でなぶりものにしました。わたしはフェリシーが怒りでまっ青になるのを見たこともあります。ときにはアネットの首を両手で絞めて、殺しちまうんじゃないかと思ったことだってあります。アネットの嘲弄に言い返すだけの機転もきかなかったんですが、そのうちに絶対まちがいない仕返しのてをやっとおぼえたのです。それは自分の健康と体力を口にすることでした。彼女は（わたしは前々からいつもわかっていましたが）アネットが彼女の頑丈な体をうらやましがってるのを知って、本能的に敵の鎧《よろい》の弱点を攻撃したわけです。

ある日のことアネットはひどく浮き浮きした様子でわたしのところへやってきましてね。

『ラウール。今日あのおばかさんのフェリシーをからかってやりましょうよ。おかしくて笑いころげるから』

『何をするんだい？』

『あの小さい物置のうしろにきなさいよ……そしたら話したげるから』

アネットは何か本を手に入れたようでした。すこしわからないところはあったけど……いや、じつのところぜんぜん彼女の頭では理解できなかったんですがね。それは催眠術に関する入門書でした。

『キラキラ光るものって書いてあるの。あたしのベッドについてる真鍮《しんちゅう》のノブね、あれはくるくるまわるのよ。ゆうべフェリシーにそれを見つめさせたの。〝ジッと見てなさい。目を離しちゃだめよ〟ってあたし言ったんだけど。それからそれをまわしたの。ラウール、あたし、こわくなっちゃった。あの子の目がとってもおかしくなったのよ……とってもおかしく。〝フェリシー、いつでもあたしの言うとおりにしなさいよ〟ってあたしが言うとね。〝いつでもあんたの言うとおりにするわ、アネット〟って答えるじゃないの。それから……それから……あたし言ったの……〝明日十二時にあんたは獣脂ロウソクを運動場へ持ってきて、それを食べだすのよ。そしてもし誰かが訊いたら、こんなおいしいガレット（菓子《パイ》）は食べたことがないって言いなさい〃って。どう！　ラウール、考えてもごらんなさいよ！』って彼女は言うんです。

『だけどそんなこと彼女がしっこないよ』とわたしは反対しました。

『この本にそう書いてあるんだもの。あたしだって頭から信じてるわけじゃないけどさ……でもどう！　ラウール、もしこの本に書いてあるとおりだったら、どんなにおもしろいか知れやしないじゃないの！』

わたしもその思いつきはなかなかおもしろいと思いました。で、仲間の者たちにふれまわって、十二時にはみんな運動場に集まりました。すると一分一秒たがえずにフェリシーがロウソクの燃えさしを手に持って出てきたんです。わたしの言うことが信じられますか、みなさん？……彼女はまじめくさってそれをかじりだしたじゃありませんか。わたしたちはみんなすっかり興奮してしまいました！　ときどき子供の中の誰かが彼女のそばへ行って、まじめくさって訊きました……『それ、おいしいかい？……そのいま食べてるのさ……え、フェリシー？』って。するときまって彼女は、『だってそうじゃないの……こんなおいしいガレット、食べたことないもの』と答えました。わたしたちがあんまり大きな声で笑ったもんだから、その声で彼女は目がさめて自分のしてることに気がついたようでした。とまどったように目をぱちぱちさせてロウソクを、それからわたしたちを見ました。そして片手を額にあてました。

『だけど、あたしここで何をしてたのかしら？』と彼女は呟きました。

『お前はロウソクを食べてるんだよ』とわたしたちははやし立てました。

『このあたしがあんたにそうさせたのよ。このあたしがそうさせたのさ』とアネットが踊りまわりながら叫びました。

フェリシーは一瞬目をまるくしていました。それからゆっくりアネットのそばへ行きました。

『やっぱりあんただったのね……あたしを笑いものにしたのはあんただったのね？　なんだかおぼえてるような気がするわ。ああ！　こんなことをして、殺してやる』

とても静かな口調で言ったのですが、アネットはいきなり逃げだして、わたしのかげに隠れました。

『助けて、ラウール！　フェリシーがこわい。これ、ほんの冗談だったのよ、フェリシー。ほんの冗談じゃないの』

『こんな冗談はきらいよ。わかる？　あたし、あんたがきらい。あんたたちもみんなきらいよ』

彼女は急に泣きだして、走っていってしまいました。

アネットは実験の結果におそれをなしたんだと思いますが、それきり二度とやろうとしませんでした。が、その日からあとフェリシーに対する彼女の偉そうな態度はますますひどくなっていくようでした。

わたしは今でもそう信じていますが、フェリシーはずっと彼女を憎んでました。そのくせ彼女から離れることもできずに、いつも犬みたいにアネットについてまわっていたのです。

みなさん、それから間もなく、わたしは勤め口が見つかったので、ときどき休暇にしかホームへは行きませんでした。踊り子になりたいというアネットの希望は本気には受けとられませんでしたが、彼女はだんだん大きくなるにつれて歌をうたう声がすばらしく美しくなったので、ミス・スレイターも彼女が歌手としての訓練をうけることに同意したのです。

アネットは怠けませんでした。休む間《ま》もなく熱心に勉強しました。ミス・スレイターのほうで仕方なく彼女があまり勉強しすぎないようにするしかない有様でした。一度わたしにアネットのことを言ったことがあります。

『あんたはずっと前からアネットが好きでしょう。あんまり勉強しすぎないように彼女に言ってくださいな。このごろ軽い咳をするのがどうも気になるんですよ』

それから間もなくわたしは仕事の都合で遠くへ行ってしまいましてね。はじめのうちはアネットから一、二度手紙がきましたが、それっきり音沙汰がなくなりました。その後五年間わたしは外国にいました。

パリに戻ってきたとき、それこそほんとに偶然でしたが、写真入りのアネット・ラヴェルの宣伝ポスターが目についたんです。彼女だということは一目でわかりました。その晩わたしは彼女がフランス語とイタリア語で歌う問題の劇場へ出かけました。舞台上の彼女はすばらしいものでした。あとで彼女の楽屋へ行きました。彼女はすぐ会ってくれました。

『まあ、ラウールじゃないの』と彼女は青白い両手をわたしに差し出しながら叫びました。『すてきじゃないの。この長い年月《としつき》のあいだどこへ行ってたの？』

わたしは説明したかったんですが、彼女は大して聞きたそうにもしていませんでした。

『ほらね、もうすこしってとこまでこぎつけたでしょう！』

彼女は花束で埋まった部屋の中を得意そうにぐるっと手を振ってみせました。

『ミス・スレイターもきっときみの成功を自慢にしてるよ』

『あのおばあちゃんが？　まさか。彼女はあたしを音楽学校《コンセルヴアトワール》に入れるつもりだったんだもの。お上品な音楽会で歌うってわけ。だけどあたしは芸能人ですもの。あたしが自分を表現できるのは、こうした寄席《よせ》の舞台なのよ』

と、ちょうどそのとき中年の美男子が入ってきました。なかなか恰幅《かっぷく》のいい男でした。その態度でわたしはすぐ彼がアネットのパトロンだとわかりました。彼が横目でわたしを見たので彼女は説明しました。

『あたしの小さい時のお友だちなの。通りすがりにパリにちょっと寄ったら、ポスターに出ているあたしの写真を見たもんだから、こうしてきてくださったのよ《エ・ヴァ・ラ》！』

すると男はとても愛想よく、いんぎんになりました。わたしの目の前で彼はルビーとダイヤモンドをちりばめた腕輪を取り出して、アネットの手首にはめてやりました。わたしが帰ろうとして立ちあがると、彼女はチラッと勝ちほこったような目をわたしに投げて、囁くように言いました。

『もうすぐでしょ？　わかる？　前途洋々よ』

けれど部屋を出るとき、わたしは彼女が咳をするのを聞きました。鋭く乾いた咳でした。それがどんな咳かわたしにはわかりました。肺病で死んだ母親の、それが彼女への置き土産だったのです

それから二年後にまた彼女に会いました。彼女はミス・スレイターのところへ転地に

いってました。それまでの彼女の経歴はもう崩れさっていました。肺病の症状は医者たちが匙《さじ》を投げたほど進んでいたのです。

ああ！　そのとき見た彼女をわたしは絶対に忘れることはないでしょう！　彼女は庭の小屋みたいなところに寝ていました。夜も昼も外に出ていたのです。頬はそげ落ちて紅潮していたし、目はキラキラ輝いて熱っぽく、しきりに咳をしていました。

彼女は必死な面持ちでわたしに挨拶しましたが、わたしはそれを見てギョッとしました。

『お会いできてよかったわ、ラウール。みんながなんて言ってるか知ってるでしょ？……あたしはもう治らないだろうって。みんな蔭でそう言ってるのよね。面と向かっちゃなだめたり慰めたりするくせに。でもそんなの嘘よ、ラウール……嘘なのよ！　死んでたまるもんですか。死ぬなんてね？　美しい人生がこれからさきにひろがってるっていうのにさ？　肝心なのは生きようって意志よ。この頃の偉いお医者さんたちはみんなそう言ってるわ。あたしはへたばるような弱虫じゃない。もう気分だってずっとよくなってるんだし……ずっとよくよ、聞こえて？』

彼女は自分のその言葉を納得させようとして、片肘ついて上体をおこしましたが、痩せた体をさいなむ咳の発作におそわれて、すぐまた仰向けに倒れてしまいました。

『咳なんて……なんでもないのよ』と彼女は喘《あえ》ぎながら言いました。『それに喀血《かっけつ》だってこわくない。お医者さんたちをびっくりさせてやるんだから。問題は意志よ。いいこと、ラウール、あたしは生きてみせるからね』

哀れでした……おわかりでしょうが、哀れでした。

ちょうどそのときフェリシー・ボウルが盆を持って入ってきたのです。熱いミルクを一杯持ってきたんです。彼女はそれをアネットに渡すと、わたしには見当もつかない表情を浮かべて、アネットが飲むのをジッと見ていました。そこには内心満足しているようなところが現われていました。

アネットもその視線に気がつきました。彼女は怒ってコップを叩きつけたので、それはこなごなに砕けてしまいました。

『ね、わかるでしょ？　いつもあんな目であたしを見てるのよ。あたしが死にかかってるのがうれしいんだわ！　そうよ、小気味よさそうに眺めてるのよ。自分は丈夫で強いもんだから。見てごらんなさい……それこそ一日だって病気なんかしたことがないんですもの、この女は！　だけどどうどの大木よ。彼女にとってあの大きな体がなんの役に立って？　何ができるっていうの？』

フェリシーは体をかがめて、こわれたコップの破片を拾いました。

彼女は一本調子な声で言いました。『彼女がなんて言おうと平気よ。どうってことないもの。あたいはちゃんとした女だし……そうよ。彼女ときたら、そのうちに地獄の火がどんなか知ることになるんだから。あたしはクリスチャンよ。なんにも言わないわ』『あんたはあたしを憎んでるのね』とアネットは叫びました。『今までずっと憎みつづけてたんだわ。ああ！　でもあたしはやっぱりあんたに呪いがかけられるんだからね。あたしはあんたに思うことをさせることができるのよ。さあいいこと、あたしがしなさいって言ったら、あんたは今この場で草の上にひざまずくわ』『ばかばかしい』とフェリシーは不安そうに言いました。『だけどそうなんだもの……あんたはそうするわ。そうするのよ。あたしをよろこばせるためにね。ひざまずきなさい。あたしがそう言ってるのよ……あたしが……アネットが。ひざまずきなさい、フェリシー』

その声に不思議なくらい心を揺り動かす力がこもっていたのか、それとも何かもっと深い動機があったのかわかりませんが、フェリシーはアネットの言うとおりにしました。彼女は両手を大きくひろげ、うつろな、間の抜けた顔をしてゆっくりと膝をつきました。アネットは首をのけぞらせて笑いました……ケラケラと。『彼女を見てごらんなさいよ……間の抜けた顔をしてさ！　なんて妙ちきりんな顔をしてるんだろう。もう立ってもいいわ、フェリシー、ご苦労さん！　あたしをにらんだってだめよ。あたしはあんたの主人なんだもの。あんたはあたしの言うとおりにしなくちゃいけないのよ！』

彼女はすっかり疲れて仰向けになって枕に頭をつけました。フェリシーは盆を取りあげると、ゆっくりと立ち去っていきました。いちど肩越しに振りかえりましたが、その目に怒りがくすぶっているのを見てわたしはギョッとしました。

アネットが死んだとき、わたしはその場にいませんでした。しかしおそろしい死にざまだったようです。彼女は生にしがみついていましたからね。まるで狂わんばかりに死と戦ったのです。何度も何度も彼女は苦しい息の下から言いました。『あたしは死なない……聞こえる？　あたしは死なない。生きるのよ……生きて……』

こうしたことはすべて、半年後にわたしがミス・スレイターを訪ねたとき彼女が話してくれたのです。

『かわいそうに、ラウール……あんたは彼女を愛してたんでしょう？』と彼女はやさしく言ってくれました。

『ずっと……ずっと愛してました。でもぼくはどれだけ彼女の役に立ったでしょう？　その話はもうやめましょう。彼女は死んだんです……あんなすばらしく……燃えるような生命力に満ちあふれていたのに……』

ミス・スレイターは同情心の厚い女の人でした。で、ほかのことに話題をかえて話しつづけました。フェリシーのことがとっても心配だとわたしに言いました。奇妙な神経障害をおこして、その後ずっと様子がひどくおかしいんだそうで。

ミス・スレイターはちょっと口ごもってから言いました。『彼女がピアノを習ってるのは知ってるでしょう？』

わたしは知りませんでしたが、それを聞いてずいぶんびっくりしました。フェリシーが……ピアノを習うなんて！　あの女の子には音階のちがい一つ聞きわけられはしないでしょう、とわたしは言いたいところでした。

『才能があるんだそうですよ』とミス・スレイターは続けました。『わたしにはわからないけど。これまでずっとわたしは思ってたんだけど……ねえ、ラウール、あんた自身わかってるでしょうけど……これまで彼女はばかな娘だったからねえ』

わたしはうなずきました。

『ときどき彼女の様子がとってもおかしくなるんですよ……それをどう考えればいいのかほんとにわからなくてねえ』

それから五、六分後わたしは練習室《サル・ド・レクチュール》に入っていきました。フェリシーがピアノを弾いていました。パリでアネットが歌うのを聞いた曲を弾いていたのです。みなさん、おわかりでしょうが、わたしはほんとにギョッとしました。するとわたしの足音を聞いて彼女は急に弾くのをやめて、振り向きましたが、その目には嘲笑と知性があふれていました。一瞬わたしは思いました……いや、わたしがどう思ったかは言わずにおきましょう。

『あら《ティアン》！』と彼女は言いました。『やっぱりあんたね……ムシュー・ラウール』

そう言う彼女の口調をいま説明することはできません。アネットにとってわたしはいつでもラウールで通っていました。が、フェリシーは……わたしたちが大人になって会ってからあとは……いつでもわたしを〝ムシュー・ラウール〟と呼んでいたんです。しかし今そう言う彼女の口調はちがっていました……その〝ムシュー〟に心もち力が入っていて、なんとなくひどくおもしろがっているようなところがあったのです。

『どうしたの、フェリシー』とわたしは口ごもりながら言いました。『今はまるで別人みたいじゃないか』って。

『あたしが？』と彼女は思案顔で言いました。『おかしいわね、そんなの。だけどそんなむずかしい顔しないでよ、ラウール……これからは断然あんたのことラウールって呼ぶわ……だって幼なじみなんですものね？……人生は笑うためにできてるんですもの。

かわいそうなアネットのことをお話ししましょう……もう死んで埋められてしまった彼女のことを。今ごろは地獄にいるのかしら……それともどこかほかのところに……？』

そして彼女は歌を一くさり口ずさみました……調子はずれでしたが、その文句がわたしの注意を引きました。

『フェリシー……きみはイタリア語を話すのかい？』とわたしは叫びました。

『どうして、ラウール？　あたし、見かけほどばかじゃないかもしれなくってよ』そう言うとわたしの当惑を見て笑いました。

『わからんなあ……』とわたしは言いかけました。

『なら話してあげる。誰も気がついていないけど、あたしはとっても上手な女優なのよ。いろんな役がやれる……しかもとっても上手にやれるのよ』

彼女はまた笑うと、わたしがとめる間もないうちに急いで部屋を出ていってしまいました。

わたしは帰る前にもういちど彼女に会いました。彼女は肘かけ椅子で眠っていました。ひどい鼾《いびき》をかいていました。わたしは立ったままうっとりしながらも不愉快な気持ちで彼女をジッと見ていました。と、とつぜん彼女はハッとして目をさましました。どんよりした生気のない目がわたしの目と合いました。

『ムシュー・ラウール』と彼女は機械的に呟きました。

『うん、フェリシー。もう帰るよ。帰る前にもう一度ピアノを弾いてきかせてくれないか？』

『あたしが？　弾くって？　あたしをからかってるのね、ムシュー・ラウール』

『けさ弾いてくれたの、おぼえてないのかい？』

彼女は首を振りました。

『あたしが弾く？　あたしみたいな女にどうして弾いたりなんかできるの？』

彼女はちょっと口をつぐんで考えているふうでしたが、それからわたしにもっと近くへ寄るように手招きしました。

『ムシュー・ラウール、このうちにはいろいろ不思議なことがおこるんですよ！　みんなにいたずらをしてね。時計の時間をかえたり。そう、ほんとよ……嘘じゃない。そしてそれもみんな彼女の仕業よ』

『誰の仕業だって？』とわたしはびっくりして訊きました。

『あのアネットのよ。あのいじわるの。彼女は生きてたときしょっちゅうあたしをいじめたわ。死んだら死んだで、今度はあたしをいじめにあの世から舞いもどってくるの』

わたしはあきれてフェリシーの顔をまじまじと見つめました。今や彼女が顔から目玉をとびださんばかりにして、恐怖の絶頂にいることがわかりました。

『わるい人です……あの人は。わるい人なんですよ。人の口からパンを取りあげるし、背中からは服をはぎとるし、体からは魂を奪いとるし……』

彼女はいきなりわたしにしがみつきました。

『あたし、こわいのよ……こわいの。彼女の声が聞こえるわ……この耳にじゃなく……そう、この耳にじゃない。このあたしの……頭の中に聞こえるのよ……』彼女は額を軽く叩きました。『彼女はあたしを追い払うでしょう……すっかり追い払っちまうわ……そうなったらあたし、どうしたらいいのかしら？……どうなるんでしょう？』

彼女の声はだんだん高くなって、ほとんど悲鳴に近くなりました。その目には追いつめられておびえたけだものみたいな表情が浮かんでいました。

ふと彼女は微笑を見せました……いかにも狡そうで、何かわたしをゾッと身震いさせるような感じの、愉快そうな微笑でした。

『もしそんなことになったら、ムシュー・ラウール、あたしは手がとっても強いんだから……手がとっても強いから……』

それまでわたしはとくに気をつけて彼女の手を見たことは一度もありませんでした。今それを見て、思わず身震いしました。太みじかくてけだものじみた指でフェリシーの言ったとおり、おそろしく強そうでした……そのとき突然こみあげてきた胸がむかむかするような気持ちは、みなさんに説明するなどとてもできません。こういう手で彼女の父は母を絞め殺したにちがいないのです……

わたしがフェリシー・ボウルを見たのは、それが最後でした。そのすぐあとでわたしは外国へ行きました……南米に。わたしがそこから戻ってきたのは、もう彼女が死んでから二年もしてからでした。彼女の生涯と急死についてては新聞である程度は読んでいました。それよりも詳しいことは今夜聞きました……あなた方からです……みなさん！ フェリシー3とフェリシー4……はどうでしょうか？ 彼女はうまい女優でしたからね！」

列車は急にスピードをおとした。隅にいた男は上体をまっすぐにして、オーバーのボタンをしっかりかけ直した。

「あんたはどう思うね？」と弁護士が体を乗りだして訊いた。

「とても信じられませんな……」とキャノン・パーフィットは言いかけてやめた。

医者は何も言わなかった。彼はジッとラウール・ルタルドーを見つめている。

「背中からは服を、体からは魂を……」とフランス人は前に言った言葉をもういちど気軽に言った。そして立ちあがった。「申しあげておきますがね、みなさん、フェリシー

・ボウルの生涯の経歴はアネット・ラヴェルの経歴なんです。あなた方は彼女をご存じありません。が、わたしは知ってました。彼女はこの世が大好きだったのです」
彼はドアに手をかけて急いで外へ出ようとしたが、ふと振り向いて上体をかがめると、キャノン・パーフィットの胸を軽く叩いた。

「そこのお医者さん《ムシュー・ル・ドクトウール》がたった今おっしゃいましたが、この世はすべて……」彼の手はキャノンの胃袋を突っついたので、キャノンは痛さに縮みあがった。「……仮《かり》の住居《やど》にすぎないのですからね。もしお宅に強盗が入ったら、どうするかおっしゃってみていただけませんか？　射ち殺すんじゃないでしょうか？」

「いや」とキャノンは叫んだ。「いや、とんでもない……つまり……この国じゃだめだ」

しかし彼が言った最後の言葉は宙に浮いた。列車のドアがパタンと音を立てて閉まったからだ。

あとは牧師と弁護士と医者だけ。四つ目の座席には誰もいなかった。

ジプシー

The Gipsy

マックファーレンが友人ディッキー・カーペンターの不思議なほどのジプシーぎらいに気づいたのは、それまでにもたびたびあった。その理由はわからない。が、ディッキーとエスター・ロウズの婚約が解消されたとき、この二人の男のあいだに一時的ではあったが、遠慮が取りはらわれたことがある。

マックファーレンは一年ほど前からエスターの妹レイチェルと婚約していた。彼はロウズ家の娘は二人とも幼なじみだったのだ。彼は万事に慎重でおっとりした性質《たち》なので、レイチェルの子供っぽい顔と、正直そうな茶色の目にだんだん引きつけられていく気持ちを認めようとしなかった。エスターほど美人ではない――たしかに。が、エスターよりもなんとなく実《じつ》があって、気立てもやさしい。ディッキーが姉のエスターと婚約したので、二人の男同士の仲は前よりもいっそう緊密になったように思えた。

ところがその婚約がわずか三、四週間で解消されたいま、ディッキーは——一本気なディッキーは——すっかり参ってしまった。それまでの彼の若い人生は、何もかもすこぶる順調だった。海軍に入ったのも適材適所だった。彼は生まれながらの海ずきだった。素朴で直情径行型で、どこかヴァイキング的なところがあったが、人を気づかうなどというこまやかさは薬にしたくてもない性質なのだ。イギリスの若者の中でも、とくに情緒的なものはどんなものもきらいで、気持ちの動きを言葉で言いあらわすのが大の苦手《にがて》といった口べたな男だった。

頑固なスコットランド人で、ケルト特有の想像力を内に秘めたマックファーレンは、相手がつっかえつっかえ話すのを、タバコをふかしながら黙って聞いた。そのうちに相手の気持ちがほぐれるだろうと思っていたからだ。しかし彼が期待していた相手の話題は、予想外のものだった。とにかくはじめのうちはエスター・ロウズのことはこれっぽっちも話に出なかった。子供の頃のおそろしかった話としか思われないことばかりだったのだ。

「それはみんなぼくが小さいころ見た夢がはじまりだったんだ。正確に言って、夢にうなされたというんでもない。彼女が……ジプシーなんだがね……それがどんなに昔のことを見るときでも……きまってその夢の中に現われるんだ……おもしろい夢……と言っても、パーティだとか、爆竹だとかいった子供心におもしろいと思ったことを夢に見るときでもなんだ。ああいう夢ならいつまで見たって見あきないものだが……そうして見ているうちに、ふと感じるんだ……いや、ちゃんとわかるんだな……目をあげたら、彼女がいつものようにそこに立ってジッとぼくを見てるってことが……何かぼくにわからないことがわかってるってみたいな悲しそうな目でなんだ……それがどうしてぼくをどぎまぎさせたのか説明はできないけど……そうだったんだよ！　いつもきまってそうだったんだ！　いつもぼくはこわくて大声でわめきながら目をさましたが、するとばあやがきまってこう言った。『ほらほら、またディッキー坊ちゃまはジプシーの夢を見たんでしょう』ってね」

「それで本物のジプシーに会うのがこわかったんだね？」

「本物に会ったのはずっとあとになってからだ。それがまた妙でね。その時ぼくは飼ってた仔犬を追いかけてたんだ。そいつが逃げだしたもんだからね。庭の木戸を出て森の小道を走っていった。当時ぼくの家族はニュー・フォレストに住んでたんだよ。と、そのうちに森のはずれの、小川に木の橋がかかった空き地みたいなところに出た。するとその橋のすぐそばにジプシーが一人立ってたんだ……まっ赤なスカーフを頭にかぶってね……それが夢の中で見たのとそっくり同じなんだ。で、ぼくは急にこわくなってしまった。女がジッとぼくを見てるんだものね……夢で見たのとそっくりな顔でね……ぼくにわからないことがわかっていて……気の毒がってるみたいな顔でなんだ……それから女はぼくにうなずいてみせながら、ひどく静かな口調でこう言うんだ。『あたしだったら、そっちには行かないけど』ってね。どうしてかわからないが、ぼくは死ぬほどこわかった。で、彼女のそばをすりぬけて橋の上へ駈けていった。きっと板がくさってたんだろう。とにかく橋がくずれて、ぼくはいきなり川の中に落ちてしまった。流れがかなり早かったので、ぼくはあやうく溺れるところだった。ほんとにもうすんでのことで死ぬとこだったよ。あれだけは絶対に忘れられない。何もかもあのジプシーのせいだって気がしてね……」

「だって彼女はちゃんときみに警告したんだろう？」

「そりゃきみだからそう言えるんだと思うな」

ディッキーはそう言うと、ちょっと口をつぐんだが、それからまた話しはじめた。

「こうしてぼくが見た夢の話をしたのは、それからあとに起こったことと関係があるからじゃなく……すくなくともそうじゃないと思うが……言わばそれが事のはじまりだからなんだ。そうすりゃきみもぼくの言う〝ジプシーの勘〟てものがどんなものかわかるだろう。そこでこれからロウズ家での最初の晩の話を続けることにするがね。当時ぼくは西海岸から帰ったばかりだった。またイングランドに戻れるってのはすばらしいことだったよ。ロウズ家とぼくのうちとは古くからの友だちづき合いでね。娘たちにはぼくが七つぐらいの時から会ってなかったが、息子のアーサーはぼくの親友だったし……彼の死後はエスターがしょっちゅう手紙をよこしたり、新聞を送ってくれたりしていた。彼女の手紙はまったく愉快な手紙でね……それを読むとぼくはとても元気が出たもんだ。返事を書く段になると、いつももっと文章がうまかったらなあと思ったね。とても彼女に会いたかった。手紙だけで……そのほかは何もせずに……相手の女の子のことがすっかりわかるなんて、なんだかおかしな気がした。で、帰国するとまっさきにロウズ家を訪ねた。ぼくが着いたときエスターは留守だったが、夕方には帰るという話だった。食事のときぼくはレイチェルの隣りに坐ったが、細長い食卓をあちこち見ているうちに、なんだか妙な気がしてきたんだ。誰かがジッとぼくを見てるような気がしてね……そう思うと不愉快になった。そのうちに彼女が目に入ったんだ……」

「彼女がって？」

「ホワース夫人さ……これからぼくが話そうって人のことだよ」

マックファーレンは思わず言いかけた。〝ぼくはエスター・ロウズの話かと思ったよ〟しかしそれは口に出さなかったので、ディッキーは続けた。

「彼女にはどこかほかの人とまるでちがったところがあった。彼女はロウズ老人の隣りに坐っていた……うつむいて、ひどく生《き》まじめな様子で彼の話に耳を傾けていた。何か赤いチュールの薄絹を首にまいていた。やぶれてたからだと思うが、とにかくそれが小さな炎の舌みたいに彼女の頭のうしろに突っ立ってるんだ……ぼくはレイチェルに言った。『あそこにいる女の人は誰？　髪が黒くて……まっ赤なスカーフをまいた人さ』

『アリステア・ホワースのことかしら？　あの人ならまっ赤なスカーフをしてるけど。髪は金髪よ。とてもきれいな金髪だわ』と彼女は答えた。

　やっぱりそうだったんだ。髪は美しい薄黄色に輝いていた。が、ぼくは絶対に黒だと断言できた。しかし見る目によって色がちがって見えるなんて変な気がした。食事のあとでレイチェルが紹介してくれたので、ぼくたちは庭をあちこち散歩した。歩きながら霊魂再生《リインカネーション》の話をしたんだ……」

「きみの専門外の話じゃないか、ディッキー！」

「ま、そうなんだがね。今でもおぼえてるが、そのときぼくは人に会ったとき……まるで前に会ったことがあるみたいに……ピンとくることがあるけど、その理由を説明するのはなかなかたいへんなことだと言った。すると彼女は、『つまり、愛情がもてる人かどうかってことでしょう』と言った。そう言う口ぶりがどこかおかしかった……ものやわらかな、どこか熱っぽくてね。ぼくはそれを聞いて、ふっと思いあたるものがあったが……それがどうしても思い出せなかった。それからしばらく二人でおしゃべりをしてると、ロウズ老人がテラスからぼくたちを呼んで……エスターが帰って、ぼくに会いたがってると言った。ホワース夫人はぼくの腕に手をかけて言った。『中にお入りになりますの？』ぼくは、『ええ、そのほうがいいと思いますから』と答えたが……そしたら……そしたら……」

「そしたら……？」

「まったく変なことを言ったんだ。ホワース夫人がね。『わたしだったら入りませんわ』って言ったんだよ」それからちょっと口をつぐんでから、「ゾッとしたよ。ほんとにゾッとした。だからきみに夢の話をしたのさ……。だっていいかね。彼女のその言い方がそっくり同じだったんだよ……おだやかで、何かぼくにわからないことがわかってるってみたいでね。美しい女性がぼくを外の庭に引きとめておきたがってるってふうじゃなかった。声はじつにやさしいんだが……しんからぼくを気の毒がってるみたいでね。まるでどんなことが起こるか知ってるような口ぶりなんだ……。さだめし失礼なやり方だったと思うが、ぼくは彼女に背を向けてその場を離れた……そして走るようにして家のほうへ行った。そのほうが安全な気がしたんだな。そのときぼくは自分がはじめから彼女をおそれていたんだってことに気がついた。ロウズ老人の姿が見えたときはほっとしたよ。そばにはエスターもいた……」そう言いかけて彼は口ごもったが、それからちょっとあいまいなことを呟くように言った。「一も二もなかったよ……彼女を見たとたんにね。一目惚れってやつだったのさ」

マックファーレンの脳裡をエスター・ロウズの姿がチラッとかすめた。前にいちど彼女のことを〝一八〇センチの完璧なユダヤ的美人〟と形容した言葉を聞いたことがある。彼女の人並はずれた上背《うわぜい》と、すらっとした体つき、大理石みたいに青白い顔、ほっそりしたユダヤ鼻、まっ黒にかがやく髪と目を思い出すと、その形容がいかにもぴったりしているような気がした。なるほどディッキーのような子供みたいに単純な男が、すっかり心を奪われたのも無理はないと思った。マックファーレンはエスターのようなタイプの女性を見ても胸がときめくことは全然なかったが、堂々たる美しさは認めた。

「で、そのあとぼくたちは婚約したんだ」とディッキーは話し続けた。

「すぐにかね？」

「いや、一週間ほどしてからだったがね。そしてそれからまた二週間ほどして、彼女は結局この結婚にあまり気のりがしないことに気づいたってわけさ」そう言って彼はにがにがしそうに短い笑い声を立てた。

「あれはぼくがまた船にもどる前の晩だった。そのときぼくは村から森を通って帰る途中だったが……ふと彼女の姿が見えたんだ……ホワース夫人のね。彼女はまっ赤なタモシャンター（スコットランドの農民が用いるウールで作る大黒ずきん型の帽子）をかぶっていた……もちろんほんのちょっとのことだったが、ぼくはとびあがるほどおどろいた！ 夢のことはさっき話したからわかってもらえると思うが……。それから二人でしばらく歩いた。エスターに聞かれて困るような話をしたわけじゃないがね……」

「ほんとか？」マックファーレンはけげんそうに友人を見た。不思議に人間というやつは無意識のうちに思っていることを口にするものだ。

「それからぼくが家へ帰ろうとすると、彼女が呼びとめてね。『けっこう早く着きますよ。わたしだったら、あんまり急いで帰りませんけど』って言ったんだ。それを聞いてぼくは……ピンときた……何かいやなことが待ちうけてるんだなってことがね……そして……うちに着くそうそうエスターが待っててね……言ったんだ……ほんとは気がすすまないってことがわかったから……」

マックファーレンは同情のうなり声を上げた。そして訊いた。「で、ホワース夫人は？」

「それっきり一度も会ったことがない……それが今夜……」

「今夜？」

「うん。ジョニー医師《せんせい》の診療所で会ったんだよ。ぼくは足を診《み》てもらいに行ったんだ……例の魚雷でやられたときに痛めたほうの足をさ。この頃またすこし痛むんでね。医者は手術をしたほうがいい……ごく簡単だからって言った。そのあとぼくが病院を出ようとしたら、白衣の上にまっ赤なジャンパーを引っかけた看護婦に出会ったんだ。そしたらその看護婦が、『わたしだったら、手術なんかしてもらいませんけど』って言うんだ。で、見たら、それがホワースト夫人じゃないか。しかしさっさと行っちまったんで、呼びとめる間《ま》もなかった。ほかの看護婦に会って彼女のことを訊いてみたんだがね。そこにはホワースなんて名前の看護婦はいないって言うんだ……妙なことがあるもんだなあ……」

「彼女にまちがいなかったんだね？」

「ないとも！　ほんとだよ……だって彼女はすごい美人だし……」ちょっと口をつぐんでから、また、「ぼくはもちろん手術を受けるよ……だけど……だけど、ひょっとしてそれきり死んじまったら……」

「ばかを言うなよ！」

「そりゃあばかげてるけどさ。でもやっぱりこうしてジプシーのことをきみに話してよかったと思うよ……もっと話すことがあるような気はするんだが、どうも思い出せなくてね……」


マックファーレンは荒野の急な坂道をのぼっていった。丘のいただき近くにある家の門をくぐると、顎をかたく引きしめながらベルを鳴らした。

「ホワース夫人はおいでですか？」

「はい、いらっしゃいます。お伝えしてまいりましょう」メイドは彼を天井の低い細長い部屋にのこして出ていった。窓から荒野の荒涼とした風景がのぞいている。彼はちょっと顔をしかめた。なんだか自分がとんでもないばかな真似をしているような気がしたからだ。

と、彼はびくっとした。頭の上のほうから低い歌声が聞こえてきたのだ。

ジプシー女が
荒野に住んで……

その声がはたとやんだ。マックファーレンの胸はちょっとどきどきした。ドアがあいた。

スカンジナビア人かと見まごうばかりの、どぎまぎさせられるほど美しい金髪を見て、彼は度胆をぬかれた。ディッキーから聞いてはいたものの、ジプシーらしい黒髪を想像していたからだ……とたんに彼はディッキーの言葉と、そう言ったときの奇妙な口調を思い出した。〝だって彼女はすごい美人だし……〟非の打ちどころのない美人はめったにいるものではないが、アリステア・ホワースはそうした完全無欠な掛け値なしの美人だった。

彼は気を取り直して彼女の方へ歩いていった。

「たぶんわたしをご存じないと思いますが……。ロウズさんのお宅でこちらの住所を聞いてまいったのです。じつは……わたしはディッキー・カーペンターの友人でして」

彼女は一、二分ジッと彼を見つめた。それから言った。「わたし、出かけるところなんですの。荒野のほうへ。ご一緒にいかがです?」

彼女はフレンチ・ウィンドーを押しあけて丘の斜面に出た。彼はそのあとからついていった。鈍重そうな、すこし間の抜けた顔をした男が、籐椅子に座ってタバコをふかしていた。

「夫ですの。わたしたち、荒野へ行ってきますからね、モーリス。それから、お昼食《ひる》にはマックファーレンさんもご一緒にもどります。そうしてくださいますわね？」

「どうも恐縮です」ゆっくりした足どりで歩いていく彼女のあとについて丘をのぼりながら、彼は胸の中で呟いた。〝なんだって……いったいなんだってあんな男と結婚したんだろう？〟

アリステアは岩山に向かって歩いていった。

「ここに坐りましょう。それからお話をうけたまわりますわ……どんなご用でいらっしゃったのか」

「おわかりなんじゃないでしょうか？」

「わるいことが起こるのはわかります。ではわるいことなんですのね？　ディッキーのことでしょう？」

「彼はちょっとした手術を受けたんです……結果はとてもよかったんですが。きっと心臓が弱ってたんでしょう……麻酔からさめないまま死んでしまいました」

彼女の顔には彼が期待していたような動きはほとんど感じられなかった――例のあくまでもものうげな表情がかすかに浮かんでいるきりだった……と、彼女の呟くような声が聞こえた。「また……待たなくては……とても長い……とても長いあいだ……」それから目をあげて言った。「で、何をおっしゃりたいのですか？」

「一つだけ。じつは彼に手術を受けないようにと警告したものがいるんです。看護婦でしたがね。彼はそれがあなただと思ってました。そうなんでしょうか？」

彼女は首を横に振った。

「いいえ、わたしじゃありません。でも、従妹《いとこ》に看護婦をしているのがいるにはいます。うす暗いところで見たら、わたしによく似てますから。たぶんそうだったんでしょう」そう言うと、もういちど彼を見あげた。「でも、そんなこと問題じゃありませんでしょう？」それから急に目を大きく見ひらいて息をのんだ。「まあ！　おかしいこと！　おわかりにならないんですのね？」

マックファーレンは当惑した。彼女はまだジッと彼を見ていた。

「おわかりだと思ってましたわ……だってそのはずですもの。あなたもお持ちのようなので……」

「何をです？」

「生まれつきの才能……いえ、呪いかしら……ま、それはどうでもかまいませんけど。きっとお持ちだと思うんですの。そこの岩のくぼみをよく見てごらんなさい。何も考えずに、ただ見ればいいんです……。ほーら！」彼女は彼がかすかにピクッとしたのを見て言った。「ね……何か見えたでしょう？」

「きっと気のせいだ。ほんのすこしのあいだだったけど、見えましたよ、そこが血でいっぱいなのが！」

　彼女はうなずいた。「だと思いました。そこはむかし太陽神の信者たちがいけにえを殺したところなんですよ。わたしは人に聞かないうちからわかってました。その人たちの気持ちまでちゃんとわかることがあります……まるでその場にいたみたいにね……それにわたし、この荒野にくると、なんだかわが家に帰ったような気がするんです……。わたしにそういう生まれつきの才能があるのは当たり前なんです。だってわたしはファーガスン（ロバート・ファーガスン。一七五〇〜七四。スコットランドの詩人。狂死す）の一族なんですもの。この一族の者は透視力があるんです。それにわたしの母は父と結婚する前は霊媒だったんです。母はクリスティンという名前でした。かなり有名でしたのよ」

「その生まれつきの才能っていうのは、つまり、何かが起こる前にそれを予知できる力ということですか？」

「ええ、未来も過去もです……みんな同じことですもの。たとえば、あなたはわたしがどうしてモーリスと結婚したんだろう、と不思議がってらっしゃるのも、ちゃんとわたしにはわかってます……いいえ、そうです、あなたはそう思いました！……でもそれはただ何かおそろしいことが彼の上におおいかかってるのが、いつもわかってたからなんです……彼を助けてやりたかったんですわ。女ってそうしたものなんですわ。わたしの才能でなら、起こらないようにできるはずです……もし人間にできるとしたら……ディッキーは助けてあげられませんでした。それに彼はわかってくれないでしょう……彼はこわがってましたからね。まだとても若かったんですもの」

「二十二でした」

「そしてわたしは三十です。でも、わたしの言うのはそんなことじゃありません。分類にはいろいろ方法があるでしょう、長さ、高さ、幅……でも、時間で分類するのはいちばんへたな方法ですわ」そう言うと、彼女は口をつぐんで長いあいだ黙って考えこんだ。

目の下に見える家から低い銅鑼《ゴング》の音がしたので、二人はハッとした。

食事のときマックファーレンはモーリス・ホワースの様子をジッと観察した。妻を熱愛していることはまちがいない。その目には犬が見せるような掛け値なしにうれしそうな愛情が浮かんでいる。そしてそれに応《こた》える彼女のやさしさには、母性愛的なものがすこしばかりまじっているのも彼は気づいた。食事がすむと彼はいとまを告げた。

「わたしはあの下の宿屋に一日か二日滞在するつもりなんです。またお訪ねしてもよろしいでしょうか？　あすにでも……？」

「もちろんですわ。でも……」

「でも……なんです？」

彼女は片方の手でせわしく目をこすった。「わかりません。わたし……わたし、なんだかもうお会いできないような気がするんです……それだけです……さようなら」

彼はゆっくり坂をおりていった。われにもなく冷たい手で心臓をしめつけられるような気がした。もちろん彼女の言葉に他意があるはずはない……が……

車が一台、いきなりまがり角をまわってきた。彼は生垣にへばりついた……やっとどうにか轢《ひ》かれずにすんだ。彼の顔から血の気がひいて、妙な土気色がひろがった。


「やれやれ、神経がずたずたになっちまった」翌朝目がさめたときマックファーレンはそう呟いた。前日の午後のことを静かに考えてみた。自動車のこと、宿屋への近道のこと、急に霧がたちこめてきて道に迷い、近くに危険な沼のあることを聞いていたので苦労したこと。宿屋の煙突の雨除けが落ちたこと、夜になってこげ臭い匂いがするので調べてみたら、暖炉の前の敷物に燃え残りが落ちてこげていたこと。みんななんでもないことばかりだった。なんでもない……が、それはホワース夫人の言ったことや、彼がなんとなく感じたあの彼女は知っていたのだという確信を別にしての話だった……

彼はいきなり勢いよく掛けぶとんをはねのけた。何はさておいても坂道をのぼっていって彼女に会わなくてはならない。そうすれば呪縛《と》も解ける。つまり、無事にあそこまでたどりつけたらだ……やれやれ、おれはなんてばかだったんだろう！……

朝食はほとんど咽喉《のど》を通らなかった。十時になると彼は坂道をのぼりはじめた。十時半にはホワース家のベルに手をかけていた。それから、そのときになってはじめて彼はホッとして大きく息をついた。

「ホワース夫人はおいでですか？」

前にドアをあけた例の中年の女が出てきたが、今の彼女の顔つきはまるでちがっていた——悲しみに打ちひしがれていたのだ。

「ああ！　お客さま！　それじゃまだお聞きになってなかったんですか？」

「何を？」

「お気の毒なアリステア奥さま。強壮剤のせいなんです。毎晩めしあがってたんです。おかわいそうに船長の旦那さまは、もうすっかり度《ど》を失ってしまって……まるで気がちがったみたいなんですよ。暗闇の中で旦那さまはまちがった瓶を棚からおとりになって……お医者さまは呼びましたが、もう手遅れで……」

それを聞いたとたんに、マックファーレンはふと前に彼女が言った言葉を思い出した

——
「何かおそろしいことが彼の上におおいかかってるのが、わたしはいつもわかってたからです。わたしの才能でなら、起こらないようにできるはずです……もし人間にできるとしたら……」ああ！　だが人間は運命の女神をたぶらかすことはできなかった……人を救うはずだった透視力が、逆に人を滅ぼすという不思議な運命のめぐり合わせだったのだ。

　中年の召使は続けた。「おかわいそうに！　ほんとにやさしくて、しとやかで……困ってるものを見ると心から気の毒がる方でした。人の気持ちを傷つけることは何一つできないかたでしたのに」彼女はちょっと口ごもったあとでまた言った。「二階《うえ》におあがりになって、あのかたにご対面なさいますか？　あのかたの口ぶりからしますと、あなたはずっと以前からのお知り合いだったにちがいないと思いますし。ずっとずっと昔からだ、とあのかたもおっしゃってましたから……」

　マックファーレンが中年のメイドのあとについて二階にあがると、ちょうど客間の真上にあって、きのう歌声の聞こえてきた部屋に入った。窓はいちばん上の部分にはステンド・グラスがはまっていて、ベッドの頭の方に赤い光線を投げかけていた……頭にまっ赤なスカーフをまいたジプシー女……ばかな、また神経が錯覚をおこさせたのだ。彼は見納めにアリステア・ホワースの顔をしみじみと眺めた。

「ご婦人がお目にかかりたいそうですよ」

「え?」マックファーレンは放心したような目で宿の女主人を見た。「いや、これは失礼、ラウズ夫人。いろんな幽霊に出会ったもんだから……」

「まさか……?　そりゃあ日が暮れると、あの野っ原にうす気味わるいものがいろいろ出るそうですけどね。白衣の女だとか……悪魔の鍛冶屋だとか……船乗りとジプシーの幽霊がね……」

「なんですって?　船乗りとジプシーの?」

「ということですよ。あたしの若かった頃には、ずいぶん評判になったもんです。二人はむかし恋仲を邪魔されたんですって……でも、もうずっと前から出歩かなくなりましたね」

「出歩かない?　そうかなあ……ひょっとすると……また出歩きだしたんじゃないかなあ……」

「まあ!　何をおっしゃるんです!　あのお若いご婦人のことを……」

「若いご婦人って……?」

「あなたにお会いしたいって待ってらっしゃる方じゃありませんか。応接室にいらっしゃいますよ。ロウズ嬢……とおっしゃいましたけど」

「へえ！」

レイチェルだ！　遠近が入れ替わって、間近に焦点が合ったような妙な気持ちだった。今まで彼は別の世界をのぞきこんでいたのだ。レイチェルのことは忘れていた――彼女はこの現実の世界にしか住んでいなかったからだ……それがもういちど遠近の奇妙な入れ替わりで、彼は三次元しかないこの世界に舞いもどったわけだ。

彼は応接室のドアをあけた。レイチェルだった――例の正直そうな茶色の目をしている。するといきなり夢からさめた男のように、うれしい現実が暖かい波のように彼の胸いっぱいに込みあげてきた。

おれは生きてる……生きてるんだ！　〝人間が確かめられる人生はたった一つしかない……そしてこれがそうなんだ！〟

「レイチェル！」と彼は言うと、彼女の顎を持ちあげて、その唇にキスをした。

ランプ
The Lamp

たしかにそれは古めかしい家だった。その一画全体が古ぼけていて、大聖堂のある町などによくある、妙にもったいぶった由緒めかしい感じを見せている。だが十九番地の家は中でもとりわけ年経た印象を与えた。いかにも本家《ほんけ》然たるいかめしさを見せ、とびぬけて古色蒼然たる趣きをみせてそびえ、ひときわ昂然として立ち、見るからに冷然と構えている。きびしく、毅然として、久しく住み手のなかった家につきもののいかにも荒涼たる感じを見せて、ほかの建物の上に君臨していた。

ほかの町なら、もう遠慮なく〝幽霊屋敷〟のレッテルを貼られていただろうが、ウェイミンスターの町は幽霊がきらいだったし、町の人たちも地方の旧家につきものとしてならともかく、さもなくては幽霊どもに敬意を払うこともほとんどなかった。というわけで、十九番地の家も幽霊屋敷などと呼ばれたことは一度もなかった。が、そのくせ何年たってもこの家は〝貸家――譲渡の相談にも応じます〟のままだった。

おしゃべりな不動産屋と連れ立って馬車でやってきたとき、ランカスター夫人は気に入ったらしい様子でこの家を眺めた。不動産屋は十九番地の家を台帳から抹殺できるかもしれないと思って、いつになく浮き浮きしていた。ドアの鍵穴に鍵をさしこみながらも、しきりにこの家のよさを吹聴した。

「どのくらい前から空き家《あきや》だったんですか？」のべつしゃべりまくる不動産屋の饒舌をいくぶんそっけなくさえぎってランカスター夫人は訊いた。

ラディッシュ氏（ラディッシュ・アンド・フォプロウ商会の）は、ちょっとどぎまぎした。

「ええと……ええと……すこし前からでございますよ」とものやわらかに答えた。

「でしょうね」とランカスター夫人はそっけなく言う。

うす暗い明かりのついたホールは、気味わるいくらい冷え冷えとしている。もっと空想的な女性だったら身震いしたかもしれないが、ランカスター夫人は幸か不幸か人並はずれて現実的な女だった。背は高く、ゆたかな暗褐色の髪にはほんのわずか白いものがまじっていて、いくぶん冷たそうな青い目をしている。

彼女は屋根裏部屋から地下室まで見てまわって、ときどき要領よく質問をした。一通り見おわると、彼女はその一画を見わたせる表の部屋にもどって、きっぱりした態度で不動産屋と向かい合った。

「このうちはいったいどうしたというんです?」

ラディッシュ氏は不意打ちをくっておどろいた。

「そりゃあ家具が入らない家は、どうしたって多少は陰気くさくなりますよ」と彼は力のない声で言いのがれを言った。

「冗談でしょう。これだけの家にしちゃ、家賃がばかみたいに安いじゃありませんか……まるでただみたいですものね。何かそれにはわけがあるんでしょう。ここ、幽霊屋敷なんでしょう?」

ラディッシュ氏は臆病風に吹かれてすこしばかりギクッとしたが、何も言わなかった。

ランカスター夫人は鋭い目で彼を見すえた。ちょっとして彼女はまた口をあけた。

「もちろん、ばかげたことです……わたしは幽霊とかそんなものを信じないし、この家を借りる邪魔にもなりゃしませんよ。でもねえ、困るのは召使たちは迷信ぶかくて、何かというとすぐこわがりますからね。どんなものが……どんなものがこのうちに出るのか、はっきり話してもらえるとありがたいんですがね」

「わたしは……そのう……よく知りませんのですよ」と不動産屋は口ごもりながら言う。

「そんなことないでしょう」夫人は落ち着きはらって言った。「わたしだってわけも知らずに借りるわけにはいきませんからね。どういうことなんです？　人殺しでもあったんですか？」

「いや、とんでもない！」それこそこの一画の沽券《こけん》にかかわる彼女の推測の仕方に度胆をぬかれてラディッシュ氏は言った。

「じつは……じつは……ほんの子供なんですよ」

「子供？」

「そうなんです」

彼はしぶしぶ説明を続けた。「わたしもほんとはよく知らないんですよ。もちろんいろいろに言われてますが……たしか三十年ほど前、ウィリアムズという名前の男がこの十九番地に住んでたんです。彼については何もわかってません……召使もいなければ友だちもなく、昼間はめったに外出したこともなかったんですから。彼には子供が一人いました……小さな男の子です。ここに二カ月ほどいたあと、彼はロンドンへ行きましたが、首都に足を踏み入れるか入れないうちに、彼は何かの容疑で警察が手配中の男だということが発覚してしまったんです……何をしたのかよく知りませんがね。しかし、どえらいことをやったにちがいありませんよ。だってもう駄目だとわかるより早く、彼はピストルで自殺しちまったんですから。ところが子供のほうはそれからあとも一人ぼっちでここに住んでいました。しばらくのあいだは食べものもあって、彼はくる日もくる日も父親の帰りを待ってたんです。ところが運のわるいことに、その子はどんなことがあっても家から出ちゃいけない……誰とも口をきいちゃいけないって言いつけられてたんですな。病身でよわよわしい小柄の子でね……その言いつけにそむくなんて考えてもみなかったんですよ。夜、がらんとした家の中のおそろしい淋しさと孤独にすすり泣いている声を、父親が出かけたことを知らない近所の人たちも聞いたそうです」

ラディッシュ氏はちょっと口をつぐんだ。

「そして……そのう……その子は飢え死にしちまったんです」雨が降りだしたと人に教えるような口調だった。

「すると、ここに出るっていうのは、その子の幽霊なんですね？」

「でもべつに大したことはないですよ」ラディッシュ氏は相手を安心させようとしてあわてて言った。

「姿を見たわけじゃなし……見えはしないんです……ただ人の噂じゃ、もちろん愚にもつかないことですが……聞こえることはまちがいないというんですなあ……その子の……泣き声がね」

ランカスター夫人は玄関のドアのほうへ歩きだした。

「家はとっても気に入りましたよ。さっきのお家賃じゃ、これだけのものはとてもありませんものね。よく考えてお返事しますから」

「ほんとにとても明るい感じになったじゃありませんか、パパ」

ランカスター夫人はいかにも気に入ったような目であたらしい住居を眺めまわした。はでな絨毯、きれいにみがいた家具類、こまごまとした装飾品のおかげで、十九番地の家の陰気な感じはすっかり変わっていた。

彼女が話しかけた相手は、猫背で、神経が繊細でどこか神秘的な顔立ちの、痩せて腰のまがった老人だった。ウィンバーン氏は娘と似たところがない——事実どう考えても、娘の現実一点ばりなところと、彼の空想家タイプの茫洋とした感じほどひどい対照を見せたものはない。

「そうだな」と彼は微笑を浮かべながら答えた。「これなら誰も幽霊屋敷だなんて思うものはあるまい」

「パパ、ばかなことを言わないでくださいよ！　きょう引っ越してきたばかりだというのに」

ウィンバーン氏は微笑して——

「わかったよ、お前、幽霊なんてものは、いないにきまってるからな」

「それにおねがいですから、ジェフの前じゃ何も言わないでくださいね。あの子はとても空想的な性質《たち》なんですから」

ジェフはランカスター夫人の小さい息子だ。家族はウィンバーン氏に、未亡人の娘とジェフリーの三人だった。

窓にまた雨があたりだしている——パラパラパラパラ……と。

「聞いてごらん……まるで小さな足音みたいじゃないか？」とウィンバーン氏が言った。

「それよりも雨に似てますよ」とランカスター夫人は微笑を浮かべて言った。

「しかしあれは……あれはやっぱり足音だよ」父親は体を乗りだして聞き耳を立てながら叫ぶように言った。

ランカスター夫人はさもおかしそうに笑った。

ウィンバーン氏も仕方なしに笑った。二人はホールでお茶をのんでいたのだが、彼は階段に背を向けて坐っていた。いま彼は階段のほうへ椅子の向きをかえた。

小さなジェフリーは子供がはじめてのところにきておじけづいたように、そろそろと静かにおりてくる。階段はみがいた樫材で、絨毯は敷いてない。彼はやってきて母親のそばに立った。ウィンバーン氏はハッとした様子をかすかに見せた。子供が床を歩いてきたとき、誰かがジェフのあとからついてくるように、階段に別の足音がはっきり聞こえたからだ。引きずるような、どこか妙につらそうな足音だった。が、彼はそんなばかなことがあるものかというふうに肩をすくめた。〝きっと雨の音だ〟と彼は考えた。

「ぼく、そのスポンジケーキを見てるんだけどな」何か自分が興味を持っていることを言おうとするときに見せる、あのいかにもさりげない様子でジェフはそう言った。

母親は子供がほしいと匂わせたものを急いで出してやった。

「ねえ、坊や、このあたらしいおうち、どう？」と彼女は訊いた。

「とてもいいね」ジェフは口いっぱいに頬ばりながら言う。「うんと……うんと……うんとだよ」彼は心底から満足しているしるしにそう言ったが、それきり急に黙りこんで、ほんのすこしだったが、スポンジケーキを誰かの目から隠そうとする仕草をした。

最後の一口を頬ばってしまうと、彼は堰《せき》を切ったようにしゃべりだした。

「ねえ、ママ、ここには屋根裏部屋があるんだってね……ジェーンが言ってたよ。だから今からすぐ探険しにいってもいい？　それに秘密のドアがあるかもしれないしね。ジェーンはないって言ってたけど、ぼくはきっとあると思うんだ。でも、いろんなパイプはあるよ……水道管だってさ（うっとりした表情になる）。そしたらパイプで遊んでもいい？　それから……うん、そうだ、ボイーラーも見に行っていい？」彼はすっかり有頂天になって、〝ボイラー〟を〝ボイーラー〟と延ばして言ったが、ウィンバーン氏は子供が無性《むしょう》にうれしがって言う言葉を聞いても、自分は熱くもない湯しか出ないことや、鉛管工事請負人からくる大枚《たいまい》のかさばった請求書のことしか頭に浮かばないのだと思うと、気はずかしくなった。

「屋根裏部屋を見に行くのはあしたにしましょうね、坊や」とランカスター夫人。「積み木をもってきて、きれいなおうちか機関車をつくってごらんなさい」

「いちなんかつくりたくないや」

「いちじゃありません……おうちよ」

「おうちもお機関車もおいやだい」

「ボイラーをつくるといい」とウィンバーン氏が言った。

ジェフリーの顔が明るくなる。

「パイプで……？」

「うん、パイプをたくさん使ってさ」

ジェフリーはうれしそうに積み木をとりに駆けだした。

雨はまだ降っている。ウィンバーン氏はジッと耳を澄ました。——うん、さっき聞こえたのは、やっぱり雨の音だったにちがいない。が、まるで足音みたいに聞こえたたなあ……


その晩、彼は妙な夢を見た。

町の中を歩いている夢だった。なんだかとても大きな町らしい。だが、それは子供の町で、大人は一人もおらず、子供ばかりで、それもうじゃうじゃいる。夢の中で子供たちは見知らぬ彼を見ると、「あの子を連れてきた？」と呼びながら駆けよってきた。夢の中で彼はそれが誰のことを言ってるのかわかったようで、悲しそうに首を振った。子供たちはそれを見ると顔をそむけて、はげしくすすり泣きをはじめた。

町も子供たちも消えて、ふと目がさめてみると、彼はベッドの中だった。が、すすり泣きの声はまだ聞こえていた。目はしっかりさめているのに、声はまだはっきり聞こえる。すぐ下の部屋にジェフリーが寝ているのを思い出したが、子供の悲しそうな泣き声は上の方から聞こえてくる。彼が起きあがってマッチをすると、そのとたんにすすり泣きの声はやんだ。

ウィンバーン氏は夢のことや、そのあとのことも娘には話さなかった。あの声が気のせいでないことは確信していたし、事実その後しばらくして、昼間にも一度聞こえたことがあった。そのときは風が煙突にあたってものすごい音を立てていたが謎の声はそれとは別に聞こえた——はっきり、あの声だと見きわめがついた……悲しそうな、胸がはりさけそうにすすり泣く小さな声だった。

その声を聞いたのが彼一人でないこともあとでわかった。メイドが小間使いに言っているのを彼は小耳にはさんだのだ。「あの子守はあんまりジェフリー坊やにやさしくないようね……だってつい今朝《けさ》がたも坊やはずいぶんひどく泣いてたもの」ところがジェフリーは朝食のときも昼食のときも降りてきて、元気にはしゃぎながら食べていたのだ。それを見てウィンバーン氏は、泣いていたのがジェフリーではなく、引きずるような足音をさせて一度ならず彼をおどろかせたもう一人の子供のほうだと気づいた。

何も聞いていないのはランカスター夫人だけだ。おそらく彼女の耳は別世界からの音が聞こえるようには調節されていないのだろう。

ところがある日、さすがの彼女もびっくりせずにおれなくなった。

「ママ」とジェフリーが彼女にねだったのだ。「あの男の子と遊ばせてくれるといいんだけどなあ」

　ランカスター夫人は微笑を浮かべて書きもの机から顔をあげた。

「どの男の子、坊や？」

「名前は知らないけどね。屋根裏部屋の床に坐って泣いてたけど、ぼくを見ると逃げてっちゃった。恥ずかしかったんだろうね（ちょっと軽蔑の口調だった）。大きな子みたいじゃないや。そのあとだけど、ぼくが子供部屋で積み木をしてたら、あの子はドアのこっちに立ってぼくが積むのを見てたけどね、ぼくと遊びたそうだったよ。だからぼく言ったんだ。『こっちにきてお機関車をつくってみな』って。でもあの子はなんにも言わずに、ただ見てるだけなんだ……自分の前にチョコレートがうんと置いてあるのに、ママに触っちゃいけないって言われたみたいな顔をしてさ」そういうと、そのときのことを思い出したらしく溜め息をついた。「だけどジェーンにあの子はだれ、一緒に遊びたいんだけどって言ったら、このいちに小さな男の子なんかいない、ばかなことを言うもんじゃありませんて怒られちゃった。ジェーンなんか大きらいさ」

　ランカスター夫人は立ちあがった。

「ジェーンの言うとおりですよ。小さな男の子なんかいやしないんだから」

「だってぼく見たんだもの。ねえ、ママ！　あの子と遊ばせてよ、ねえ。とっても淋しくて悲しそうなんだもの。あれを治すのにぼく何かしてやりたいんだよ」

ランカスター夫人はもういちど何か言おうとしかけたが、彼女の父親が首を振った。「ジェフ」と彼はやさしく声をかけた。「かわいそうにその小さな男の子はほんとに淋しいんだよ。お前なら慰めてやれるかもしれないな。だけど、どうやって慰めてやるかってことは、お前が自分で考えなくちゃいけないよ……パズルみたいにな……わかるかね？」

「ぼく、もう大きいんだから、みんな自分でしなくちゃいけないんだね？」

「うん、もう大きいからね」

少年が部屋を出ていくと、ランカスター夫人は待ってましたとばかりに父親の方へ向き直った。

「パパ、ばかなことを言わないでちょうだい。子供をけしかけて、召使たちのくだらない話を信じこませるなんて！」

「メイドはあの子に何も話しちゃいないよ」と老人は静かに言った。

「あの子は見たのさ……わしが耳で聞いたものを……もしわしがあの子くらいの年だったら見られたかもしれないものをな」

「でも、なんてばかばかしい！　じゃなぜわたしに見えたり聞こえたりしないんです？」

　ウィンバーン氏は微笑を浮かべた——妙に疲れたような微笑を。だが返事はしなかった。

「どうしてなんです？」と娘はくり返して訊いた。「それに、なんだってあの子にお前ならその……その……なにを助けてやれるなんて言ったんです？　そんな……そんなばかなことができるもんですか」

　老人は思いやりの目をチラッと彼女に向けた。

「どうしてできないって言うんだね？　お前こういう言葉を知ってるかね？

　闇に迷えるかよわき子らを
　運命の女神はいかなるランプもて導きたもうや？
　〝以心伝心のランプでもって〟と天なる神は答えたもう。

　いいかね、ジェフリーにはそれがあるんだよ……以心伝心のランプがね。子供はみんな持っている。ただだんだん大人になるにつれて、それがなくなってしまう……いや、それをなくしてしまうだけなのさ。すっかり年をとってしまうと、かすかな明かりが舞い戻ってくることもあるが……なんていってもこのランプは子供の頃がいちばん明るく燃える。だからこそジェフリーなら助けてやれるかもしれないと思うんだよ」
「わたしには納得がいきませんわ」ランカスター夫人は力なく呟いた。
「わしだってそうさ。あの……あの子供は困ってるのさ……そして……そして自由にしてもらいたがっているんだよ。しかしどうすればいい？　わしにはわからん……が……考えるとゾッとするな……胸がはりさけそうに泣くなんてなあ……子供がだよ」

二人がそんな話をしてから一月《ひとつき》ほどしてジェフリーは重い病気になった。北風が吹きつづいていたし、彼はもともとひ弱《よわ》だった。医者は首を振って重態だと言った。そしてウィンバーン氏にはもっと詳しく話して、回復の見込みは全然ないと漏らした。「あのお子さんはどんな環境にあっても、どっちみち大きくなるまで生きられはしなかったでしょうな」それからつけ加えて、「ずっと前から肺をすっかりやられてたんですから」

ランカスター夫人がその――もう一人の子供に気づいたのは、そうしてジェフの看病をしているときだった。はじめすすり泣きの声は風の音と区別がつかなかったが、そのうちだんだんはっきりしてきて、まちがいなく泣き声になった。そしてしまいにあたりが死んだように静まりかえるたびに、彼女の耳に聞こえてきたのだ――低く、やるせなげな、悲嘆にくれた……子供のすすり泣く声が。

ジェフの病状は次第に悪化して、熱にうかされながら彼は何度も何度も例の男の子のことを口ばしった。「あの子を手伝って逃がしてやりたいなあ、ほんとに！」と彼は叫んだ。

さんざん熱にうかされたあとには昏睡状態がきた。ジェフリーはひっそりと寝たまま、ほとんど呼吸の音も立てずに虚脱したようだった。今はただそばでジッと見まもるしかなかった。やがて静かに夜のとばりがおりた。風がそよとも吹かず、きれいに晴れわたったおだやかな夜がきた。

とつぜん子供の体が動いた。目があいた。が、それは母親を通りこして開いたドアのほうを見た。何か言おうとしたので母親は上体をかがめ、息も絶え絶えの言葉を聞きとろうとした。

「いいよ、今行くからね」と囁くように言うと、それっきりがっくりした。

母親は急にこわくなって、部屋を横切ると老人のそばへ行った。二人の近くのどこかでもう一人の子供が笑っていた。浮き浮きした、満足げな、意気揚々としたような澄んだ笑い声が部屋じゅうにこだました。

「わたし、こわいわ……こわいわ」と彼女はうめくように言った。

彼は彼女をかばうように抱いてやった。とつぜんサッと風が吹いてきて、二人は思わずギョッとしたが、それはたちまち吹きすぎて、あたりはまた前のようにひっそりと静まりかえった。

笑い声がやむと、微かな音が二人のほうへ近づいてきた。ほとんど聞きとれないくらい微かな音だった。が、だんだん大きくなってしまいにははっきり聞きとれた。足音が――軽い足音が、すばやく立ち去っていく。

パタパタ……パタパタ……と走っていく――あの聞きなれた引きずり気味の足が。ところが――まぎれもなく――今度は別の足音が急にそれにまじって、さらに早く、さらに軽い足どりで動いていった。

母親と老人はいっせいにドアのところへ急いだ。

下へ、下へ、下へ……小さな子供たちの見えない足が、連れ立って、パタパタ……パタパタ……と、二人のすぐそばをすりぬけ……ドアを通って出ていった。

ランカスター夫人は気も狂わんばかりになって目をあげた。

「二人だわ……二人よ！」

とっさの恐怖に青ざめながら彼女は部屋の隅に置いた子供用のベッドを振りかえった。が、父親はやさしく彼女を抑えて、別の方を指さした。

「ほら」と彼は言葉みじかに言った。

パタパタ……パタパタ……微かに、だんだん微かになっていく。

そしてやがて……聞こえなくなった。

ラジオ
Wireless

「とくに心配ごとや興奮を避けることですな」とメネル医師は医者がよく見せる愛想のいい口調で言った。

そうした気休めにはなるが実《じっ》のない言葉を聞いた患者たちの場合によくあることだが、ハーター夫人も安心どころか疑心暗鬼だったらしい。

医者はぺらぺらしゃべり続けた。「心臓がすこし弱ってますが、心配はすこしもいりません。その点は保証できます」

それからつけ加えて言った。「それにしてもやはりエレベーターは据《す》えつけたほうがいいかもしれませんな。え？　いかがです？」

ハーター夫人は心配そうな顔をした。

それとは反対にメネル医師はしごくご機嫌のていだ。彼が貧乏な患者よりも金持ちの患者を診《み》るのが好きなわけは、想像力をふんだんに働かせて、患者たちの病気に処方箋を書くことができるからだった。

「そう、エレベーターですよ」とメネル医師は言うと、一段と勇ましいことを考え出そうとしてみたが……これはうまくいかなかった。「そうすれば不当な疲労もすべて避けられますからね。天気のいいときは毎日、適度の運動をすることですが、丘をのぼったりするのは避けなければいけません。そしてとくに……」そう言うと愉快そうにつけ加えて、「精神的な気ばらしを大いにすること。ご自分の健康にあまり気をつかっちゃいけませんよ」

医師はこの老婦人の甥のチャールズ・リッジウェイに向かってはほんのわずかだが率直に言った。

「誤解してもらっては困りますがね……叔母さんはあと数年は生きられるかもしれません……いや、たぶん生きられるでしょう。と同時に、ショックだとか過労だとかいったものがあると、こんなふうに命取りになるかもしれませんからね」と言って指をパチンと鳴らした。「ごく静かな生活を送らなければいけません。無理は禁物。疲れもだめです。といってもちろん考えごとをさせないようにしないといけませんな。いつも朗らかで、くれぐれも屈託のないようにしておかなければだめです」

「屈託しないようにね」とチャールズ・リッジウェイは思案顔で言った。

チャールズは頭の切れのいい青年だった。それにまた可能なかぎり自分自身の好みの線で押し進めるに万事越したことはないと信じている青年でもあった。

その晩、彼はラジオ受信機を取りつけたらどうだろうと言った。

ハーター夫人はエレベーターのことを考えただけでもうすっかり気持ちを取り乱していたので、心配でラジオのことなど気乗りがしなかった。チャールズは雄弁で、大いに説得につとめた。

「そういうハイカラなものはどうだろうねえ」とハーター夫人は情けなさそうに言った。「波なんでしょうが？……電波だものね。わたしの体にわるいかもしれませんよ」

チャールズは優越感と親切心のまじった態度で、そんなふうに考えてはなんにもならないと指摘した。

ハーター夫人はそういう問題に対する知識はすこぶる漠然たるものだったが、自分の考えは容易にまげない性質《たち》だったので、どうしても納得しなかった。

「ああいう電気じゃねえ」と彼女はおじけづいた声で呟くように言った。「どう言おうとあんたの勝手だけどね、チャールズ……電気が体にさわる人だっているんですよ。わたしは雷雨の前になると、きまってひどい頭痛がするんだから。ちゃんとわかるんですよ」

彼女はどうだと言わんばかりにうなずいてみせる。

チャールズは辛抱づよい若者だった。それに根気もよかった。

「メアリー叔母さん……そこのところをぼくにはっきり説明させてくれませんか」

彼はその問題に関してはかなりよく知っていた。で、いま話題になったものについてここで一くさり説明した——話に熱中して白熱真空管だとか、微熱真空管だとか、高周波、低周波、増幅器やコンデンサーとかまでしゃべった。

ハーター夫人は皆目わからない言葉の洪水にまきこまれて、とうとう降参してしまった。

「チャールズ、そりゃもちろん……あんたがほんとに……」と彼女は呟くように言った。

「メアリー叔母さん」とチャールズは熱心な声で言う。「叔母さんがふさぎこんだりなんかしないようにするには、これがうってつけのものですからね」

メネル医師の処方によるエレベーターはそれからほどなく備えつけられたが、そのためにハーター夫人はほとんど死にそうになった。というのは、ほかの多くの老婦人と同様、彼女も家の中に見知らぬ人間が入りこむことが大きらいだった。彼女はそうした連中がどれもこれも彼女の金《かね》に下心があるのではないかという抜きがたい疑いを持っていたのだ。

エレベーターのあとにラジオ受信機が届いた。そのあと彼女は一人でその……彼女にとっては虫の好かぬ物体を……つまみがいくつもついた大きく不恰好な箱を……眺めるしかしようがなかった。

チャールズは全力をつくして彼女をそれになじませようとした。彼は水を得た魚のように、つまみをまわして見せながら、雄弁をふるって説明した。

ハーター夫人は辛抱づよく、ていねいな物腰で背の高い椅子に坐っていたが、内心ではこういうハイカラな発明品は掛け値なしの厄介物にすぎないと根づよく確信していた。

「ほら、叔母さん、これはベルリンです……すばらしいじゃありませんか？　この男の声、聞こえますか？」

「ブーブーいう音やカチカチいう音がいろいろ聞こえるだけですよ」

チャールズはつまみをまわし続ける。「ブリュッセルだ」と熱のこもった声で言う。

「ほんと？」とハーター夫人はちょっと興味を見せただけだ。

チャールズがもう一度つまみをまわすと、ゾッとするような雑音が部屋の中にとびだした。

「今度は犬小屋にきたようね」とハーター夫人は言ったが、彼女もこれでなかなかの頑固者だった。

「ハッハッハ！」チャールズが言った。「冗談が出るじゃありませんか、メアリー叔母さん。その調子なら大丈夫ですよ！」

ハーター夫人は笑顔を見せずにいられなかった。チャールズが大のお気に入りだった。何年間か姪のミリアム・ハーターが一緒に住んだことはあった。彼女はその姪を相続人にするつもりだったが、ミリアムはうまくいかなかった。叔母のお相手に辛抱しきれず、退屈してしまったにちがいない。ハーター夫人に言わせると、ミリアムはしょっちゅう〝遊び歩いて〟いた。とどのつまり叔母の大きらいな青年と関係ができてしまった。そしてミリアムは実物見本も同然に、簡単な手紙をつけて母親のもとへ送り返された。彼女はその青年と結婚し、ハーター夫人はクリスマスになるときまって箱入りのハンカチかテーブル・クロスを送ってやった。

ハーター夫人は姪に幻滅したので、今度は甥に目をつけた。チャールズは最初から無条件で及第点だった。彼はいつも愛想よく、叔母をだいじにしたし、彼女の若い頃の思い出話にもひどくおもしろそうに聞き入った。その点ミリアムとはほとんど正反対で、ミリアムは退屈すると正直にそれを様子に出した。チャールズは決して退屈しなかったし、いつも上機嫌で、いつも朗らかだった。日に幾度となく叔母に向かって、彼女こそ非の打ちどころのないほどすばらしい老婦人だと言った。

このあらたに手に入れた甥にすこぶる満足したので、ハーター夫人は弁護士に手紙を書き、遺言状の書き直しのことで指示を送った。それは彼女のもとに送ってこられ、彼女が正式に承認して署名もすんだ。

そして今度はラジオの問題でもチャールズは間もなくまた一つ名誉をかち得たことがわかった。

ハーター夫人は最初のうちこそ反対していたが、だんだん辛抱づよくなり、しまいには夢中になってしまったのだ。チャールズが外出して留守のときはなおさら大いに楽しんだ。チャールズがいると困るのは、ラジオの機械をそっとしておかないことだった。ハーター夫人だけならゆったり椅子に腰を落ち着けて、シンフォニー・コンサートやルクレツィア・ボルジアや、池に住む生物類の話をいかにも楽しそうに屈託のない様子で聞く。ところがチャールズはそうではなかった。一生懸命に外国の放送局を出そうとして耳ざわりな雑音を出すので、調和も何もむちゃくちゃになってしまう。しかしチャールズが友人たちと外で食事をしている夜など、ハーター夫人はそれこそ存分にラジオを楽しんだ。スイッチを二つ入れて、背の高い椅子に腰をおろし、その晩のプログラムを楽しむのだ。

最初の不気味な出来事が起こったのは、ラジオの受信機が据えつけられてから三ヵ月ほどした頃だった。チャールズはブリッジの会に出かけて留守だった。

その晩のプログラムは、民謡コンサートだった。ある有名なソプラノ歌手が〈アニー・ローリー〉をうたっていた。と、その〈アニー・ローリー〉の途中で妙なことがおこったのだ。とつぜんそれが切れて音楽が一瞬きこえなくなると、ブーブー、カチカチいう雑音が続き、そしてそれもだんだん小さくなって消えてしまった。死んだような静けさが流れたが、そのあとごく微かな低いブーンという音がきこえた。

どうしたわけかわからなかったが、ハーター夫人はラジオがどこかひどく遠いところに波長が合ったような印象をうけた。と、それからはっきりと、区切るようにして声が聞こえた——ごくわずかアイルランド訛りのある男の声が。

「メアリー……聞こえるかい、メアリー？　わしはパトリックだ……もうすぐお前を迎えに行くよ。用意をしとくんだ、いいな、メアリー？」

するとほとんど同時に〈アニー・ローリー〉の歌がまた部屋じゅうに流れてきた。

ハーター夫人は椅子に坐った体をかたくして、両手は肘かけをしっかり握りしめた。夢を見たのだろうか？　パトリックだわ！　パトリックの声だった！　パトリックの声が現にこの部屋でわたしに話しかけたのだ。いや、夢にちがいない。一、二分のあいだうとうとしたにきまってる。変な夢を見たもんだ……死んだあの人の声がラジオにのってわたしに話しかけるなんて……ちょっとこわかったけど。彼はなんと言ってたっけ？……

「もうすぐお前を迎えに行くからな、メアリー。用意をしとくんだ、いいな？」と言ったのだ……

あれは予告だったのだろうか？　心臓が弱ったんだろうか？　わたしの心臓が。やっぱりだんだん年をとってきたんだ。

「警告なんだわ……そうだ」とハーター夫人はゆっくりと苦しそうに椅子から立ちあがりながら言ったが、いかにも彼女の人柄らしくつけ加えた。「あんなにお金をエレベーターにかけたのにむだになっちゃった！」

彼女は自分の経験したことを誰にも言わなかったが、そのあと一日か二日のあいだは思案顔で何かに気をとられているふうだった。

と、それから二度目の事件がおこったのだった。そのときも部屋にいるのは彼女だけだった。それまで管弦楽の選曲を放送していたラジオが、前の時と同様にプツンと切れてしまった。そしてまた沈黙が流れ、遠くの局が出たような感じがしたかと思うと、しまいに生前とちがうパトリックの声が——遠く離れているために薄れた、妙にゾッとするような音質の声がきこえてきたのだ。

「わしはパトリックだよ、メアリー。もうすぐお前を迎えに行くからな……」

そしてカチカチ、ブーブーいう音がして、管弦楽の選曲がまたいかにも景気よく流れだした。

ハーター夫人はチラッと時計に目をやった。いや、今度は眠ったのではない。目ははっきりあいていたし、頭もはっきりしているのに、パトリックの話す声がきこえたのだ。幻聴ではない——彼女もそれは自信があった。彼女はチャールズが説明してきかせたラジオ電波の理論を、しどろもどろながらあれこれ思い出してみようとした。

パトリックがほんとにわたしに話しかけるなんてことがあるだろうか？　ほんとに彼の声が空間を流れてきたのだろうか？　行方不明の波長とかそういったものはある。彼女はチャールズが〝音階の空隙《くうげき》〟のことで話していたのを思い出した。ひょっとするとそういう行方不明の電波でいわゆる心理現象は説明がつくかもしれないじゃないの？　いや、そう考えれば、もともとあり得ないというものは何もないのだ。パトリックはわたしに話しかけた。彼はわたしにもうすぐやってくるにちがいないことに対する心構えをさせようとして、近代科学を利用したんだわ……

ハーター夫人はベルを鳴らしてメイドのエリザベスを呼んだ。

エリザベスは六十歳になる痩せたのっぽの女だった。見かけはいかにも強情そうだが、心の中にはこの女主人に対する愛情とやさしい気持ちをたっぷり隠していた。

この忠実なメイドが姿を見せると、ハーター夫人は言った。「エリザベス……わたしが言ったこと、おぼえてるだろうね？　わたしの書きもの机の左側のいちばん上の引き出しだからね。鍵はかかってるけど、白いラベルのついた細長い鍵ですよ。何もかもあの中に用意してあるから」

「用意ですって、奥さま？」

「わたしのお葬式のですよ」とハーター夫人は鼻を鳴らして言った。「これ、どういうことか、あんたにはちゃんとわかってるはずですよ、エリザベス。だってあんたが手伝ってくれて、自分であそこにいろんな物を入れたんだから」

エリザベスの顔は妙にゆがみだした。

「まあ、奥さま」彼女は泣き声で言う。「もうそんなことおっしゃるのはやめてくださ い。すこしよくおなりだなとわたしは思ってましたのに」

ハーター夫人はてきぱきと言った。「わたしたちは誰でもみんないつかはおさらばしなけりゃならないんですからね。わたしももう七十の坂を越してるんですよ、エリザベス。さあさあ、ばかな真似はおやめなさい。泣かずにおれないなら、どこかよそへ行って泣きなさい」

エリザベスはまだ鼻をクスンクスンいわせながらさがっていった。

ハーター夫人は深い愛情のこもった目で彼女を見送った。

「ばかなおばあさんだけど、よくしてくれるわ」と彼女は言った。「とってもよくしてくれた。ええっと、彼女に遺してやるのは百ポンドだっけ……それとも五十ポンドだけだったかしら？　百ポンドにしてやらなくちゃ。長いあいだここにいてくれたんだからね」

老婦人にはその点が気がかりだったので、翌日彼女は腰を据えて弁護士に手紙を書き、目を通したいから遺言状を送ってもらいたいと依頼した。ちょうどその同じ日に昼食の席でチャールズが言ったことが彼女をおどろかせたのだった。

「それはそうとメアリー叔母さん……あの予備の部屋にかかってる変なじいさんは誰なんですか？　炉棚の上のほうにかかった肖像画のことだけど。シルクハットをかぶって、頰ひげを生やしたじいさんですがね？」

ハーター夫人はきびしい目で彼を見た。

「あれはあんたの叔父さんのパトリックが若かった頃のですよ」

「おや、それはそれは……どうもほんとにすみませんでした、叔母さん。失礼なことを言うつもりはなかったんですから」

ハーター夫人はもったいぶってうなずくと、その詫びを聞き入れてやった。

チャールズはどこかあいまいに続けて言った。

「ちょっと不思議なんですがね。じつは……」

彼がうやむやなやめ方をしたので、ハーター夫人は鋭い口調で言った。

「どうしたの？　何を言おうとしたんです？」

「なんでもありません」とチャールズはあわてて言った。「つまり、べつにどうってことないんです」

そのときはそれっきり老婦人は何も言わなかったが、その日、もっとあとになってから二人だけになったとき、彼女はまたその話をむし返した。

「チャールズ、あんたがあの叔父さんの肖像画のことをどうしてわたしに訊く気になったのか、話してもらいたいんだけどね」

チャールズは困った顔をした。

「さっきも言ったでしょう、叔母さん。ほんのばかばかしいぼくの気のせいだったんですよ……まったくばかばかしくて」

「わたしはどうしても知りたいんですよ」

「チャールズ」とハーター夫人は有無を言わせぬといった声で言った。

「そうですか、叔母さん、そうまで言うんでしたら……彼を見たような気がしたんですよ……つまり、あの肖像画の男の人をです……ぼくがゆうべ車道をあがってきたとき、向こうはしの窓から外を見てるのを。何か光線のかげんだったんだろうと思うんだけど。いったい誰だろうと思いましたよ、あの顔がとっても……こう言うとなんだけど、ヴィクトリア初期の頃みたいな……。だけどあとでエリザベスはあそこには誰もいないし、うちには知り合いにも、はじめての人にも、客は一人もきていないって言ってましたからね。ところがその夕方たまたまあの予備の部屋に入ってみたら、炉棚の上の方にあの肖像画がかかってたんです。ぼくの見た男と生き写しだったじゃありませんか！　ほんとのところ、これはごく簡単に説明がつくと思います。潜在意識というやつですよ。あの肖像画をそれとは気づかずに見たことが前にあるにちがいありません。そしてあとで窓のところにその顔を見たような気がしただけなんです」

「向こうはしの窓？」とハーター夫人は鋭い声で言った。

「ええ……なんです？」

「なんでもありません」とハーター夫人は言った。

しかしそう言ったものの彼女はギョッとしていた。その部屋は夫の化粧室だったからだ。

その同じ夕方、チャールズがまた留守だったので、ハーター夫人は坐ると、首を長くしてラジオを聞いた。三度あの不思議な声が聞こえたら、あの世とほんとに交信したことは決定的で、みじんの疑いもなく証明されることになる。

心臓の鼓動はますます早くなったが、前の時と同様な中断がおこり、例によって死んだような静けさをはさんで、かすかな遠いアイルランド訛りの声がもういちど話しかけてきたとき、彼女はおどろきはしなかった。

「メアリー……もう用意はできたね……金曜日にわしはお前を迎えに行くよ……金曜の九時半に……こわがることはない……すこしも苦しくはないんだからね……用意をして……」

するとその最後の言葉を中断するようにして管弦楽の音楽がまた騒々しくにぎやかに鳴りだした。

ハーター夫人は一、二分のあいだ身動き一つせずに坐っていた。彼女の顔は青ざめて、口もとがひきつっていた。

しばらくして彼女は立ちあがると、書きもの机に向かった。すこし震える手で次のような言葉を書いた――

今夜九時十五分にわたしは死んだ夫の声をはっきり聞きました。この金曜日の九時半に彼はわたしを迎えにくると言いました。万一わたしがその日のその時間に死ぬようなことになったら、霊界と交信することは疑問の余地なくできるものだということを証明するために、この事実を公表していただきたいと思います。

メアリー・ハーター

ハーター夫人は書いたものを読み返してから、それを封筒に入れて宛名を書いた。それからベルを鳴らしたが、エリザベスはすぐやってきた。ハーター夫人は机から立ちあがっていま書いたばかりの手紙を彼女に渡した。

「エリザベス……金曜日にわたしの身に万一のことがあったら、この手紙をメネル先生に渡してほしいの。いいのいいの」エリザベスが抗議しようとする様子を見せたので、「わたしと言い合うのはおよしなさい。あんたは前によく虫の知らせを信じるって言ったでしょう。今わたしはそれを感じてるんですよ。それからもう一つ。遺言状の中であんたに五十ポンドあげるって書いたんだけど。百ポンドあげたいの。もしわたしが死ぬ前に自分で銀行へ行くことができなければ、あとでチャールズがそう取りはからってくれますからね」

前の時と同様に、ハーター夫人はエリザベスの涙ながらの抗議をさえぎった。翌朝この老婦人は決心どおりこの問題について甥に話した。

「いいわね、チャールズ、わたしの身に万一のことがあったら、エリザベスに五十ポンド余計にやるんですよ」

「この頃とっても陰気くさいですね、メアリー叔母さん」とチャールズは陽気に言った。「叔母さんの身に何がおこるっていうんです？　メネル先生の話だと、あと二十年かそこらしたら叔母さんの百回目の誕生日を迎えることになるだろうってことだったのに！」

ハーター夫人は愛情のこもった笑顔で彼を見たが、返事はしなかった。そして一、二分するとこう言った――

「金曜日の晩はどうするの、チャールズ？」

チャールズはちょっとおどろいたような顔をした。

「じつはユーイングさんとこでブリッジをやりに来ないかって誘われてるんだけど、ぼくがいたほうがよけりゃ……」

「いいえ」とハーター夫人はきっぱり言った。「とんでもない。ほんと言うとね、チャーリー。とりわけその晩は一人でいたいんですよ」

チャールズはけげんそうに彼女を見たが、ハーター夫人はそれ以上何も言おうとしなかった。彼女は勇気と決断力のある老婦人だった。たった一人でその奇妙な経験をしなければならないと腹をきめていたのだ。

金曜日の晩になると家の中はひっそりと静まりかえっていた。ハーター夫人は例の背の高い椅子をいつものように暖炉のそばへ引き寄せて坐った。用意はすっかりできていた。朝のうちに銀行へも行って、紙幣で五十ポンド引き出し、エリザベスは泣いて断わったが渡した。身のまわりのものはもうすっかり選りわけて整理してあったし、宝石も一つ二つそれぞれ友人や親戚の名前を書いたラベルをつけておいた。チャールズ宛ての指示も一覧表にして書き出しておいた。ウスター焼きのティー・セットは従妹《いとこ》のエマにやることにした。そしてセーヴル焼きの壺はウィリアム青年にやるというふうに。

いま彼女は手にした細長い封筒を眺め、中から折りたたんだ書類を引っぱりだした。それは彼女の指示に従ってホプキンスンが送ってよこしたものだ。もう前にも丹念に読んであったのだが、記憶をあらたにするために今もういちど目を通したのだ。それは簡単な書類だった。実直な勤めぶりを考慮してエリザベス・マーシャルに五十ポンド遺贈

──妹といとこにそれぞれ五百ポンドずつ遺贈。そして残りは愛する甥のチャールズ・リッジウェイに。

ハーター夫人は何度もうなずいた。

──わたしが死んだらチャールズは大金持ちになるだろう。いや、彼はほんとによく尽してくれた。いつもやさしくて、いつも愛情がこまやかで……おもしろい話をしていつもわたしをよろこばせてくれた……

彼女は時計を見た。あと三分で九時半だ。

──さあ、もう用意はできた。しかもわたしは落ち着いている……落ち着きはらっている。

この最後の言葉を彼女は胸の中で何度もくり返したが、心臓は異様に、不規則に鼓動していた。自分ではほとんど気づかなかったが、神経は過度の緊張に達していたのだ。

九時半。ラジオにスイッチを入れた。何が聞こえてくるだろう？　天気予報を告げる聞き慣れた声か、それとも二十五年前に死んだ男の、あのはるか遠くからきこえてくる声だろうか？

だが彼女はそのどちらも聞かなかった。その代わりに聞き慣れた音が──よく知っているが、今夜にかぎって氷のように冷たい手が心臓にあてられたような気にさせられた音が——きこえてきたのだ。玄関のドアを手さぐりしている音だった。

また聞こえてくる。そしてそれから冷たい風が部屋の中をサッと吹きすぎていくような気がした。ハーター夫人は今はっきりと自分の気持ちがわかった。こわいのだ——こわいどころの話ではなかった——ぞくぞくした。

そしてふと彼女は思った。〝二十五年といえば長い年月《としつき》だ。パトリックはもう今ではわたしにとっては赤の他人なのだ……〟

恐怖！　それが彼女の心におそいかかってきた気持ちだった。

ドアの外に軽い足音——軽いためらいがちな足音。それからドアが音もなく押しあけられて……

ハーター夫人はよろよろっと立ちあがると、目をあいた戸口へ向けたまま左右に軽くよろめいた。と、何かが彼女の手から暖炉の火床にすべり落ちた。

彼女は絞めつけられたような叫び声を洩らしたが、それは咽喉《のど》につかえて消えてしまった。戸口のぼんやりした明かりの中に、栗色の顎ひげと頰ひげを生やし、ヴィクトリア時代の旧式なコートをきた見おぼえのある姿が立っていた。

——パトリックがわたしを迎えにきたのだ！

彼女の心臓は恐怖のあまりにドキンととびあがり、そしてそのままとまった。彼女は背をまるくしてうずくまるように床へくずおれた。

一時間後、エリザベスがそこで彼女を発見した。すぐさまメネル医師が呼ばれ、チャールズ・リッジウェイもブリッジの会から大いそぎで呼びもどされた。が、手の施しようはなかった。ハーター夫人は人力の及ばぬところへ行ってしまっていたのだ。

それから二日して、やっとエリザベスは女主人が渡した手紙のことを思い出した。メネル医師は非常に興味ぶかくそれを読んでからチャールズ・リッジウェイに見せた。

「まったく妙な符号ですな」と医師は言った。「どうやらあなたの叔母さんは亡くなったご主人の声の幻聴を聞いたにちがいありません。きっと過度に緊張した結果、興奮が命取りになり、いよいよその時間がくるとショック死したに相違ありませんな」

「自己暗示ってやつですか？」とチャールズが言った。

「ま、そういったものでしょう。わたし自身は疑問など全然もってませんが、できるだけ早く解剖の結果をお知らせします。事情が事情なので、ほんの形式にせよ解剖をしてもらったほうがいいと思いますからね」

チャールズは了承してうなずいた。

その前夜、家じゅうが寝しずまったとき、彼はラジオのキャビネットの裏から二階の彼の寝室まで通っている何かの線を取りはずした。そしてまたその晩は冷えたので、エリザベスに言いつけて部屋に火を入れさせておき、その火で栗色の顎ひげと頬ひげを焼却した。死んだ叔父の持ち物だったヴィクトリア風の衣類は、屋根裏部屋の樟脳の匂いのする長持《ながもち》の中にもどしておいた。

彼の見たかぎりでは申しぶんなく安全だった。彼の計画が——その計画のぼんやりした輪郭が最初に彼の脳裡に浮かんだのは、メネル医師が叔母さんはそれ相応に気をつければまだ何年も生きられるだろうと言ったときだったが、それがすばらしくうまくいったのだ。急激なショックだとメネル医師は言った。老婦人にかわいがられた愛情こまやかな青年チャールズは内心ほくそ笑んだ。

医師が帰ると、チャールズは機械的にしなければならない仕事にとりかかった。葬儀関係のいくつかの手はずも最終的にきめなければならなかった。遠くからくる親戚たちのために汽車の時間を調べておいてやらなければならないし、中にはその晩泊めてやらなければならない者も一人や二人はあるだろう。チャールズは内心あれこれ思案しながら、そうしたことすべてを手ぎわよく、そして順序よくせっせと片づけていった。

——なかなかどうして水ぎわ立った腕の冴えじゃないか！　あれがどうも思案にあま

る重荷だったんだ。誰も……とりわけ死んだ叔母は……おれがどんなせっぱ詰まった状態に落ちこんでたか知らなかった。おれがやったことは……世間のやつらからひた隠しに隠してはいたが……刑務所の影が行く手にぼんやり浮かんでくるところまでおれを追いこんでたんだからな……

あと二、三ヵ月の短い期間に相当まとまった金額を工面しないかぎり露見と破滅は火を見るより明らかだった。いや――今やそれも万事うまくいった。チャールズは内心ほくそ笑んだ。

――ありがたい……そうさ、わるふざけと言ってもいい……あれは犯罪でもなんでもないんだからな……おれは助かったんだ。もうおれは大金持ちだ。その点については心配なんかすこしもいらない……ハーター夫人は自分の考えをすこしも内証にしなかったからな……

そうした考えごとにぴったり調子を合わせたように、エリザベスがドアから顔をのぞかせて、ホプキンスンさんが見えて、会いたいとおっしゃっていますと言った。

そうあっていい潮どきだ、とチャールズは思った。口笛でも吹きたい気持ちを抑えながら、彼はその場にふさわしいしかつめらしい顔をつくって書斎へ行った。そこで二十五年以上も前から亡くなったハーター夫人の法律顧問をしてきたきちょうめんそうな老人に挨拶した。

その弁護士はチャールズのすすめで腰をおろすと、小さな空咳を一つしておいて事務的な用件にかかった。

「あなたからいただいたお手紙のことが、どうもわたしにはよくわからないのですがね、リッジウェイさん。あなたは亡くなったハーター夫人の遺言状をわたしどもで保管しとるとお思いのようですが？」

チャールズはびっくりして相手を見つめた。「でもたしかに……ぼくは叔母がそう言うのを聞いたんですからね」

「ははあ！　なるほど、なるほど。わたしどもで保管していい、いい、いいたからな」

「していい、いた？」

「そのとおりです。先週の火曜日にハーター夫人から手紙がきましてね、それを自分のところへ送るようにと依頼があったんです」

不安がじわじわとチャールズの胸に込みあげてきた。おもしろくない微かな予感がした。

弁護士はおだやかに続けた。「きっとあのかたの書類の中から出てくると思いますがね」

チャールズは黙っていた。口をあけると何を言いだすか自信がなかったからだ。ハーター夫人の書類はもうかなり徹底的に調べてあったし、その中に遺言状のないことは充分確信があったのだ。一、二分してもういちど落ち着きを取りもどすと彼はそのとおりに話した。が、その声は自分の声でないように聞こえたし、背中を冷水が流れていくような気持ちだった。

「誰かあのかたの身のまわりの品物を整理した人がいますか？」と弁護士は訊いた。

チャールズは彼女が使っていたメイドのエリザベスがしたと答えた。ホプキンスン氏の提案でエリザベスが呼ばれた。彼女はすぐ姿を見せたが、きびしい顔つきでまっすぐ立ったまま訊かれた質問に答えた。

彼女は女主人の書類や身のまわりの品物をすっかり整理したが、その中に遺言状のような法律関係の書類は一通もなかったことはまちがいないと言った。が、その遺言状がどんなふうなものかおぼえていた――女主人が亡くなった日の朝それを手にしていたからだ。

「それは、まちがいないんだね？」と弁護士は鋭い口調で訊いた。

「まちがいございません。奥さまがそうおっしゃったんですから。そしてお紙幣《さつ》で五十ポンドわたしにくださいました。遺言状は細長くて青い封筒に入ってました」

「そのとおりだ」とホプキンスン氏は言った。

エリザベスは続けて言った。「いま考えてみますと、その封筒はあのあくる朝このテーブルにのってました……でも、いいからでした。で、わたしはそれを書きもの机にのせておいたんです」

「そこに置いてあるのはぼくも見ておぼえてますよ」とチャールズ。

彼は立ちあがって書きもの机のところへ行った。一、二分して一枚の封筒を持って戻ってくると、それをホプキンスン氏に渡した。弁護士はそれを調べてからうなずいた。

「先週の火曜にわたしが遺言状を入れて送った封筒です」

二人の男は一様にエリザベスをジッと見た。

「ほかにお訊きになりたいことはございませんか?」と彼女はていねいに訊いた。

「今のところはもういいよ、ありがとう」

エリザベスはドアの方へ歩いていった。

「ちょっと」と弁護士。「その晩暖炉に火は入っていたかね?」

「はい……火はいつも入れておりました」

「ありがとう、結構だよ」

エリザベスは出ていった。チャールズは震える手をテーブルについて体を乗りだした。

「どう思いますか？　何を考えてるんです？」

ホプキンスン氏は首を振った。

「遺言状がまだ出てくるかもしれないという希望は棄てちゃいけませんがね。もし出てこないとなると……」

「え？　もし出てこなかったら？」

「どうもその場合、これという結論は一つしかありませんな。叔母さんはあの遺言状を破棄するために送らせたことになります。その結果エリザベスに損をさせたくなかったので現金で遺贈の金をやったんでしょう」

「だけどどうして？……どうして……？」とチャールズは乱暴な口調で言った。

ホプキンスン氏は咳をした。空咳だった。

「あなたは……そのう……叔母さんと折り合いがわるかったんじゃないでしょうな、リッジウェイさん？」と彼は呟くように言った。

チャールズは息をはずませた。

そして怒ったように言った。「いや、まさか……ぼくたちは最後の最後までこの上なくやさしくて愛情のこまやかな仲でしたよ」

「ほう！」とホプキンスン氏は彼を見ずに言った。

チャールズはふと弁護士が彼の言葉など信用していないのではないかという気がしてギョッとした。

――このひからびたじいめ、どんなことを耳にしてるかしれたもんじゃない。おれの所業の噂が彼の耳に入ってるかもしれん。するとそうした噂がハーター夫人の耳に届いて、叔母と甥がそのことで口論したんだろうと考える方がより自然というもんじゃないか？

いや、そんなことはない！　おれの今までの生活でこんなつらい目に会ったことはめったにない。これまでついた嘘は信じられたのに、今は本当のことを言ってるのに信じてもらえないんだからな。なんて皮肉だろう！

もちろん叔母は遺言状を絶対に焼いたんじゃない！　もちろん……

彼の思考がそこではたととまった。彼の眼前に浮かんできた光景はなんだろう？　老婦人が片方の手で心臓をしっかり抑えている……何かがすべり落ちる……紙きれだ……それがまっ赤に焼けた残り火の上に落ちて……

チャールズの顔は青ざめた。しわがれ声が聞こえた――自分の声だ――そして訊いている。

「もしあの遺言状が見つからなかったら……？」

「ハーター夫人の前の遺言状がまだ残ってますよ。日付は一九二〇年の九月でね。それによると夫人は全財産を姪の……いや、現在はミリアム・ロビンソンになっていらっしゃる……ミリアム・ハーターにのこすということになってます」

——この老いぼれのばかめ、何を言ってやがるんだ？　ミリアムだと？　あの得体の知れない亭主と、四人のギャーギャーわめき立てるちびをつれたミリアムにか。こんなにうまくやったのが……ミリアムのためにしかならなかったのか！……

すぐそばで電話がけたたましく鳴った。彼は受話器を取りあげた。やさしく親切そうな医者の声だった。

「もしもし、リッジウェイさんだね？　あなたが聞きたかろうと思ったのでね。たったいま解剖の結果が出たのでね。わたしの推測どおりの死因でしたよ。しかしじつは彼女の心臓病ですがね、生前わたしが考えていたよりもずっと重症でしたよ。どんなに気をつけても、せいぜいあと二カ月とはもたなかったでしょうな。あなたが知りたかろうと思って。多少はあなたの気なぐさめになるかもしれませんからね」

「すみませんが、もういちど言ってもらえませんか？」とチャールズが言った。

「あと二カ月とはもたなかったんですよ」と医者はちょっと声を大きくして言った。

「何事も寿命ですからな、あなた……」

しかしチャールズはガチャンと受話器をフックにかけた。はるか遠くからものを言っているような弁護士の声がふと耳に入った。

「おやっ！　リッジウェイさん、気分がおわるいんですか？」

――みんな糞くらえだ！　澄まし顔の弁護士め。あの不愉快なメネルのくそじじい。もうおれは万事休すだ！……刑務所の塀の影だけが……

彼は今まで誰かにおもちゃにされていたような気がした――鼠が猫にもてあそばれるように。誰かがきっと笑っているにちがいない……

検察側の証人

The Witness for the Prosecution

メイハーン氏は鼻眼鏡をかけると、いつもの癖で空咳みたいな咳払いを軽く一つした。それから前に坐った男——殺人罪で起訴された男を見た。

メイハーン氏は折り目正しい態度の小柄な男で、おしゃれとまではいかないがきちんとした身なりをしている。そして射るような鋭い灰色の目をしていた。頭も決してわるくない。事実、事務弁護士としてのメイハーン氏の評判は非常によかった。依頼人に話しかける彼の声は愛想こそないが、思いやりの気持ちがどことなくにじみ出ている。

「もういちど念を押しておかねばならないのだが、きみは非常に危険な立場に立っているのだから、何もかもざっくばらんに話してもらわないと困りますよ」

レナード・ヴォールは目の前の窓も何もないがらんとした壁をぼんやり見つめていた

目を、チラッと弁護士に向けた。

「わかってます」とあきらめたように言った。「何度もお聞きしてますからね。でも、ぼくは自分が殺人罪で起訴されたわけが、まだ呑みこめないんです……人殺しだなんて。そんな卑劣な犯罪で……」

メイハーン氏は感情で左右されたりはしない、現実的な男だった。彼はもういちど咳払いをすると鼻眼鏡をはずし、丹念に拭いてからもう一度かけ直した。それから言った。

「なるほど……なるほど。ところでヴォールさん、われわれはきみを釈放しようと一生懸命骨折ってるんですからね……うまくいくでしょう……うまくいくと思いますよ。ただそれには事実をすべてつかまなくてはだめなんです。きみに対する起訴内容を引っくりかえすようなことがわかってないといけないんです。そうすればわれわれとしても最上の弁護策を講ずることができるわけですからね」

が、若者は相変わらずぼんやりした諦めたような目で相手を見ているきりだ。これまでメイハーン氏はこの依頼人は黒で、被告の有罪は確定的だと思っていたが、今はじめて疑惑を感じた。

「あなたは、ぼくがやったんだと思ってらっしゃるんでしょう」とレナード・ヴォールは低い声で言った。「しかし、神に誓ってぼくがやったんじゃない！　ぼくに不利なことばかりだってことは知ってます。ぼくは網にかかったみたいなもんです……網の目ががんじがらみにからみついて、どっちへ転んでもまきつくばかりなんです。でもぼくがやったんじゃありません、メイハーンさん……ぼくがやったんじゃないんです！」

こういう立場に立った人間なら誰でも無実を叫ぶにきまっている。メイハーン氏もそれは百も承知だ。が、今の場合は、そう思いながらもつい信じたくなった。やっぱりレナード・ヴォールは無罪なのかもしれないという気持ちだった。

「きみの言うとおりだ、ヴォール君」と彼は重々しい口調で言った。「これはきみにとってとても分《ぶ》がわるい。しかしわたしはきみの言葉を信じよう。ところで事実の問題に移るがね。エミリー・フレンチさんと知り合いになったいきさつを、きみの口からはっきり説明してもらいたいんだが」

「あれはいつだったか、オクスフォード街でのことでした。年輩の女の人が道路を横断しようとしてたんです。買いもの包みをいっぱいかかえてました。ところが半分ほどきたところで包みを落としちまったもんだから拾おうとしたんですが、そこへバスが走ってきて、すんでのところで轢《ひ》かれそうになりました。みんながどなったので、どうにか無事に歩道へ逃げましたが、彼女は当惑してぼんやりしてました。ぼくは彼女が落とした包みを拾い集め、泥なんかもできるだけとってしぼり直し、彼女のところへ持っていってやったんです」

「きみが彼女の命を救ってやったことに疑問の余地はないのでしょう？」

「いや、とんでもない！　ちがいます。ぼくはただ当たり前のやるべきことをしたまでです。彼女はとてもよろこんでくれて、しきりに礼を言いました。そして今どきの若いものには珍しいことだとかなんとか言ってました……はっきりどう言ったかおぼえてませんが、それからぼくは帽子をちょっとあげて挨拶すると立ち去ったんです。二度と彼女に会うことなど思ってもみませんでした。ところが世の中は偶然の符合に満ちてるものですね。すぐその晩ぼくは友人の家で開かれたパーティで、ばったり彼女に会ったんです。彼女はぼくをおぼえていて、友人にぼくを紹介させました。そのとき彼女がエミリー・フレンチという名前で、クリックルウッドに住んでることを知りました。で、彼女としばらく話をしました。これはぼくの想像ですが、彼女はいきなりむちゃくちゃに人が好きになる性質《たち》のお年寄りのようでした。彼女は誰だってやったかもしれないまったくほんのちょっとした行為のせいで、ぼくに好意をもったようです。彼女は帰りぎわにぼくとていねいな握手をして、彼女の家に遊びにきてくれと言いました。ぼくももちろんよろこんでそうすると答えましたが、彼女はその場で訪問の日どりをきめてくれと言うんです。ぼくはべつに行きたくもなかったんですが、断わるのもなんだと思ったので、次の土曜日にと言ったんです。彼女が帰ってしまったあとで、友人たちから彼女のことをすこしばかり聞きました。金持ちの風変わりな女で、メイドと二人暮らしだが、猫は八匹も飼ってるといったようなことを」

「なるほど」とメイハーン氏が言った。「彼女が金持ちだってことはもうそのときからわかってたんですな？」

「それをぼくのほうから訊いたというのだったら……」とレナード・ヴォールは言いかけたが、メイハーン氏は手を動かして制した。

「わたしとしてはこの事件を検察側から見たら、という見方をしなけりゃなりませんからね。通りいっぺんに彼女に会った者なら、まずフレンチさんが財産家とは見えなかったでしょう。貧しい、つましいと言ってもいいような暮らしをしてたんですからな。きみだってそうじゃないのだと言われないかぎり、どうしたって貧しい境遇にあるものと思ったでしょう……とにかくはじめのうちはね。彼女が金持ちだってきみに話したのは、いったい誰です？」

「友人のジョージ・ハーヴィーで、パーティは彼の家でひらかれたんです」

「彼は自分が話したことをおぼえていそうですか？」

「さあ、どうでしょうか。もうしばらく前のことですから」

「それもそうですな。ところで、検察側の第一の狙いはきみが金に困ってたことを立証することだと思うが……それはそのとおりだったんでしょうな？」

レナード・ヴォールは顔を赤らめた。

「ええ」低い声だ。「ちょうどあの頃はひどく不運つづきだったので」

「なるほど。わたしに言わせると、すっかり金に困っていたので、あの金持ちの老婦人に会うと、きみは熱心に彼女に近づいたことになる。ところで、もし彼女が金持ちだってことをまったく知らず、ただの親切心で彼女を訪問したと言える立場にわれわれがあるとしたら……」

「そうだったんです」

「たぶんね。その点をとやかく言ってるんじゃない。わたしは客観的な立場から見てるんです。これはハーヴィー氏の記憶の度合いが大きく物を言いますな。その時の会話を彼がおぼえてる見込みがあるかどうかですがね？　弁護人の誘導で記憶がごっちゃになっちまって、もっとあとだったと思いこむことはありませんか？」

レナード・ヴォールは五、六分じっと考えていた。それからかなりしっかりした口調で話したが、顔はいくぶん青ざめていた――

「その線はうまくいくとは思えないのですが、メイハーンさん。あのときそばにいた人たちの中で、数人のものは彼の言ったのを聞いていて、一、二の者は金持ちの婆さんを引っかけるなんてうまいことをしたなってぼくをからかってましたから」

弁護士は手を振って失望をごまかそうとした。

「そいつはかんばしくありませんな。しかし正直に話してくれてありがとう、ヴォール君。わたしの参考になることは、きみから聞くしかないのでね。まったくきみの判断のとおりです。今わたしの言った線を無理に押しすすめると、ひどい結果になったでしょう。その点はそっとしておくしかありません。きみはフレンチさんと知り合いになって彼女を訪ね、それから親しくなっていった。そうなったいっさいの理由をはっきり知りたいですな。三十三歳の若さで、男前で、スポーツ好きで、友人たちにも人気のあるきみみたいな青年が、これといって意気投合する点もない年輩の婦人に、どうしてそんなに貴重な時間をさいたりしたんです？」

レナード・ヴォールは苛立たしそうに両手を振った。

「わかりません……ほんとにわからないんです。最初の訪問のあと、彼女は一人で淋しいからぜひまたきてくれと言ってきかなかったんです。そう言われると、ぼくとしても断わりきれませんでした。ああして率直に好意を示されたもんだから、どうも具合のわるい立場になりましてね。そのう……ぼくは気が弱くて……つい引きずられちゃって…

…どうしてもいやと言えない人間なんです。こんなこと言っても、信じる信じないはあなたの勝手ですが……三、四回訪ねたあとでは、ぼくのほうもあのおばあさんがほんとに好きになっちまったんです。ぼくの母はぼくがまだ小さいうちに死んでしまったので、叔母に育てられたんですが、その叔母もぼくが十五にならないうちに亡くなりました。あのフレンチさんから母親みたいに甘やかされると、しんからうれしかったと言っても、あなたはたぶん笑うだけでしょう」

メイハーン氏は笑わなかった。その代わりに鼻眼鏡をはずして拭いたが、それは彼が考えこんでいる証拠だった。

「話はよくわかりました」やっと口をあけると彼は言った。「心理学的にはそういうこともあるにちがいないと思いますよ。陪審員たちがそういう見方をしてくれるかどうかは別問題ですが。ま、さきを話してみてください。フレンチさんが最初に仕事の面を見てくれときみに頼んだのはいつのことです？」

「三、四度あの人を訪ねたあとでした。彼女は金銭問題にうとかったし、何か投資のことで心配してたんです」

メイハーン氏はキッと目をあげた。

「気をつけてくださいよ、ヴォール君。メイドのジャネット・マッケンジーの話だと、彼女の女主人は仕事にあかるく、そうした面は自分で処理していたとはっきり言ってるんですからね。そしてその点は彼女が取引きしていた銀行の人たちの証言も裏書きしています」

「でもそうだったんだから仕方ありません」とヴォールは一生懸命な口調で言った。

「彼女はぼくにそう言ったんですから」

メイハーン氏は一、二分のあいだ黙って彼の顔を見た。そうと口に出す気はなかったが、その間《かん》にレナード・ヴォールの無実を信じる気持ちが強くなった。彼はオールド・ミスの心理状態というものを多少は知っていた。だから男ぶりのいい青年に惚れこんで、彼を自分の家にこさせようとあれこれ口実をさがしているミス・フレンチの姿も思い浮かべることができた。

――彼女が実務にうといふりをして、彼に金銭上の問題の処理を手伝ってくれと言ったのもありそうなことじゃないか？　彼女はかなり世なれた女だったから、どんな男でもそうして自分のすぐれていることを認められれば、ちょっといい気持ちになることくらい知ってたはずだ。レナード・ヴォールもいい気持ちになったにちがいない。それにまたおそらく彼女は自分が裕福なことを隠しもしなかったろう。エミリー・フレンチはしっかり者だったから、自分の要求に対して報酬の出し惜しみもしなかったはずだ……

　こうしたことがメイハーン氏の頭の中をすばやく去来した。が、そんなことは色にも出さずに質問を続けた。

「で、彼女のもとめに応じて事務処理をしてやったんですな？」

「そうです」

「ヴォール君。一つ非常にだいじなことをお訊きしたいんだが、これはぜひともありのままに答えてもらいたい質問です。きみは金に困っていた。老婦人の事務的なことを扱った……彼女自身の言うところでは事務的なことにうといか、皆目わからない老婦人のね。ところで、きみはいつか、なんらかの方法で扱っている証券類を自分のために換金しましたか？　きみ自身の金銭的利益を図る目的で、表に出せない取引きをしたことがありますか？」それから相手が答えようとするのを抑えて――「答える前にちょっと待ってください。道筋は二つだと思うんです。一つは、きみが事務の処理上清廉潔白だったことを強調すると同時に、ずっと楽に金がにぎれるのに、何もわざわざ殺すことはあるまいと指摘する。またその反対に、検察当局が摘発しそうなことがきみの処理上にあれば……つまり、ひどい言い方をするようだが……もし君がすこしでもあの老婦人をだましていたことが立証されれば、われわれとしては、すでに彼女がきみのいい金づるになっていた以上、殺害の動機はないという線で押すしかありません。この二つのちがいはおわかりでしょう。ではよく考えてから返事をしてください」

しかしレナード・ヴォールは即座に答えた。

「フレンチさんの仕事での取引きでは、絶対に不正などなく、公明正大です。株をやる人なら誰でもそうですがぼくは彼女の儲けをすこしでも殖やそうと思って精いっぱい頑張りました。調べてくれればわかりますよ」

「どうもありがとう。おかげでわたしも気持ちがずっと楽になりましたよ。きみは非常に利口な人だから、こういう重要なことで嘘をつくことはないという確信がもてるだけにわたしはうれしいです」

「そうですとも」とヴォールは一生懸命になって言った。「ぼくにとって何より強いのは動機がないことです。たとえ金がとれるかもしれないと思って金持ちの老婦人に近づいたとしてもですよ……あなたのご意見からするとこれがいちばん肝心な点だと思うんですが……彼女が死んでしまっては元も子もなくなっちまうじゃありませんか？」

弁護士は相手をじっと見た。それからまた無意識に眼鏡をはずす例の癖を出した。もう一度かけ直してからやっと口をあけた。

「ヴォール君、きみはフレンチさんがきみを遺産相続人にするという遺言状をのこしたことをご存じですか？」

「なんですって？」被告人はとびあがりそうな恰好をした。はた目にもそれとわかるほど、しんからおどろいたふうだった。「やれやれ！　何をおっしゃるんです？　彼女がぼくに金をのこしてくれたんですって？」

メイハーン氏はゆっくりうなずいた。ヴォールは両手で頭をかかえながら、もう一度腰を落ち着けた。

「遺言状のことはぜんぜん知らなかったようですな？」

「ようですって？　ようも何もありません。ぜんぜん知らなかったんだから」

「メイドのジャネット・マッケンジーは絶対にきみが知っていたはずだと証言してると言ったらどうします？　彼女の女主人がそのことできみと話し合い、自分の意向をきみに伝えた、とジャネットにはっきり言ってあったとしたら？」

「としたらって……？　そんなことメイドの嘘ですよ！　いや、これじゃ話が飛躍しすぎますが。ジャネットは年が年です。あれはフレンチさんの番犬みたいなもので、ぼくをきらってました。やきもちやきで疑いぶかい女でした。フレンチさんがジャネットに自分の考えを言ったのは嘘じゃないでしょうが、ジャネットはそれを勘ちがいするか、ひとり合点でぼくがフレンチさんを説きつけてそうさせたんだと思ったんですよ。たぶんフレンチさんが彼女にそう言ったと思いこんでるんじゃないでしょうか？」

「まさかきみはジャネットがそのことで嘘をつくほどきみをきらってたと考えてるわけじゃないでしょうな?」

レナード・ヴォールはびっくりして度胆をぬかれたようだった。

「いや、とんでもない! どうして彼女がそんな……?」

「わたしにもわからないが……彼女はひどくきみを憎んでますよ」とメイハーン氏は考え考え言った。

このみじめな青年はもういちど呻くような声を洩らした。そして呟くような小声で、

「わかりかけてきました。おそろしいことだ。ぼくが彼女に言い寄って、ぼくに遺産を贈るって遺言状をつくらせたんだってみんなは言うでしょう。そしてぼくがあの晩あそこへ行ったら、家の中には誰もいなかった……そして翌日彼女の死体が見つかった……ああ! ほんとにおそろしいことだ!」

「家の中に誰もいなかったというのはまちがいですよ。たしかきみもおぼえてるはずだが、ジャネットはあの晩外出することになっていた。で、出かけるには出かけたが、友だちと約束したブラウスの型紙を忘れたもんだから九時半ごろ取りに帰ってきた。裏口から入って二階にあがり、それを取るとまた出ていった。そのとき居間で話し声がしてたそうだ。どんな話をしてるのかわからなかったが、声の一つはフレンチさんで、もう

一つは男の声だったことはまちがいないと言ってるんですよ」

「九時半ねえ」とヴォールは言った。「九時半……と」それから急に立ちあがって、

「それでぼくは助かった……助かりましたよ」

「助かった……というと？」メイハーン氏はおどろいて言った。

「ぼくは九時半までに家に帰ってたんですからね！　家内が証言してくれますよ、それは。ぼくがフレンチさんの家を出たのは、九時五分前頃だったんです。家に着いたのが九時二十分頃で、家内はぼくの帰りを待ってました。いやあ、ありがたい……ありがたい！　これもジャネット・マッケンジーのブラウスの型紙のおかげだ」

有頂天のあまりに、彼は弁護士の表情がさっきとすこしも変わっていないのにほとんど気づかなかった。しかし弁護士が言った言葉で彼は一気に現実に引きもどされてしまった。

「じゃ、きみの考えでは誰がフレンチさんを殺したというんです？」

「そりゃもちろん最初に考えられたとおり、強盗にきまってるじゃありませんか。たしか……窓がこじあけられてたって。鉄梃《かなてこ》でひどくぶんなぐられたのが死因で、凶器も死体のそばの床にころがってた。それに品物もいくつか失くなってる。それにしてもジャネットがぼくにばかげた嫌疑をかけたり、ぼくを憎んだりしなければ、警察も捜査方針

をまちがえずにすんだでしょうにねえ」

「それは無理だ。紛失した物といったって、一文《いちもん》の値打ちもないがらくたばかりで、警察の目をはぐらかそうとしてやっただけなんだから。窓の指紋もはっきりしていない。それよりも考えてごらんなさい。きみは九時半までにはもうあの家にいなかったと言ってる。が、そうすると、ジャネットが聞いた、あの居間でフレンチさんと話していた男ってのは誰なのか？　まさか彼女が強盗相手に仲よく話をするわけもあるまいしね？」

「ええ……そりゃそうでしょう……」ヴォールは当惑と失望がまじったような顔をした。

「しかし、とにかくそれでぼくは釈放されるんだ」と元気を取り戻して言う。「ぼくにはアリバイがあるんだから。ぜひロメインに会ってください……家内ですが……今すぐ会ってください」

「いいとも」と弁護士は承知した。「今までにとうぜん会ってなくちゃいけないところだが……きみが逮捕されたとき、奥さんはあいにく留守でね。さっそくスコットランドに電報をうったら、今夜もどるってことがわかったんです。ここを出たらさっそく訪ねてみましょう」

ヴォールはひどく満足そうな顔をしてうなずいた。

「ええ、ロメインに訊いてくれればわかります。やれやれ、ほんとについてるなあ！」

「変なことを訊くようだがね、ヴォール君、きみは奥さんが大好きなんでしょうな？」

「もちろんですとも」

「で、奥さんのほうは？」

「ロメインはぼくに首ったけですからね。ぼくのためならなんだってするでしょう」

彼は力こぶを入れてそう言ったが、メイハーン氏はそれまでよりも心が重くなった。亭主に首ったけの女房の証言なんか……信用されるだろうか？

「きみが九時二十分に帰宅するところを見たものがほかにいますか？　たとえば、メイドだとか……？」

「うちにメイドはいません」

「帰る途中で誰かに会いませんでしたか？」

「知ってるものには会いませんでした。途中までバスに乗ったから、車掌がおぼえてるかもしれませんが」

メイハーン氏はがっかりしたように首を振る。

「じゃ奥さんの証言を裏書きするものは誰もいないことになりますな？」

「ええ。でもそんな必要はないんじゃありませんか？　すこしも」

「たぶんね……たぶんですよ」とメイハーン氏はいそいで言った。「ところであともう一つだけお訊きしますがね。フレンチさんはきみが結婚してることを知ってましたか？」

「ええ、知ってました」

「しかし奥さんを連れて訪ねたことは一度もありませんね。なぜです？」

レナード・ヴォールの返事がはじめて自信がなさそうにもたついた。

「さあ……わかりません」

「フレンチさんはきみを独身と思いこんで、ゆくゆくきみと結婚するつもりだったとジャネットが申し立ててるのを知ってますか？」

ヴォールは笑った。

「ばかばかしい！　四十も年がちがうんですよ」

「ないこともありませんからな」弁護士はそっけない口調で言った。「事実は事実です。奥さんは一度もフレンチさんに会ったことがありませんか？」

「ええ……」とまた口ごもる。

「失礼ですが……どうもその点できみの態度がわたしには合点がいかないんですよ」

ヴォールは顔を赤らめてもじもじしていたが、やっと口をあけて言った。

「じゃはっきり言います。ご存じのようにぼくは金に困ってました。フレンチさんが貸してくれるといいなと思いました。しかし彼女はぼくに好意こそもってくれましたが、若い夫婦者の苦労なんかにはまるきり無関心でした。前々から気づいてましたが、彼女はぼくたち夫婦は折り合いがわるくて……別居してるんだと思いこんでいました。メイハーンさん……ぼくは金がほしかったんです……ロメインのために。ぼくは黙ってフレンチさんに勝手に想像させておきました。彼女はぼくを養子にするとは言いましたが、結婚の話なんか一度も出たことはありません……それはきっとジャネットが勝手に想像しただけです」

「で、話はそれだけですか?」

「ええ……それだけです」

何か奥歯に物がはさまったような言い方だった。弁護士はそんな気がした。彼は立ちあがると片手を差し出した。

「じゃさよなら、ヴォール君」それから相手のやつれた顔をのぞきこむと、ふと思いついたように言った。「きみに不利な事実がいろいろ出てますが、わたしはきみの無実を信じてますよ。それを証明して、完全に容疑を晴らしたいものです」

ヴォールは微笑を返した。

「アリバイの点は大丈夫ですからね」と彼は明るい声で言った。今度も相手が返事をしないのには気づかないようだった。

「すべてはジャネット・マッケンジーの証言いかんにかかってます。彼女はきみを憎んでるのでね。それだけははっきりしています」とメイハーン氏は言った。

「ぼくを憎むわけなんかないんですがね」と青年は不服そうに言う。

弁護士は首を振りながら出ていった。

「さあ今度は女房のほうだ」と彼は呟いた。

この事件の様相には彼も内心ひどく当惑していた。

ヴォール夫妻はパディントン・グリーンに近い小さなみすぼらしい家に住んでいた。

メイハーン氏が訪ねていったのはその家だった。

彼が押したベルにこたえて、一見して掃除婦とわかるだらしのない大柄な女がドアをあけた。

「ヴォール夫人は？　もう帰られたかね？」

「一時間ほど前にもどりましたがね。会うかどうか」

「この名刺を渡してくれれば、きっと会うと言うよ」とメイハーン氏は静かに言った。

女はけげんそうに彼を見ていたが、エプロンで手を拭くと名刺を受けとった。そして彼を外の踏段に残したまま、ピシャッとドアを閉めた。

しかし五、六分して戻ってきた女は、ほんのすこしだが態度をあらためていた。

「どうぞ入ってください」

彼は狭い客間に案内された。壁にかかった絵を眺めていたメイハーン氏は、背の高い青い顔をした女がいきなりそばに現われたので、とびあがるほどおどろいた。よほど静かに入ってきたらしく、足音一つ聞こえなかったのだ。

「メイハーンさんですね？　夫の弁護士さんの……？　いま彼に会ってらしたんでしょう？　どうぞお掛けになりません？」

彼女が物を言うまで、彼は相手がイギリス人でないことに気づかなかった。そこでもう一度よく気をつけて見ると、頬骨が高く、髪は濃い黒で、ときどきほんのすこし動かす手の仕草がいかにも外国人らしかった。ひどく物静かな一風変わった女だ。あまり静かなのでこっちが不安になるくらいだった。しょっぱなからメイハーン氏は何か得体の知れないものにぶつかったような気がした。

「ところで奥さん」と彼は切り出した。「がっかりなさる必要はありませんよ――」

そう言いかけて彼はやめた。ロメイン・ヴォールにはがっかりしたような気配などみじんも見えなかったからだ。彼女はいかにも平然と落ち着きはらっていた。

「どうぞすっかり話してくださいません？　わたくし、すっかりお聞きしたいと思いますので。ご遠慮にはおよびません。どんなにわるいことでもお聞きしなければ、と思いますので」それからちょっと口ごもっていたが、もういちど低い声で――メイハーンはどうしてなのかわからなかったが――妙に力をこめてくり返した。「どんなにわるいことでもお聞きしなければと思いますので」

メイハーン氏はレナード・ヴォールと面会した時のことを話してきかせた。彼女はときどきうなずきながらジッと聞いていた。

彼が話しおわると、「わかりました。彼はわたくしに九時二十分に帰宅したと証言してほしいんですね？」

「ほんとにその時間に帰宅したんですか？」とメイハーン氏は鋭い口調で訊いた。

「そんなこと問題じゃありません」いかにも冷たい口調だ。「わたくしがそう言えば彼は釈放されるのでしょうか？　みんなはわたくしの証言を信じるでしょうか？」

メイハーン氏は内心おどろいた。彼女が単刀直入に問題の核心にふれてきたからだ。

「それが知りたいのですけど。それで充分なんでしょうか？　わたくしの証言を支持する人がほかに誰かいるのですか？」

そう言う彼女の口調にはなんとなく彼を不安にさせる、ことさら冷静さをよそおっているような感じがあった。

「今までのところは一人もいません」と彼はしぶしぶ答えた。

「そうですか」

一、二分のあいだ彼女はジッと坐ったまま身動き一つしなかった。その口もとには微かに笑いが浮かんでいた。

メイハーンのおどろきの気持ちはますます強くなるばかりだった。

「奥さん」と彼は口を切った。「お気持ちはわかりますが……」

「気持ちが?……そうですかしら」

「こんなことになって……」

「こんなことになって……ですからわたくし、自分一人でやるつもりでいるんです」

彼は当惑して彼女を見た。

「しかし奥さん……ほんとにご心配でしょう。あんなにご主人を愛していらっしゃるんですから……」

「なんですって?」

あんまり鋭い口調だったので彼はびっくりした。もういちど口ごもりながら言った。

「あんなにご主人を愛していらっしゃるんですから……」

ロメインはさっきと同じ奇妙な微笑を浮かべて、ゆっくりうなずいた。

「彼がそう言ったんですか？」彼女は穏やかに訊きかえした。

「いえ、そうです！　そうにきまってますわ。男ってなんてばかなんでしょう！　ばかです……ばかです……ほんとにばかですわ……」

とつぜん彼女は立ちあがった。メイハーン氏がさっきからその場の空気に感じていた緊迫した感情が、今やそのまま彼女の口調に出た。

「わたくしは彼を憎んでます！　憎んでるんです……憎いんです。大きらいなんです！　首をくくられて死んでしまうまで見ててやりたいくらいです」

弁護士は彼女とその目にくすぶるはげしい感情を見てたじたじとなった。

彼女は一足近寄ると、勢いこんで続けた。

「おそらく見ることになるでしょう。あの晩彼が帰ってきたのは九時二十分じゃなく、十時二十分だと言ったらどうします？　あなたはきっと彼は遺産のことなど何も知らなかったにちがいないとおっしゃいました。もし、彼が何もかも知っていたし、それをあてにして、それを手に入れるために殺人を犯したんだと言ったらどうします？　あの晩帰宅してから、わたくしに自分の犯行を打ち明けたと言ったら？　彼のコートに血がついてたと言ったら、どうなりますの？　わたくしが法廷に立ってそれを洗いざらい証言したら？」

彼女の目はいどみかかるように見えた。彼はますますつのってくる当惑の気持ちを一生懸命押し隠して、できるだけ落ち着いた口調で言った。

「ご主人に不利な証言をするために喚問されることはありませんから……」

「彼はわたくしの夫じゃありませんよ！」

相手がいきなりおっかぶせるようにそう言ったので、彼は聞きちがえたのではないかと思った。

「失礼ですが……今なんと……？」

「彼はわたくしの夫じゃありません」

ピンの落ちる音でも聞こえそうな緊張した沈黙が流れた。

「わたくしはウィーンで女優をしていました。夫は死んではいませんが、精神病院に入っているんです。だからレナードとは結婚できませんでした。今になってみれば、わたくしはかえってそれをよろこんでるくらいですわ」

彼女はそう言うと食ってかかるような恰好でうなずいた。

「一つだけお聞かせねがいたいんですが……」とメイハーン氏は言った。今までと変わらず冷静ですこしも取り乱していないと見えるように一生懸命だった。「なぜレナード・ヴォールのことをそんなにわるくおっしゃるんですか？」

彼女はちょっと微笑を浮かべながら首を振った。

「なるほど、お知りになりたいでしょうね。でも申し上げられません。わたくしだけの秘密にしておいて……」

メイハーン氏は軽く一つ空咳をして立ちあがった。

「これ以上お話ししてもしようがないようですな。いずれ本人に会ったあとで、またご連絡しますから」

彼女は彼に近づくと、そのすばらしい黒い目で彼の目をのぞきこんだ。

「あのう、お訊きしますけど……正直に言って……今日ここにおいでになったときは、彼が無実だと信じておいでになったんですか？」

「そうですよ」

「お気の毒に」と言って彼女は笑った。

「いや、今もそう信じてますよ」と弁護士はしめくくるように言った。「じゃ失礼します、奥さん」

彼女のびっくりしたような顔を記憶にとめながら、彼は部屋を出た。

〝こいつは厄介なことになりそうだぞ〟大股で通りを歩いていきながらメイハーン氏は胸の中で呟いた。

——どうもとてつもなく妙だ、何もかもが。あの女もとてつもなく変わってる。危険な女だ。だいたい女ってやつは怨みをはらすって段になると、まったく何をしでかすかわからんからな……

これからどうすればいいだろう？　かわいそうに、あの男は孤立無援だ。もちろん彼が犯人って可能性もあるにはあるが……

〝いや〟と彼は心に呟いた。〝いやいや……彼に不利な証拠はありすぎるほどだ。おれはあの女が信用できん。あの話は全部あの女のでっちあげだ。が、まさか法廷にまであんな話を持ち出したりはしないだろう〟

その点について、もっと確信がもてるといいのだがと彼は思った。

警察裁判所の予審は簡単で、しかも劇的なものだった。検察側の主な証人は被害者のメイド、ジャネット・マッケンジーと被告の情婦でオーストリア国籍のロメイン・ハイルガーとだった。

メイハーン氏は廷内に坐って、彼が内心つくり話だと思っている証言をロメインがするのを聞いた。すでに彼女から聞いていたのとほとんど同じ内容だった。

被告人が抗弁を留保したので、公判に付されることになった。

メイハーン氏は途方にくれていた。レナード・ヴォールの有罪はほとんど確定的だったからだ。この事件の弁護を引きうけた有名な王室顧問弁護士も、さすがに打つてがない有様だった。

「あのオーストリア女の証言を切りくずせたら、なんとかなるかもしれないんだが。それがどうもうまくないよ」と彼は自信がなさそうに言った。

メイハーン氏はたった一つの点だけに全力を集中した。レナード・ヴォールの言っていることが真実で、九時に被害者宅を出ているとすると、九時半にジャネットが聞いたというフレンチ夫人と話をしていた相手の男はいったい誰かという点だ。

一縷《いちる》の望みは前に彼女をだましたり、おどしたりして何度か金をまきあげたことのあるならず者の甥しかいない。弁護士の調べたところでは、ジャネット・マッケンジーはこの若者が気に入っていて、いつも彼の無心をきいてやるようにと女主人にすすめていたらしい。とくにこの男がいつも顔を出すたまり場に見あたらないところをみると、ヴォールが帰ったあと、ミス・フレンチと一緒にいたのはこの甥だったにちがいないという気もした。

そのほかあらゆる方面を調べてみても、弁護士にとって思わしい収穫はなかった。レナード・ヴォールが自宅に入るところを見た者もないし、彼がフレンチ家を出るところを見た者もない。彼以外の男がクリックルウッドの家に出入りするのを見た者もまたいない。調査の結果はすべて収穫ゼロだった。

ところがいよいよ公判が明日《あす》という晩になってメイハーン氏が受けとった一通の手紙のおかげで、彼の考えは全然ちがった方向へ向かうことになった。その手紙は六時の配達できたものだった。無学な金釘《かなくぎ》文字で、ありふれた便箋紙に書かれ、うすよごれた封筒に入っていて、切手はゆがめて貼ってあった。

メイハーン氏は二度三度と読み返してみて、やっと意味が汲みとれる始末だった。

弁護士さま

あんたはあの若造のためにやってる弁護士さんだね。もしあんたがあの外国人のあばずれの正体と、嘘っぱちが知りたけりゃ、今晩ステップニーにあるショー・アパートの十六号室にくるがいい。二百ポンドくれりゃ教えてやるよ。モグソン夫人ときけばわかる。

この奇妙な手紙を弁護士はくり返しくり返し読んだ。もちろんいたずらかもしれない。が、よく考えてみると、この手紙はいたずらではなく、ヴォールを救う方法はこれしかないのだという確信がだんだん強くなってきた。ロメイン・ハイルガーの証言は抜き差しならぬほど被告を追いつめるものだった。弁護側が追求しようとしている線——つまり、これまでふしだらな生活を送ってきたにちがいない女の証言など信用できないという線は、どうみても弱いものだった。

メイハーン氏の腹はきまっていた。どんなことをしても彼の依頼人を救うのが彼の義務だった。そのためにはショー・アパートへ行かなければならないのだ。

いやな匂いのする貧民街で、その家を——がたがたの建物を探すのはちょっと骨が折れたが、ようやくのことで見つけた。そしてモグソン夫人の部屋と訊くと、また四階までのぼらなければならなかった。部屋の前にきてドアをノックしたが、返事がないのでもういちど叩いた。

二度目のノックで履物《はきもの》を引きずりながら近づいてくる音がした。そしてしばらくするとドアが用心ぶかく二センチほどあいて、腰のまがった女がのぞいた。

急に女は——女にちがいはなかった——クスクス笑いながらドアを大きくあけた。

「やっぱりあんただったんだね、旦那」と女は咽喉《のど》をぜいぜい言わせながら言った。「ほかには誰もいないんだろうね？　変な真似はしないいんだろうね？　そうかい、じゃ入りな……入んなさい」

弁護士はちょっとためらったが、敷居をまたいで、暗いガス灯がともっている汚ならしい狭い部屋に入った。片隅に寝乱れたシーツも直してないベッドが一つに、粗末なモミ材のテーブルとガタガタの椅子が二つあるきりだ。それからはじめてこの殺風景な部屋の住人を見た。中年で、腰はまがり、髪はばさばさの灰色で、顔をスカーフでしっかり包んでいる。彼女はそうした彼の視線を感じると、さっきのような抑揚のない奇妙な笑い声を立てた。

「美しい顔をなぜ隠してるんだろうと思ってるんだね？　ヒッヒッヒッ。あんたがふらふらっとするとわるいからさ、ね？　だけど見せてあげるよ……ほらね」

彼女はスカーフをとったが、弁護士はほとんど形容もつかないまっ赤な傷跡を見て、思わず尻ごみした。彼女はスカーフをかぶり直した。

「これじゃキスをする気にもなれないだろうね、旦那？　ヒッヒッヒッ、無理もないやね。だけどさ、あたしだって昔はなかなかの美人だったんだよ……あんたが思ってるほど昔でもないけどさ。硫酸さ、旦那……硫酸なんだよ……こんなにしたのはね。あーあ！　だがね、あたしゃあいつらに思い知らせてやるんだ……」

それからものすごい見幕で罰あたりなことをまくし立てはじめ、メイハーン氏が一生懸命なだめたが容易にやめなかった。やっとのことでおとなしくなったが、両手をピクピク握ったり開いたりしていた。

「もうそれくらいでいいだろう」とメイハーン氏はきびしい口調で言った。「あんたがわたしの依頼人のレナード・ヴォールに関する情報をくれるっていうのが嘘じゃないと思ったからきたんだ。嘘じゃないんだろうな?」

彼女の目がずるそうに横目で彼を見る。

「金はどうなんだね、旦那?　二百ポンドだよ」とぜいぜいした声で言った。

「証言するのがあんたの義務だからね……法廷に呼び出して言わせることだってできるんだよ」

「そのてにはのらないよ、旦那。あたしゃ年寄りで、なんにも知りゃしないんだから。だけど二百ポンドくれるってなら、一つ二つヒントを話してやらないでもないさ。どうなんだね?」

「どんなヒントだ?」

「手紙だったらどうだね?　あの女の手紙さ。なんであたしが持ってるかなんてことはどうでもよろし。旦那の知ったこっちゃないんだから。でもそれさえありゃうまくやれるよ。でもさ、二百ポンドいただかなくちゃね」

メイハーン氏は冷ややかに彼女をみて腹をきめた。

「十ポンドやろう……それ以上はだめだ。それも手紙があんたの言うとおりのものならだ」

「十ポンドだって？」彼女は金切り声でわめき立てた。

「じゃ二十ポンド……それがぎりぎりだ」

彼は帰るふりをして立ちあがった。それからジッと相手を見ながら財布を出して、一ポンド紙幣を二十枚かぞえた。

「ほら、これが有金《ありがね》全部だ。取るかやめるかするがいい」

しかし、金の顔を見たとたんに女の気持ちがすっかり動いたのを、彼はとっくに見抜いていた。彼女は力なく悪態をついたり、ブツブツ文句を言ったりしていたが、結局は折れた。そしてベッドのほうへ行くと、ぼろぼろの敷ぶとんの下から何か引っぱり出した。

「さ、これだよ、ちくしょうめ！」と彼女はどなった。「あんたの入り用なのはいちばん上のやつさ」

彼女がほってよこしたのは一束の手紙だったが、メイハーン氏はそれをほどいて、いつもの冷静できちょうめんな態度で調べた。女はじっと食い入るように見ていたが、彼の無表情な顔からは何も読みとれなかった。

彼は一通ずつ読んでいったが、読みおわるともう一度いちばん上にあった手紙にもどって読み返した。それからていねいに束ねてしばり直した。

手紙はロメイン・ハイルガーの書いたラヴレターだったが、相手の男はレナード・ヴォールではない。しかもいちばん上にあった手紙は、ヴォール逮捕当日の日付だった。

「嘘でねえでしょうが、旦那？　あの女め、へこたれるよ、その手紙じゃね？」と女は鼻を鳴らした。

メイハーン氏は手紙をポケットにしまってから訊いた。

「これ、どうやって手に入れたんだね？」

「それはないしょないしょ」と女は横目でにらみながら言った。「だけどさ、あたしゃもっと知ってるんだよ。裁判所であのあばずれが言ったことは聞いたがね。十時二十分にあの女がどこにいたか調べてごらんよ……うちにいたなんてしらっぱくれてた時間にさ。ライオン通りの映画館で訊いてみるがいい。あそこの連中はおぼえてるだろうよ……あんな押し出しのいい美人だもの……憎らしい！」

「この相手の男は誰なんだね？　ここには名前しか書いてないが……」

女の声は太いしわがれ声になって、両手を握ったりほどいたりした。が、しまいに片手を顔へもっていった。

「あたしをこんな目にあわせた男さ。もう何年も前のことだけど。あの女があたしからその男を盗みやがったんだ……その頃はまだほんの小娘だったくせに。で、あたしゃ彼を追いかけて……むしゃぶりついてやったけどさ……あいつったら、あたしにあんなひどいものをぶっつけやがった！　そしたらあの女《あま》め、笑いやがって……ちくしょう！　あたしゃ何年かかったってあの女に仕返ししてやろうと狙ってたんだ。つけまわしてね……スパイしてたのさ。それが今やっとやっつけてやれたんだ！　これであの女もひどい目に会うだろうよ、ね、弁護士さん？　そうでしょうが？」

「たぶん偽証罪で禁固刑になるだろうな」とメイハーン氏は静かに言った。

「放りこんじまやいいんだ……あたしゃそうしてやりたいんだから。そうするんだろうね？　ところで、お金は？　お金はどこにあるんだね？」

　メイハーン氏は黙って紙幣《さつ》をテーブルに置いた。それから深く息をつくと、女に背を向けて汚ならしい部屋を出た。振りかえってみると、年とった女は鼻唄をうたいながら金をかぞえていた。

　彼は一刻の猶予もおかなかった。ライオン通りの映画館はすぐ見つかったので、ロメイン・ハイルガーの写真を見せると、案内係はすぐ彼女のことをおぼえていると言った。

　彼女は問題の夜十時すこしすぎに男と一緒にやってきた。連れの男についてはべつに記憶はなかったが、女の方は映画の出し物が何か訊いたのでおぼえていたのだ。二人はそれから映画が終わるまで一時間ほどその映画館にいた。

メイハーン氏は満足した。ロメイン・ハイルガーの証言は一から十まで嘘のかたまりだったのだ。はげしい憎悪からひねり出した嘘なのだ。弁護士はその憎しみの裏にあるものをはたして探り出せるだろうかと思った。レナード・ヴォールは彼女にどんな仕打ちをしたのだろう？　弁護士がヴォールに彼女の態度を話すと、彼はびっくりして口もきけない様子だった。そしてそんなことはとても信じられないと、むきになって言い張った。しかしメイハーン氏は彼が最初のおどろきからさめたあとは、その抗弁も真実味にかけているような気がした。

ヴォールはちゃんと知っているのだ。メイハーン氏はそうにちがいないと思った。ヴォールは知っていながら、事実を告白しようとしなかったのだ。そうなると彼女とヴォールのあいだの秘密はいつまで経ってもわからないままになる。メイハーン氏はこの真相のわかる時がはたしてくるだろうかと思った。

弁護士は時計を見た。もう遅かったが、今は一分一秒を争うときだ。彼はタクシーを呼びとめて行きさきを告げた。

「今すぐこのことをチャールズ卿に話しておかなけりゃ」車に乗りながら彼は呟いた。

エミリー・フレンチ殺害の容疑に問われたレナード・ヴォールの裁判は、世間の評判を呼んだ。まず第一に被告が美青年だったし、罪状がまたとくに卑劣な犯罪で、しかも検察側の最も重要な証人ロメイン・ハイルガーに対する興味もあった。彼女の写真はいろいろな新聞に掲載され、その素姓と経歴についても、いくつかの作り話がまことしやかに書き立てられた。

裁判の幕あけはかなり静かだった。まず法的証拠がいろいろあげられた。次にジャネット・マッケンジーが喚問された。彼女の証言の要点は前の時と大差なかった。反対尋問に立った被告側の弁護士はヴォールとミス・フレンチ嬢の関係に対する彼女の説明に、一、二矛盾した点があると言って突っこみ、事件当夜、居間で男の声がしたからといって、それがヴォールだという具体的な証拠は何もないし、彼女の証言の裏には被告に対する嫉妬と嫌悪の気持ちが多分にあるという印象を与えることに成功した。

続いて次の証人が喚問された。

「ロメイン・ハイルガーさんですね？」

「そうです」

「あなたはオーストリアの国籍ですね？」

「そうです」

「あなたはこの三年間、被告と同棲し、その妻として通してきたんですね？」

ロメイン・ハイルガーの目は、ほんの一瞬、被告席の男の目と会った。その顔には奇妙な、得体の知れぬ表情が浮かんだ。

「はい」

質問が続く。次から次に動かせぬ事実が明るみに出た。事件当夜、被告が鉄梃《かなてこ》を持って出かけたこと。十時二十分に帰宅して、老婦人を殺害したと打ち明けたこと。彼のワイシャツの袖口が血で汚れ、彼はそれを台所のストーヴで焼却したこと。黙っていないとただじゃおかぬと彼女を脅迫したことなどが。

開廷当初は多少とも被告に同情的だった廷内の空気も、ロメインの証言が進むにつれてまるで反対になった。被告はとうてい逃れられぬと覚悟した様子で首を垂れ、むっつりとした顔で坐っていた。

しかしさすがに検察官も、彼女の憎悪が露骨にならないように抑えている気配が感じられた。もっと私情をまじえない証言をしてもらいたかったのだろう。

被告側の弁護士は威儀を正して重々しく立ちあがった。

彼はただいまの証言は一から十まで悪意に満ちたでっちあげであること――彼女が問

題の時間には自宅になどいなかったこと——ほかの男と恋愛関係にあって、ヴォールをやってもいない犯罪で死刑に追いやろうとたくらんだものであると言って彼女をきめつけた。

ロメインは傲然とかまえて彼の主張を否定した。

だが続いておどろくべき証拠である例の手紙が提出された。それはみんながかたずをのむ静けさの中で、声高く読みあげられた。

愛するマックス。運命の女神はあたしたちの手に彼をお渡しくださったのよ！　彼は殺人罪でつかまえられたわ……そう、老婦人殺しでね！　蠅一匹殺せないレナードがよ！　これでやっとあたしも仕返しができる。おかわいそうに！　あの晩、彼は血をつけたまま帰宅した……あたしに打ち明けたって証言してやる。彼を吊し首にしてやるのよ、マックス……そしていよいよ首をくくられる時になって、彼は自分を絞首台に送ったのが、このロメインだったことに気づくんだわ。そしてそれから……しあわせがくるのよ、マックス！　やっとしあわせがくるんだわ！

その筆跡がロメイン・ハイルガーのものであることを証言しようとして、何人かの筆跡鑑定家が出廷していたが、その必要もなかった。手紙を突きつけられると、ロメインはすっかりかぶとを脱いですべてを白状したからだ。レナード・ヴォールは彼の言うとおり九時二十分に帰宅していた。証言はすべて彼を破滅におとし入れるために彼女がでっちあげたものだったのだ。

ロメイン・ハイルガーの証言がくずれると同時に、検察側の申し立てもくずれてしまった。そのあとチャールズ卿は二、三の証人を喚問した。そして被告自身も証人台に立って、反対尋問にも動じる色なく、男らしい率直な態度で答弁した。

検察側は劣勢を挽回しようとして頑張ったが、大した効果はなかった。判事の総括説明はかならずしも被告に有利なものではなかったが、そのときにはもう反動がおこっていたので、陪審員たちの評決もほとんど時間がかからなかった。

「被告を無罪と認めます」

レナード・ヴォールは青天白日の身になった！

小男のメイハーン氏はいそいで席を離れた。依頼人におめでとうを言わねばならなかったからだ。

彼は気づいてみると、いつの間にか鼻眼鏡をはずしてせっせと磨いていたので、あわててやめた。癖になってしまいますよ、とゆうべ妻に注意されたばかりなのだ。妙なものだ、癖というやつは。誰でもみんな自分の癖にはまるきり気がつかないのだから。

――おもしろい事件だった……いや、とてもおもしろい事件だった。それにしてもあのロメイン・ハイルガーって女は……

この事件が彼にとっては、ロメイン・ハイルガーの異国的な容姿のおかげでいっそう脳裡から離れなかった。パディントンの家で会ったときの彼女は青白くて物静かな女だったのに、法廷では落ち着いた背景の中にパッと燃え立つようだった。まるで熱帯の花のようにはでに振る舞った。

目をとじれば、美しい体をいくぶん前かがみにし、右手を絶えず無意識に握ったり開いたりしている、背の高い、気負いこんだ彼女の姿を、今でも思い浮かべることができた。

妙なものだ、癖ってやつは。手を閉じたり開けたりするのもあの女の癖なんだろう、と彼は思った。しかし彼にはつい最近それと同じ癖のある者に会った記憶があった。誰だったろう？　つい最近のことだが……

それを思い出したとき、彼はハッと息をのんだ。ショー、・アパート、、の女だ……

彼は頭がクラクラッとして、その場に棒立ちになってしまった。

――そんなばかな……とんでもない……しかしロメイン・ハイルガーは女優だったん

だ……

王室顧問弁護士がうしろにやってきて、彼の肩を軽く叩いた。

「もう彼にお祝いを言ったかね？　危機一髪ってとこだったな。一緒に会いに行こうか」

しかし小男の事務弁護士は相手の手を払いのけた。

彼が今したいことは一つしかない――ロメイン・ハイルガーと二人きりで会うことだった。

それからしばらくしてやっと彼は彼女に会えた。しかしその会った場所はここでは関係ない。

彼がそれまで考えていたことを洗いざらい話すと、彼女は言った。

「よくわかりましたわね。あのときの顔？　あら、あんなのなんでもありませんわ。それにガス灯の明かりがとても暗かったので、メーキャップにお気づきにならなかったし」

「しかし……なぜ……どうして……？」

「なぜ自分一人でやったのかっておっしゃるんでしょう？」彼女は前にも同じことを言ったのを思い出してちょっと微笑した。

「まったく念の入った芝居をしたもんですなあ！」

「でもねえ、あなた……わたくし、彼を助けなけりゃならなかったんですもの。彼に身も心もささげた女の証言なんかじゃ、大して効き目がなかったでしょう……あなたがご自分でそう匂わせたじゃありませんか。でもわたくし、群衆心理がどんなものか、すこしは知ってます。わたくしが法律上、自分自身を有罪と認めるしかない証言を、この口から言わせられるように仕向ければ、被告に有利な反動がたちまち起こるでしょうからね」

「するとあの手紙の束は？」

「一通だけじゃどんなに重要な手紙だったところで……どう言えばいいかしら？……そう、でっちあげだと思われるかもしれませんものね」

「じゃ、マックスって男は？」

「そんな男、はじめからいやしなかったんですわ」

小男のメイハーン氏はいまいましそうな口調で言った。「それにしても……そのう……普通の段どりでだって彼を救うことはできたと思うんだがなあ」

「とてもとても。だってあなたは彼が無実だとほんとにそう思っていらしたし……」

「じゃ、あなたはそうと知ってたんですね？」

「ねえ、メイハーンさん」とロメインは言った。「すこしもわかってませんわ。だってわたくしが知ってたのは……彼が犯人だってことなんですもの！」

青い壺の謎

The Mystery of the Blue Jar

ジャック・ハーティントンはドライヴァー・ショットでトップしたボールを、いまいましそうに見た。それからボールのそばに立つとティーのほうを振りかえって距離を目測した。彼の顔には自分の不甲斐なさに腹を立てた気持ちがはっきり現われている。溜め息を一つつくと、アイアンを抜きとって勢いよく素振りを二度やったが、そのつどタンポポを根こそぎにしたり、グリーンの芝生をはねとばしたりした。それからボールに向かってじっくり腰を据えた。

年が二十四で、何がなんでもゴルフのハンディをすくなくしようという野心満々な青年にとって、生活上の問題に時間と注意を向けなければならないというのはつらいことだ。ジャックは週のうち五日半は都会のマホガニーの墓場と言ってもいいオフィスに閉じこめられる。その代わり土曜の午後と日曜日は敬虔な気持ちで人生の真に生き甲斐のある仕事に没頭する。ところが熱心なあまりに、彼はスタートン・ヒース・ゴルフ場に近いホテルに部屋を借り、毎朝六時に起きて、八時四十六分の汽車に乗る前にも、一時間の練習をかかさずやっていた。

計画はよかったが、彼は体質的にこう朝が早くてはどうもうまくボールをとばせないのが玉にきずだった。ドライヴァーを打ち損じたあとのアイアンも失敗とくる。マシー（五番アイアンの別称）のショットでは、ボールがコロコロ地面を転がる始末で、どのグリーンでも四パットですめば最上のできという有様だった。

ジャックはアイアンをしっかり握って、まじないの文句を小声でとなえる。「左手はまっすぐに……目を離さぬこと」

彼はクラブを振りあげた――と、化石にでもなったようにその手がとまった。つんざくような悲鳴が夏の朝の静けさをやぶったからだ。

「人殺し！……助けてえ！……人殺し……！」という叫び声だった。

それは女の声で、しまいの方は咽喉《のど》がぜいぜいいうような溜め息となって消えた。

ジャックはクラブを放りだして、声がしたほうへ駈けていった。声はすぐ近くのどこかから聞こえたのだ。このゴルフ・コースのあるあたりは、それこそ荒涼とした田舎で、付近にはちらほらとしか人家がない。実際すぐ近くには一軒しか家がなかった——それは絵に描いたように美しいこぢんまりした家で、そのいかにも古風な優雅さは、ジャックも前々から気づいていたのだ。彼は今その家に向かって走っていた。それはヒースにおおわれた斜面にかくれて見えなかったが、彼はそれをまわって、一分もしないうちに小さな掛け金のついた門に手をかけて立った。

そこの庭に若い娘が一人立っていたので、ジャックはとっさにさっき救いをもとめる叫び声をあげたのは、てっきりこの娘だと思った。が、その考えはすぐ変えた。

彼女は雑草が半分ほど入った小さな籠をさげていて、どう見ても三色スミレの咲いた広い花壇の草とりをしていたところに彼がきたので立ちあがったとしか見えなかったからだ。見ると彼女の目は三色スミレそっくりで、ふんわりと優しげで深々とした、青というよりはスミレ色に近い色をしていた。あざやかな紫色のリネンのガウンをきているので、三色スミレの化身と見まごうばかりだ。

彼女は当惑とおどろきのまじった表情でジャックを見ていた。

「失礼ですが……たった今あなたは叫び声をあげませんでしたか？」とジャックは訊いた。

「わたしが？　いいえ、とんでもないわ！」

相手のおどろきが嘘いつわりではなかったので、ジャックは面くらってしまった。彼女の声はほんのわずか外国風の訛りがあるが、とてもやわらかで美しかった。

「しかしあなただって聞いたはずですがねえ。どこかついこの辺でしたんですから」

彼女はまじまじと彼を見つめた。

「全然なんにも聞こえませんでしたけど」

今度はジャックのほうがあきれて彼女の顔を見つめた。あの苦しみもだえながら助けをもとめた叫び声を聞かなかったとは、まったく信じられなかった。しかし彼女が落ち着いていることは傍目《はため》にもはっきりしているので、嘘をついているとも思えない。

「どこかついこの近くから聞こえたんですがねえ」彼は言いはった。

彼女は今度はけげんそうな目で彼を見た。

「どんな叫び声でしたの？」

「『人殺し！……助けてえ！……人殺し！……』っていう」

「人殺し……助けて……人殺し……ってですか？」と彼女はおうむ返しに言うと、「誰かがあなたをだましたんでしょう。ここで人が殺されるわけがありませんものね？」

ジャックは何がなんだかわからないまま、庭の小道のあたりに死体が倒れていはしないかとキョロキョロ見まわした。それにしても彼は自分が聞いた叫び声が本物で、気のせいじゃなかったという自信はあった。彼は家の窓を見あげた。あたりはひっそりと静まりかえって、いかにも平和な感じだった。

「うちの中をお調べになりたいの？」と娘はそっけなく訊いた。

彼女が妙に思っているらしい様子がはっきり見てとれたので、ジャックはますますあわてた。彼は顔をそむけて言った。

「失礼しました。きっとあの向こうの森のほうからしたんでしょう」

彼は帽子をあげて挨拶すると退却した。肩ごしに振りかえってみると、娘は落ち着いてまた草とりをはじめていた。

彼はそれからしばらくのあいだ森の中を探しまわったが、何か異常なことが起こった形跡はすこしも見あたらなかった。しかしたしかに叫び声を聞いたという自信は変わらなかった。とうとう探すのはやめにして、いそいでホテルに帰って朝食をすませると、いつものようにあと一、二分というところであやうく八時四十六分の汽車にとび乗った。車内に坐っていても、ちょっと気がとがめた。

――あのとき耳にしたことは、すぐ警察に届けるべきじゃなかったろうか？　しかし、おれがそうしなかったのは、ただあの三色スミレの娘がそれを信じなかったからだ。彼女はてっきりおれの作り話だときめこんでるふうだった……あれじゃ警官だって同じにきまってる。しかし、おれがあの叫び声を聞いたのは、絶対にまちがいなかったんだろうか？

今になってみると前ほど自信がもてなかった——消えてなくなった気持ちをもういちど思い出そうとするときの、それは当然の結果だった。

——あれは遠くで囀る小鳥の鳴き声を、女の声に似ていたもんだから聞きちがえたのじゃなかろうか？

しかし、そう思うはしから彼はそれを腹立たしげに否定した。あれは女の声だったし、たしかに彼は聞いたのだ。叫び声のしたすぐ前に時計を見たことも思い出した。まずまちがいのないところ、叫び声を聞いたのは、たしか七時二十五分だった。もしひょっとして何かが発見されるとしたら、これも警察の役に立つことかもしれない。

その夕方帰宅すると、犯罪事件の記事が出ていないかと思って、目を皿のようにして夕刊を調べた。が、そんな記事は全然のっていなかったので、安心していいのか、がっかりしていいのかわからない気持ちだった。

翌朝は雨だった——どんな熱心なゴルファーでも、まず二の足を踏むようなひどい降りだった。ジャックはぎりぎりの時間に起きると、朝食をすませて列車にとび乗り、そしてまた熱心に新聞に目を通した。しかし凄惨な発見がされたという記事は一つも出ていない。夕刊も同じだった。

「変だなあ……たしかにあったはずなんだが」とジャックは呟いた。「ひょっとすると腕白小僧どもが森でふざけてたのかもしれないな」

その翌朝ははやばやと出かけた。例の家の前を通りかかって横目で見ると、この前の若い娘がまた庭で草とりをやっていた。きっとそれが彼女の習慣にちがいない。彼はとびきりうまいアプローチ・ショットをやったので、彼女がそれに気づいてくれたらよかったのにと思った。次のティーにボールをのせながら彼はチラッと時計を見た。

「ちょうど七時二十五分だ」と彼は呟いた。「ひょっとすると……」

そう言いかけたまま、あとの言葉が続かなかった。うしろのほうからこのまえ彼の度胆をぬいた叫び声がまたもや聞こえたからだ。恐怖にうちひしがれた女の声だった。

「人殺し！……助けてえ！……人殺し！」

ジャックは駈けもどった。三色スミレの娘は門のそばに立っていた。びっくりした顔をしている――ジャックは勢いこんで彼女のそばへ駈けよると叫んだ。

「とにかく今度は聞こえたでしょう」

彼には見当もつかない感情を浮かべて彼女は目をまるくした。そして彼が近づくと尻ごみした。そのうえ逃げようとでも考えているのか、チラッと家の方を振りかえった。

彼女は彼を見つめたまま首を振った。

「なんにも聞こえませんでしたけど……」いかにもいぶかしそうな口ぶりだ。

彼は眉間に一発くらったような気持ちだった。彼女の様子はまじめそのものなので、信じないわけにいかない。が、そんなことは想像もつかなかった――どうしても――まるっきり。

と、やさしく――同情しているといってもいいような口調で言っている彼女の声がした。

「あなた……戦争神経症にかかったことがおありなんじゃありません？」

とたんに彼は彼女がこわそうな表情を浮かべたわけも、家の方を振りかえった理由も納得がいった。彼女は彼が幻聴にとらわれていると思っているのだ……

ところがそう思うすぐあとから、冷水をあびせられたようにギョッとする考えが頭に浮かんだ――彼女の言うとおりなんだろうか？　おれは幻聴を聞いたんだろうか？　そう思うとおそろしくなって、彼は娘に背を向けると、一言《ひとこと》も言わずによろめくように立ち去った。娘は遠ざかっていく彼のうしろ姿を見送っていたが、溜め息をつき、首を振ると、またかがみこんで草をとりはじめた。

ジャックは自分の胸一つで問題を整理しようと一生懸命だった。

〝もし七時二十五分にもう一度あのいまいましい声が聞こえたら、何か幻聴にとりつかれてるにちがいない。が、もう聞こえないだろう〟と彼は考えた。

その日は一日じゅう気持ちがいらいらした。そして明日の朝こそはっきり証明してやろうと腹をきめて早目にベッドに入った。

こんな時はえてしてそういうものだが、真夜中ごろまで目が冴えて眠れず、とうとう寝すごしてしまった。ホテルをとびだしてゴルフ場に向かって駈けだしたときは、もう七時二十分になっていた。これでは二十五分までに問題の場所まで行きつけない。が、もしあの声が幻聴なら、どこにいようと聞こえるはずだと彼は気づいた。彼は時計の針を睨みながら走りつづけた。

二十五分。遠くのほうから女の叫び声がこだましてきた。はっきりとは聞きわけられなかったが、このまえ聞いたのと同じ声で、場所も同じ家の付近から聞こえてきたことはまちがいないと思った。

妙な話だが、これで彼はほっとした。結局はいたずらかもしれない。まさかとは思うが、あの娘が自分で彼をぺてんにかけたのかもしれなかったからだ。彼は肩をそびやかすと、ゴルフ・バッグからクラブを一本取り出した。二、三ホール打ちながら例の家に近づこうというのだ。

娘は例によって庭に出ていた。けさは顔をあげて、彼が帽子をあげてみせると、「おはようございます」とはにかみながら言った。

けさはいつもよりきれいだなと彼は思った。

「いい天気じゃありませんか」とジャックは快活に声をかけたが、もっとましなことが言えないものかとわれながらいまいましかった。

「ええ……ほんとにいいお天気ですこと」

「お庭のためにもいいんでしょうね？」

女はかわいいえくぼを見せながら、ちょっと微笑した。

「あら、とんでもありませんのよ！　うちの花は雨をほしがってるんですの。ほら、すっかり乾上がってしまって……」

彼女の招くような身振りを見て、ジャックは庭とゴルフ・コースを区切っている低い生垣のところへ行って、垣根ごしに庭をのぞきこんだ。

「なかなか元気そうじゃありませんか」と彼はぎこちなく言ったが、そう言いながら、彼女がちょっと気の毒そうな目を向けたのに気づいた。

「おてんとうさまはありがたいわね。花ならしょっちゅう水をやれますけど……おてんとうさまは力を与えてくれるし、健康を取り戻してくれますもの。今日はずっとお元気そうですわね」

はげますような彼女の口調を聞いてジャックは途方にくれた。

〝ちくしょうめ！　この女はきっと暗示でおれの病気を治してやろうってつもりなんだ〟と彼は胸の中で呟いた。

「ぼくはまるきり健康ですよ」彼はいらいらしてそう言った。

「それは結構ですわ」女はあわててなだめるように答えた。

ジャックは自分の言葉が信じてもらえないのでいらいらした。

それから彼は二、三ホール練習したあと、急いで朝食に戻った。食事をしながらも――それがはじめてではなかったが――隣りのテーブルに坐っている男が彼の方をジロジロ見ているのに気づいた。中年の男だが、いかにも押しの強そうなつら構えだ。黒い顎ひげをちょっぴり生やし、射るような鋭い灰色の目をしている。そしてゆったりと構えた自信ありげな態度で彼が知的職業の方面でかなり高い地位にあることがわかる。ジャックはその男がラヴィントンという名前だということは知っていたし、有名な医者であることもうすうす耳にしていた。が、彼はハーリー街へ行くこともめったにないので、ジャックにとってはほとんど――いや、ぜんぜん無縁の名前だった。

しかしこの朝ばかりは相手にジロジロ見られているのがひどく気になって、すこしばかりこわいような気がした。

——あの秘密が傍目《はため》にもそれとわかるほどはっきりおれの顔に出てるんだろうか？　あの男は商売柄、おれの頭の調子がどこか狂ってることに気づいているのだろうか？

そう思うとジャックは身震いがした。

——ほんとだろうか？　おれはほんとに頭がおかしくなりかけてるんだろうか？　あれはみんなおれの幻聴だったんだろうか？　それともとんでもないぺてんだったんだろうか？

するとそのときふと彼はその謎を解くごく簡単な方法を思いついた……

——これまでゴルフ場へ出かける時は、いつもおれ一人だった。誰かほかの者を連れていったらどうだろう？　そうすりゃ三つのうちどれか一つが起こるってことになるはずだ。つまり、例の声が全然聞こえないかもしれないし……二人の耳に聞こえるかもしれないし……あるいはおれの耳にしか聞こえないかもしれないってことだ……

その晩さっそく計画の実行にとりかかった。ラヴィントンこそ連れていくのにうってつけの人間だった。二人はわりあい簡単に言葉をかわすようになった。もともと年輩の男のほうがそのきっかけを待っていたのかもしれないからだった。なんらかの理由でジャックが彼の興味を引いたにちがいない。朝食前に二、三ホール一緒にやらないかというジャックの提案を、ラヴィントンはしごく簡単に、また当然のことながら承知した。

そこでさっそく翌朝からはじめることにきまった。

二人は七時ちょっと前に出かけた。おだやかで雲一つなく、あまり暑くもない絶好の日和だった。医者はなかなか上手だったが、ジャックはへまばかりやっていた。やがてやってくるのるかそるかの問題にすっかり気をとられていたからだ。しょっちゅう時計ばかり盗み見していた。七時二十分ごろ七番のティーまできた。そことホールの中間に問題の家があるのだ。

二人が通りかかると、例の娘が相変わらず庭に出ていた。彼らが通っても娘は目をあげなかった。

二人のボールはグリーンに転がっている——ジャックのはホールに近く、ラヴィントンのはそれよりもちょっと離れていた。

「ではやるかな——こいつはいただかなくては」とラヴィントンは言った。

それから彼はかがみこんでボールを打つ方向をはかった。ジャックは案山子《かかし》のように突っ立ったまま時計を睨んでいた。かっきり七時二十五分だった。

ボールは芝生の上をするするっと滑っていってホールの縁でとまりかけたが、すこしふらついてから穴に落ちた。

「うまいうまい」とジャックはほめた。が、その声はしわがれて、まるで別人の声のようだった……心底からほっとしたらしく溜め息を洩らすと、腕時計を上の方へこすりあげた。何も起こらなかった。呪縛は解《と》けたのだ。

「一休みしませんか……タバコを一服すいたいので……」と彼は言った。

二人は八番のティーのところでしばらく休んだ。ジャックはパイプにタバコを詰めると、抑えようとしても震える手で火をつけた。しかし心の大きな重荷はすっかりおりた気持ちだった。

「いやあ、なんていい天気なんだろう」すっかり満ちたりた気分で前の方を眺めやりながら彼は言った。「はじめてください、ラヴィントン、得意の強打をね」

と、そのときまた聞こえたのだ。ちょうど医者がボールを打った瞬間だった。甲高い、苦しみもがく女の声だ。

「人殺し！……助けてえ！……人殺し！」

ジャックはいきなり声のしたほうを振り向いたが、そのはずみにお留守になった手からパイプが落ちた。それから思い出してラヴィントンを息を殺して見つめた。

ラヴィントンは目の上に手をかざしてコースを眺めている。

「ちょっと短かったなあ……でもバンカーはどうにかはずれていそうだ」

彼の耳には何も聞こえなかったのだ。

ジャックは周囲のものがグルグルまわるような気がした。彼は一、二歩あるいたかと思うと、ひどくよろめいた。気がついたときは短い芝草の上に寝ていて、ラヴィントンがしゃがんでのぞきこんでいた。

「さあさあ、もう大丈夫……気を楽にしなさい」

「ぼくはどうしたんだろう？」

「気を失ったのさ、きみ……あるいはほとんど失いかけたってところだ」

「やれやれ！」とジャックは言うと、呻き声を洩らした。

「どうかしたのかね？　何か心配ごとでも？」

「いま話します。が、その前にちょっとあなたに訊いておきたいことがあるんです」

医者はパイプに火をつけて、バンクに腰をおろした。

「なんでも訊きたまえ」とラヴィントンは気持ちよく言った。

「あなたはここ二、三日前からぼくを見てましたね。あれはどうしてだったんです？」

ラヴィントンはちょっとまばたきした。

「妙なことを訊きますなあ。猫だって王様の顔を見ることはあるんですよ」

「はぐらかさないでください。ぼくは本気なんだから。なぜなんです？　どうしても聞かなければならないわけがあるんですよ」

ラヴィントンの顔がだんだんまじめになってきた。

「じゃ正直に答えましょう。じつはきみの顔にひどい神経の緊張に苦しんでいるような徴候がはっきり出ていたので、いったいどんな緊張感に苦しめられているのだろうと興味を感じたからですよ」

「それなら簡単に言えます……ぼくはもう気が狂いそうなんです」とジャックはつらそうに言った。

彼は劇的な効果を狙って口をつぐんだが、相手が予期したほどおどろいたふうもなく、興味をそそられた様子もないので、彼はもういちどくり返して言った。

「ぼくは気が狂いそうなんですよ」

「そりゃおもしろい……いや、なかなかおもしろい」とラヴィントンは呟いた。

ジャックは腹が立った。

「そりゃああんたにはそう思えるかもしれない。医者なんていやに冷淡なんだから」

「おい、きみ……きみ。むちゃを言っちゃ困るね。断わっておくが……わたしは医者は医者でも開業しているわけじゃない。やかましく言うと、わたしは医者じゃない……つまり、人の体を診《み》る医者じゃないんですからな」

ジャックはキッとなって相手を見た。

「すると精神科の……？」

「うん、まあね……というより魂の医者と言ったほうがほんとうかな」

「へえ！」

「その口ぶりだと腹で笑ってるらしいがね……魂が借りてる家、つまり肉体から切り離すことができて、独立して存在する活力の本源をはっきりさせるには、やっぱり何か言葉を使わなけりゃならない。だから魂という言葉で折り合いをつけなくちゃしようがないんだよ……これなら牧師が考え出した宗教的な言葉とは言い切れないからね。しかしこれは心と呼ぼうと潜在意識的自我と呼ぼうと……とにかくきみの気に入る言葉で呼んでいっこうかまわん。たったいまきみはわたしの口調に腹を立てたが、じつを言うと、わたしとしてはきみみたいに常識のあるきわめて正常な青年が、気が狂いそうだなんていう幻想に悩まされるのがまったくおもしろい気がしたからなんだ」

「ぼくはほんとに頭がいかれてるんです。まったくどうかしてるんですよ」

「こんなこと言うとなんだが……どうも信じられんなあ」

「ぼくは幻聴が起こるんです」

「夕食後に？」

「いや、朝です」

「そんなばかな」医者は消えたパイプにもういちど火をつけながら言った。

「ほかの誰にも聞こえないものが、ぼくには聞こえるんですよ」

「千人に一人が木星の衛星を見たとする。あとの九百九十九人に見えないからといって、木星に衛星のあることを疑う理由にはならないし、もちろんその千人目を狂人呼ばわりする理由にもならない」

「木星の衛星はちゃんと科学的に立証された事実ですよ」

「今日《こんにち》妄想と言われているものが、あすは科学的事実として証明されるということも充分あり得ることなんだからね」

ラヴィントンの事務的な態度は、知らず知らずのうちにジャックの心に反応を見せはじめていた。嘘のように気持ちが休まり、元気が湧いてきた。医者は一、二分ジッと彼の様子を見たあとでうなずいた。

「すこしよくなったようだね。きみのように若い連中で困るのは、この世の中には自分の信念以外に絶対何もないと思いこんでるもんだから、そうした考えを動揺させるようなことが起こると、手も足も出なくなることなんだ。きみのその気が狂いそうだと信じてる根拠を話してくれないかね。そしたらきみを入院させたほうがいいかどうかきめられると思うんだが」

ジャックはこれまでに起こった一連の事柄を、できるだけ忠実に話した。

「しかしぼくにわからないのは、どうしてけさにかぎってあの声が七時半にしたかってことなんですよ……五分おくれてますからね」

ラヴィントンは一、二分のあいだ考えていた。それから――

「きみの時計はいま何時になってる？」

「七時四十五分です」とジャックは時計を見ながら答えた。

「じゃ、なんでもないよ。わたしのだと四十分だからね。きみの時計は五分すすんでたのさ。そこがなかなかおもしろいし、重要な点なんだ……わたしにとってだがね」

「どういう点で？」

ジャックは興味をそそられだしていた。

「つまり、はっきりした説明といえば、きみが最初の朝そういう叫び声を聞いたってことだが……これもいたずらだったのかもしれないし、でなかったのかもしれない。それからあとの朝のことは、きみがかっきり同じ時間にそれが聞こえると自己暗示したのさ」

「絶対にそんなことありませんよ」

「もちろん意識的にじゃない……潜在意識ってやつはいろいろおかしないたずらをするものなんだ。が、とにかくそうした説明じゃ解決はつかない。暗示の問題なら、きみの時計で七時二十五分に聞こえたはずだし、それ以後に聞くわけがないからね」

「ふーん、それで？」

「うん……もうはっきりしてるじゃないか？　その助けを呼ぶ叫び声は完全にはっきりした場所で、はっきりした時間におこってるんだよ。場所はあの家の近くで、時間は七時二十五分とね」

「なるほど。しかしそれが聞こえたのがぼくだけってのはどうしてだろう？　ぼくは幽霊とか化物なんてものはいっさい信じちゃいません……幽霊が出るとかなんとかいうことはね。なぜあんな声が聞こえるんだろう？」

「うーん！　そいつは今のところなんとも言えませんな。おかしなことだが、最もすぐれた霊媒の多くは、なんでも疑ってかかるような人間の中から出てる。お告げを受けるのは超自然的現象に興味をもってる者とはかぎらないんだ。人によってはほかの者に見えないものや聞こえないことが、見えたり聞こえたりするのもいる……そのわけはわからないがね。しかも十人のうち九人までがそんなものを見たり聞いたりしたいなんて思ってない連中ばかりだから、これはてっきり幻覚幻聴だと思いこんでしまうんだ……きみと同様にね。これは電気みたいなものさ。物には伝導体もあれば非伝導体もある。が、それだってわれわれは長いあいだ知らなかったから、事実をそのまま受け入れることで満足するしかなかった。今ではその理由もちゃんとわかってるがね。だからきみにあれが聞こえたのに、わたしやあの娘に聞こえなかった理由だって、もちろんそのうちにはわかるにちがいない。万物は自然の法則に支配されてるんだから……超自然なものなんて、ほんとはありようがないんだ。いわゆる心霊現象ってやつを支配する法則を発見することは、なかなかむずかしい仕事になりそうだ……したがってどんな小さなことでもみんな役に立つってことになる」

「しかし、ぼくはどうすりゃいいんです？」

ラヴィントンはクスクス笑った。

「現実に帰るのさ。いいかね、きみ、これからうまい朝食をたべて、いまわからないことなんか忘れて勤めに出るんだ。そのあいだにわたしはあの家の付近を調べておくからね。謎の震源地はあそこだ、と断言していいと思うんだ」

ジャックは立ちあがった。

「わかりました、先生。そうします……が、あのう……」

「なんです？」

ジャックはばつがわるそうに顔を赤くした。

「あの娘は絶対に関係がないと思うんですが」と呟くように言った。

ラヴィントンはおもしろそうな顔をした。

「彼女が美人だとは言わなかったがなあ！　ま、元気を出しなさい……この謎は彼女があそこにくる前からはじまってたらしいからね」

その夕方、ジャックはどうなっただろうと思ってわくわくしながら帰ってきた。もうそのときまでに彼はラヴィントンを無条件に信頼していた。この医者がこの問題を職業から事務的に平然と引きうけてくれたので、彼は敬服していたのだ。

夕食に階下へおりてみると、ラヴィントンはホールで待っていて、同じテーブルで食事をしないかと言った。

「で、何か変わったことは？」とジャックは心配そうに訊いた。

「あのヘザー荘の来歴をすっかり調べたよ。最初にあの家に住んだのは庭師の老夫婦でね。爺さんが亡くなったので婆さんは娘のところへ行ったそうだ。その次にはある建築屋が買いとって、なかなかうまく現代式に手を入れてから、それを町の者に売ったんだが……その男は週末だけあそこを使った。一年ほど前、彼はそれをターナーって人たち……つまり、ターナー夫妻に売却した。わたしの調べたところから判断すると、この夫婦はちょっと変わり者だったらしい。亭主はイギリス人だが、女房の方はロシア人の血がまじってるらしいという噂で、エキゾティックな顔立ちをしたなかなかの美人だったそうだ。彼らは訪ねてくる人もなく、庭から外にはめったに出たこともないというふうで、ごくひっそりと暮らしていたらしい。土地の噂じゃ何かをおそれていたっていうんだが……もちろんそんなことは当てにしないほうがいいと思う。

ところがある日のこと、二人は急にあの家を出た……朝早くにね……そしてそれっきり戻ってこなかった。土地の不動産屋にロンドンで出したターナー氏の手紙がきて……できるだけ急いであの家を売却してくれと書いてあった。で、家具類は売り払われ、家屋のほうはモールヴァラーという人に売られた。彼が実際にあそこに住んだのは二週間くらいで……あれを家具つきの貸家として広告に出した。今あそこに住んでるのは、肺病を患うフランス人の教授と娘でね。引っ越してきてからまだほんの十日しか経ってない」

ジャックは黙って考えていたが、ようやく言った。

「それだけじゃどうってことないな。そうでしょう？」

ラヴィントンは静かに言った。

「わたしはターナー夫婦のことをもっと詳しく調べたいと思ってるんだ。きみもおぼえてるだろうが、二人は朝もひどく早いうちに家を出ている。わたしの調べたかぎりでは、彼らが出ていくところを実際に見た者は誰もいない。その後ターナー氏の姿を見かけたものはいるんだがね……奥さんに会ったってのは一人もいないんだ」

ジャックの顔が青くなった。

「そんなばかな……まさかあなたは……」

「ま、落ち着きなさい、きみ。いよいよ息を引きとるってときの……とくに変死の場合の……周囲に及ぼす人間の執念てものは、そりゃあものすごいものなんだ。それが周囲のものに乗り移って、うまく感応するものへ……今度の場合はきみがそうだが……順々に伝わっていくってことも考えられる」

「しかし、なんだって、ぼくに……？」ジャックは小声で抗弁した。「なぜもっと役に立つ人間に伝わらないんだろう？」

「きみはそういう力を盲目的で機械的なものと見ず、知的で目的のあるものと考えている。このわたしなんかは、何か特殊な目的で一つの場所にとりつく世俗的な幽霊なんてものは信じちゃおらん。しかし、わたしが何度も何度も見たために、たんなる偶然の一致だと信じられなくなったものは、正義をもとめる暗中模索……つまり、何か盲目的な力がそういう目的に向かって絶えず暗々のうちに人知れず働き、作用して……」

そう言いかけて彼は身震いした——が、それは何か頭にこびりついて離れないことを振り払おうとでもするふうだった。それからすぐ微笑を浮かべてジャックのほうに顔を向けた。

「こんな話はもうよそうじゃないか……とにかく今晩のところはね」

ジャックもすぐ同意はしたものの、そう簡単に忘れるわけにはいかなかった。

週末のあいだ彼も自分でしきりに調べてまわったが、医者の調べた以上の収穫はなかった。今はもう朝食前のゴルフはすっかりやめていた。

ところが問題は思いがけないほうから手がかりが出てきた。ある日ホテルに帰ってくると、ジャックは若いご婦人がお待ちですと言われた。会ってみてたまげたことに、それはいつか庭に出ていた娘——これまで彼が内心三色スミレの娘と呼んでいた娘だった。

彼女はひどくおびえて取り乱していた。

「いきなりお訪ねしたりしてお許しくださいね？　お話ししたいことがあったもんですから……わたし……」

そう言いかけて心配そうにあたりを見まわした。

「じゃこの中へどうぞ」ジャックはそう言うと、人けのないホテルの〈婦人用応接室〉へさきに立って入った。赤い絹綿ビロードをやたらに使った殺風景な部屋だ。「さあ、お掛けになってください……ええっと……」

「マルショーですの。フェリーズ・マルショー」

「お掛けになってください、マルショーさん……お話をうかがいましょう」

フェリーズはおとなしく腰をおろした。今日はダーク・グリーンのドレスを着ていたが、自尊心の強そうな小さな顔の魅力と美しさが、いつもよりもきわ立っていた。彼女と並んで腰をおろしたジャックは心臓がドキドキした。

「じつはこうなんですの」とフェリーズは話しだした。「わたしたちはほんのすこし前にあの家に移ったんですけど、入ったそうそうからあの家に……あんな住み心地のいい小さな家に……幽霊が出るって噂を聞いたんです。召使も一人としていつきません。そんなことは大した問題じゃないのです……わたし、これでもおうちのことやお料理くらいはできますすから」

〝天使みたいな女だ……ほんとにすばらしい〟と彼女に首ったけのジャックは思った。

しかし表面はあくまでも事務的な態度をよそおった。

「わたし、そんなお化けの話など、ほんとにばかばかしいと思ってました……四日前までは。ところが、四晩つづけて同じ夢を見たんですの。女の人が立ってるんです……背が高くて、とてもきれいな金髪の、美しい人でした。両手で青い焼きものの壺を抱えてるんですの。沈んだ……とても沈んだ様子で、その壺をどうかしてくれというふうな身振りでしきりに差し出すんです……でも、ああ！　その人は口がきけないし、わたしはわたしで……その人がどうしてくれというのか見当もつきません。はじめの二晩はそういう夢でした……それがおとといの晩になると、それだけじゃなくなったんです。その人と壺がだんだん見えなくなったかと思うと、いきなり彼女の叫び声が聞こえたのです……彼女の声にちがいありません……そしてそれが……おお！　この前の朝あなたがおっしゃったのと同じ叫び声だったんです。『人殺し！……助けてえ！……人殺し！』っていう……。わたしはゾッとして目がさめました。そうして頭の中で考えました……きっとこれは悪夢で、あなたが聞いた叫び声と偶然同じだっただけなんだって。ところがゆうべもまた同じ夢を見たんです。どうしたんでしょう？　あなたもお聞きになりましたわね。どうしたらいいんでしょう？」

フェリーズの顔はおびえている。かわいらしい手をしっかり握り合わせて、訴えるようにジャックを見つめた。彼は心にもなく平然としたふりをしてみせた。

「大丈夫ですよ、マルショーさん。心配にはおよびません。どうすればいいか教えてあげましょう……あなたさえよかったら、ここに泊まっているラヴィントン博士というぼくの友人に、もう一度すっかり話してごらんなさい」

フェリーズがそうしてもよさそうな素振りを見せたので、ジャックはラヴィントンを探しに出かけた。そして五、六分すると彼を連れてもどってきた。

ジャックが手みじかに紹介するあいだ、ラヴィントンは鋭い目でジロジロ彼女を見ていた。それから彼女を安心させるようなことを二言三言《ふたことみこと》いって、間もなく彼女の気持ちを落ち着けると、今度は彼のほうがジッと彼女の話に注意ぶかく耳を傾けた。

彼女が話しおわると彼は言った。「なかなかおもしろいですな。で、そのこと、お父さんに話しましたか？」

フェリーズは首を振った。

「心配させたくなかったので。父はまだだいぶ具合がわるいもんですから」――目は涙でいっぱいだった――「興奮したり気持ちを動揺させたりするようなことは、いっさい耳に入れたくないと思いまして」

「わかりました」ラヴィントンはやさしく言う。「それによくここにきてくれましたね、マルショーさん。ご存じのように、このハーティントンもあなたと同じような経験をしてるんですよ。これでどうやらだいぶ軌道にのってきたようだ。ほかに何か思いあたることはありませんか？」

フェリーズはハッとしたような様子をした。

「ありますとも！　ま、なんてわたし、ばかなんでしょう。これが話のいちばん肝心なことでしたのに。この、わたしが戸棚のうしろで見つけたものを見てください……棚のうしろに落ちてたんですの」

彼女が差し出したうす汚れた画用紙には、水彩で一人の女が大ざっぱに描いてあった。なぐり描き程度のものだったが、かなりうまく描けている。肖像画の女は背が高く、金髪で、容貌にどことなくイギリス人らしくないところがある。女はテーブルのそばに立ち、そのテーブルの上には青い焼きものの壺がのっていた。

「ついけさほど見つけたばかりなんです」とフェリーズが説明した。「先生、わたしが夢で見た女の人の顔が、それとそっくりで、青い壺も同じなんですもの」

「それはおどろきましたな」とラヴィントンが言葉をそえた。「この謎を解《と》く鍵はどう見てもこの青い壺だな。中国の壺らしいが……たぶん古いものだろう。浮き彫り式の妙な模様がついてるようだね」

「中国のにちがいありません」とジャックが言い切った。「ぼくはこれとそっくりなのを叔父の蒐集品の中で見たことがある……彼は中国の磁器の大の蒐集家でしてね、これと瓜二つのやつをついこのあいだ見たばかりです」

「中国の壺ねえ……」とラヴィントンは思案顔で言った。それきり一、二分のあいだ考えこんでいたが、それからふと顔をあげた――目が異様に光っている。「ハーティントン、叔父さんがその壺を手に入れたのはいつ頃のことかね？」

「いつ頃って？　それはよく知りません」

「考えてみてくれ。最近買ったんだろうか？」

「知りませんねえ……いや、そうだ、考えてみると、たしか最近のことです。ぼくは磁器類にはあまり興味がないんですが、叔父が〝最近の掘り出しもの〟だよって見せてくれたものの中に、その壺も入ってたのをおぼえてますから」

「それは今から二ヵ月以内だったかね？　ターナー夫妻がヘザー荘を出たのは、ちょうど二ヵ月前なんだよ」

「そう、なるほどそうでしたね」

「叔父さんは地方の競売にもときどき行ってるんだろうね？」

「しょっちゅう車でとびまわってるから」

「するとターナー家の品物の競売でこの壺を買ったと考えても、あながち見当ちがいでもなさそうだ。妙な偶然の一致だなあ……いや、わたしの言う隠れた正義の模索ってやつかもしれん。ハーティントン、その壺をどこで買ったか、今すぐ叔父さんから聞き出してもらいたいな」

ジャックの顔がくもる。

「それは無理じゃないかな。だってジョージ叔父はいま大陸へ行ってるし。手紙を出そうにも宛て先さえわからないんだから」

「どのくらいのあいだ行ってるんだろう？」

「すくなくとも三週間から一月《ひとつき》はね」

沈黙がながれた。フェリーズは坐ったまま二人の顔を心配そうに見くらべている。それからおずおずと――

「なんにもいい方法はないんでしょうか？」

「うん、一つだけある」とラヴィントンは興奮をおさえた口調で言った。「非常手段というやつだが、これならきっとうまくいくと思う。ハーティントン、その壺をぜひ手に入れてくれ。そしてここへ持ってきてもらいたいんだ。マルショーさんさえよかったら、その青い壺を持って、ヘザー荘に一晩とまりこむんだ」

ジャックは肌にゾクゾク寒けがした。

「どんなことが起こると思うんです？」と彼は心配そうに訊いた。

「そいつは全然わからんがね……この謎はきっと解《と》けて、幽霊も消えるにちがいないと思うんだ。壺は二重底になっていて、そこに何か隠してあるんじゃないかな。もしどんな現象もおこらんとなりゃあ、こっちで脳みそをしぼるしかないじゃないか」

フェリーズは手を叩いた。

「それはすてきな考えですわ」

彼女の目は熱をおびて輝いた。ジャックはそれほど乗り気にはなれなかった——それどころか内心は逆におじけづいていたのだが、フェリーズの前では絶対にそうとは言えなかった。ラヴィントンはまるで自分の提案がこの世でしごく当然なものと言わんばかりに振る舞っていた。

「その壺、いつ持ってきていただけますかしら?」とフェリーズがジャックに向かって訊いた。

「あした」ジャックはしぶしぶ答えた。

こうなったらもうあとに引けなかったが、彼にしても毎朝苦のタネになっていた例の助けをもとめるすさまじい叫び声のことを思い出すと、どんな無理をしても聞こえないようにしたかったし、そのためにはあれこれ考える余地などなかった。

翌日の夕方、彼は叔父の家に行って、問題の壺を持ち出した。あらためて見てみると、これこそ水彩画に描かれていた壺にまちがいないという確信がさらに強くなったが、丹念に調べてみてもそれらしい秘密の隠し場所はありそうになかった。

彼とラヴィントンがヘザー荘に着いたのは十一時だった。フェリーズは彼らがくるのを見張っていたらしく、二人がノックもしないうちにそっとドアをあけた。

「お入りください」と彼女は囁くように言った。「父が階上《うえ》で眠ってますから、彼の目をさまさないようにしないといけないんです。こちらにコーヒーの用意ができてますから」

彼女は二人を狭いが感じのいい居間へ案内した。暖炉の中にアルコール・ランプが置いてあって、彼女はそこにしゃがみこんで香りのいいコーヒーを入れた。

それからジャックは厳重に包みこんである中国の壺の包みをほどいた。フェリーズは壺を一目みるなり息をはずませた。

「ああ、それです……それです。まちがいありません……どこに置いてあったってわかりますわ」と彼女は熱のこもった声で叫んだ。

その間《かん》ラヴィントンはラヴィントンで準備をしていた。彼は小さなテーブルの上にのっているものを全部のけて、それを部屋の中央に据えた。そしてそのまわりに椅子を三脚おく。それから青い壺をジャックから受けとってテーブルのまん中にのせた。

「さて、これでよし……と。明かりを消してまっ暗にしてからテーブルのまわりに坐るんだ」

ほかの者は言われたとおりにした。闇の中からもう一度ラヴィントンの声がした。

「何も考えちゃいけないよ……いや、あらゆることを満遍なく考えるんだ。心に無理をさせちゃいかん。この中の誰かに霊媒になる力があると思われるからなんだ。で、もしそうだったら、その人は昏睡状態に入るはずだ。いいかい、何もこわがることはない。心から恐怖心を追っ払ってしまうんだ……そしてゆっくり……ゆっくり……」

彼の声が消えて、あとは深い沈黙が続いた。その静けさは刻一刻と緊迫の度を加えていく。ラヴィントンにしてみれば、〝恐怖心を追っ払ってしまえ〟と言うのはしごく当然だったろう。が、今のジャックの気持ちは恐怖などというものではない——まさに身の毛がよだつような気持ちだった。そしてフェリーズも九分九厘それと同じ気持ちだろうと思った。と、とつぜん彼女の低いおびえたような声が聞こえた。

「何かおそろしいことが起こりかけてます。わたし、そんな気がするんです」

「恐怖心を追い払ってしまいなさい」とラヴィントン。「執念にさからってはいけない」

闇はますます濃くなり、沈黙はいよいよ息苦しくなってくるようだった。なんとも言いようのない危機感がじわじわと迫ってくる。

ジャックは息苦しかった——窒息しそうだった——何か不吉なものが身近に迫ってい

た……

　だが、すぐそうした葛藤の時はすぎた。ゆったりと――ゆったりと河の流れを下っていく――瞼《まぶた》がとじる――やすらかな気持ち――暗黒……

　ジャックはかすかに体を動かした。頭が重い――鉛のように重かった。

　――おれはいったいどこにいるんだろう？

　日光……小鳥……彼は寝たままジッと空を見あげた。するとなにもかも記憶によみがえってきた。坐っていたこと。狭い部屋。フェリーズと医者。

　――いったいどうしたんだろう？

　彼は起きあがった――頭が変にずきずきする。それからあたりを見まわした。例の家からほど遠くない小さな雑木林の中に寝ていた。近くに人影はない。時計を引っぱり出して見る。おどろいたことにもう十二時半になっていた。

　ジャックはよろめきながら立ちあがるとヘザー荘に向かって一生懸命走った。

　――きっと彼らはおれが昏睡状態からなかなかさめないもんだから、びっくりして外気に当てようと思って運び出したにちがいない……

ヘザー荘に着くと、彼は力いっぱいドアを叩いた。が、返事はなく、人の気配もない。きっと応援をもとめに出かけたにちがいない。さもなければ……？　彼の胸に言いようのない不安がこみあげてきた。

——ゆうべはどんなことがあったんだろう？

彼は大いそぎでホテルへ引き返した。事務室でちょっと訊いてみようとしていると、すんでのことに引っくりかえるほど脇腹をどやしつけられた。彼は怒って振りかえってみると、白髪の老紳士が愉快そうに咽喉《のど》をぜいぜい言わせながら笑っていた。

「どうだ、わしがくるとは意外だったろう。思いがけなかっただろう、うん？」

「なんだ、ジョージ叔父さんか。叔父さんはどこか遠くに……イタリアかどっかだと思ってたのに……」

「まあな！　ところがさにあらず。ゆうべドーヴァーに上陸したのさ。車でロンドンへ行く途中、お前に会おうと思ってここに寄ったんだ。ところがどうだ。ゆうべは戻らなかったじゃないか、うん？　しゃれたことを……」

「ジョージ叔父さん」ジャックはきっぱりした口調で相手をさえぎった。「とても変なことを話さなくちゃならないんですがね。とっても信じちゃもらえないかもしれないけど」

「かもしれんな」と老人は笑った。「が、ま、せいぜい話してみるんじゃな」

「でも何か食べなくちゃ。お腹がペコペコなんですよ」

彼はさきに立って食堂に入ると、たらふく詰めこみながら一部始終を話した。

「それからあとどうなったか、さっぱりわからないんですよ」と言って彼を話を結んだ。

叔父は卒中でも起こしそうな様子だった。

「壺だと！」彼はやっと口がきけるようになって言った。「青い壺じゃと！　あれはいったいどうなったんだ？」

ジャックは鳩が豆鉄砲でもくったような顔をして相手を見つめていたが、さんざんしゃべりまくられているうちに、どうやら事情がのみこめてきた。

叔父は一気呵成《かせい》にまくし立てる——

「明朝《みんちょう》のだぞ……とびきりのやつだ……わしの蒐集品の中でも逸品なんだ……どんなに安く見積もったって一万ポンドはする……アメリカの百万長者ホッゲンハイマーがその値で買うと言っているんだ……世界に二つとないやつなんだぞ……ちくしょう、わしの青い壺をどうしたんだ？」

ジャックは部屋からとびだした。ラヴィントンを探し出さなければならない。事務室の若い女が冷たい目で彼を見た。

「ラヴィントン博士は昨晩おそくお発《た》ちですよ……車で。あなたに置き手紙をしていかれました」

ジャックは封をちぎった。文面は簡単だが、要を得たものだった。

親愛なるジャック君

超自然的な現象の存在する時代はもうすぎたのだろうか？　とも言えないのではなかろうか……あたらしい科学用語の魔術にかかってだまされた場合はなおさらだ。フェリーズと、病気の父親と、そしてかく言う小生からご機嫌ようと申しあげよう。われわれはきみよりも十二時間先行しているからな、それだけで充分だろう。

匆々

魂の医師

アンブローズ・ラヴィントン

アーサー・カーマイクル卿の奇妙な事件

The Strange Case of Sir Arthur Carmichael

（著名な心理学者、故エドワード・カーステアズ医学博士の覚え書による）

ここに書きとめた悲劇的な怪事件を眺めるとき、わたしはそこにはっきりした見方が二つあることを充分知っている。わたし自身の意見は一度もゆらいだことはない。わたしは人にすすめられてその話をここに残るくまなく書きしるしたが、実際、科学がある以上、当然これほど不思議な、説明のしようがない事実を、忘却にゆだねてしまうべきではないと信じている。

わたしがはじめてこの事件に足を踏み入れたのは、友人のセトル博士から一通の電報を受けとった時にはじまる。カーマイクルという名前が書かれていたことを別にすると、電文の内容はよくわからなかったが、わたしは請われるままにパディントン発十二時二十分の列車で、ハーフォードシャーのウォールデンに向かった。

カーマイクルという名前はまんざら知らないわけでもない。ウォールデンの故ウィリアム・カーマイクル卿とは彼の晩年の十一年間こそぜんぜん会ったことがなかったが、わずかながら面識はあったのだ。たしか彼には一人息子があって、それが現在のカーマイクル准男爵だが、年も二十三くらいの青年になっているはずだ。ウィリアム卿の再婚にまつわる多少の噂は耳にしたおぼえもかすかにあるが、それも後妻のカーマイクル夫人にとって好ましくないものだというおぼろげな印象が残っているだけで、これと言ってはっきりした記憶があるわけではなかった。

駅にはセトルが迎えに出ていてくれた。

「よくきてくれたなあ」と彼はわたしの手を力いっぱい握りしめながら言った。

「どういたしまして。たぶん何かぼくの専門のことなんだろうね？」

「大いにそうなんだ」

「すると精神病の患者だね？」とわたしは思いつくままに言ってみた。「何か異常な点でも……？」

もうそのときには二人でわたしの荷物をまとめて、駅から五キロほど離れたウォールデンに向かう二輪馬車に乗っていた。セトルは一、二分のあいだ返事をしなかった。それから急に堰を切ったようにしゃべりだした。

「何もかもさっぱり見当がつかんのだよ！　ここに二十三になる青年がいて、どこから見ても異常などないんだ。感じのいい愛すべき青年でね……それなりにかなり自惚《うぬぼ》れのつよいところがある……頭もとびきりいいとは言えないだろうが、一般上流階級のイギリス人の青年としては、まあできのいいほうだ。それがある晩いつもと変わりなく元気で床に入ったのに翌朝になってみると、薄ばかみたいになって村の中をうろつきまわってね、身内のものや親しい者の見わけもつかん有様なんだよ」

「ふーん！」わたしは興味をそそられて言った。そういう症状ならおもしろくなりそうだったからだ。「記憶を完全に喪失してるんだね？　ところで、そうなったのは……？」

「きのうの朝。つまり、八月九日だ」

「しかもそういう状態になった原因と考えられるものは何もない……きみが思いあたるショックもないっていうんだね？」

「そうなんだ」

　わたしはふと疑惑を感じた。

「何も隠しちゃいないんだろうね？」

「い……いや」

彼が口ごもるのを見て、わたしの疑惑は強くなった。

「ぼくは何もかもわかってなけりゃね」

「アーサーには関係ないことなんだよ。関係があるのは……家のことだからね」

「家のこと……？」わたしはおどろいておうむ返しに言った。

「この種のことはきみも今までにずいぶん扱ってるはずじゃないか、カーステアズ？ 前にきみはいわゆる〝幽霊屋敷〟を調べたことがあったな。ああいうのをどう思う？」

「十中九までいんちきだよ。ただあとの一つがね……そう、ぼくは通りいっぺんの唯物的な見方じゃどうにも説明のつかない現象に出くわしたことがある。ぼくは超自然的なものを信じるね」

セトルはうなずいた。馬車はちょうど私邸の庭園の門を入ろうとしている。彼は鞭をあげて、丘の中腹に立つ屋根の低い白塗りの建物をさしてみせた。

「あれが問題の家だ。そして……あの家の中に何かがいるんだ……不気味な……おそろしいやつがね。われわれみんながそれを感じてるんだ……ぼくは迷信を信じるような人間じゃないんだが……」

「どんな恰好をしてるんだ?」

彼はまっすぐ前を見つめたままだった。「何も知らないほうがいいと思うよ。いいかね、たとえきみが……なんの予備知識もなく……何も知らずにここへきてもだ……やっぱり見るんだから……そのう……」

「なるほど。そのほうがいいだろう。ただ家族のことはもうすこし詳しく話してくれるとありがたいんだがな」

「ウィリアム卿は再婚した。アーサーは先妻の子なんだ。再婚したのは九年前だが、今の奥さんにはちょっと謎めいたところがある。イギリス人はイギリス人だが混血でね、アジア人の血がまじってるんじゃないかと思うんだ」

彼はそう言うと口をつぐんだ。

「セトル、きみはカーマイクル夫人がきらいらしいな」

彼は率直にそれを認めた。「うん、きらいだよ。あの女にはいつもなんとなく不吉な感じがしてしようがないんだ。ところでさっきの続きだがね、この後妻にも子供ができた……やっぱり男の子で、今は八つになっている。ウィリアム卿が三年前に亡くなったので、爵位や屋敷はアーサーが相続した。その後も継母と腹ちがいの弟はウォールデンでアーサーと一緒に暮らしてるんだがね。これはぜひ言っておかなくちゃならんが、所有地はやりくりが大変でね。アーサーの収入もあらかたその維持費に消えちまう有様なんだ。ウィリアム卿が妻にのこしたものと言えば、年に数百ポンドだけだが、さいわいアーサーと継母の折り合いがとてもよくて、彼も彼女と一緒に暮らすのがうれしくてしようがないらしいんだ。ところが……」

「うん？」

「二カ月前アーサーは美しい女性と婚約した……フィリス・パターソン嬢とね」それから思い入れよろしく声をひそめて、「二人は来月結婚することになっていた。で、パターソン嬢は今ここに滞在してるんだがね。彼女がどんなにがっかりしてるか、想像がつくだろう……」

わたしは黙ってうなずいた。

馬車はもう建物のすぐ近くまできていた。右手には緑の芝生がなだらかな傾斜を見せている。と、突然わたしはこの上なくすばらしい光景を見た。若い娘が一人、芝生の上をゆっくり家のほうへ歩いているのだ。帽子はかぶっていないので、艶やかな金髪に日光が美しく照り映えている。彼女はバラの花の入った大きな籠をかかえ、きれいな灰色のペルシャ猫が一匹、彼女の歩く足に甘えてじゃれついていた。

わたしは問いかけるように目をセトルに向けた。

「うん、あれがパターソン嬢だよ」と彼は言った。

「かわいそうに」とわたしは言った。「かわいそうに。しかしああしてバラの花を持って、灰色の猫がじゃれついてるところは、ほんとに絵のように美しいじゃないか」

何かかすかな物音がしたので、わたしはすばやく頭《こうべ》をめぐらして友人を見た。彼の手から手綱がすべり落ちて、顔がまっ青だった。

「どうしたんだ？」とわたしは大声で言った。

彼はやっとのことで気を取り直した。

それからほどなくしてわたしたちは目的の家に着いた。そして彼について緑色の客間に入ると、お茶の用意ができていた。

わたしたちが入っていくと、中年の、まだまだ色香の失せない女性が立ちあがって、手を差しのべながら歩いてきた。

「奥さん、こちらはわたしの友人のカーステアアズ博士です」

彼女の陰気な、ものうげでしとやかな物腰を見て、わたしはセトルが彼女には東洋人の血がまじっているらしいと言った言葉を思い出したが、この魅力的で品のいい婦人が差し出した手をとったとき、わたしの胸にどうして本能的な嫌悪の気持ちがこみあげてきたのか、今でも説明がつかない。

「たいへん面倒なことにお力添えくださるために、わざわざおいでくださってほんとに恐縮でございます、カーステアズ博士」と彼女は低い音楽的な声で言った。

わたしは通りいっぺんの返事をした。そして彼女はお茶を渡してよこした。

それから二、三分すると、さっき外の芝生で見かけた若い女性が入ってきた。猫はもう一緒ではなかったが、手にはまだバラの入った籠をさげている。セトルがわたしを紹介すると彼女はつとそばへ寄ってきた。

「まあ！　カーステアズ先生ですの……お噂はセトル先生からいろうかがっております。先生ならきっとアーサーをなんとかしていただけると思いますわ」

頬は青ざめ、正直そうな目は縁《ふち》に黒い隈《くま》ができていたが、パターソン嬢はたしかになかなかかわいい娘だった。

「お嬢さん、ほんとに何も絶望なさることはありません」とわたしは安心させようと思って言った。「こういう記憶喪失とか、人が変わったとかいうのは、ほんのしばらくで治る場合が多いのですから。もう今にも、もとどおり元気になるかもしれませんよ」

彼女は首を振った。「彼の場合は人が変わったのだとはとても信じられません。あれは元々のアーサーじゃないんですもの。彼じゃないんです。わたし……」

「さあ、フィリス。お茶をおあがりなさい」とカーマイクル夫人がやさしい声で言った。

しかしフィリスに向けた夫人の目つきを見て、わたしは彼女が未来の義理の娘にほとんど愛情らしいものを持っていないのがわかった。

パターソン嬢はお茶を断わった。わたしは話の接《つ》ぎ穂《ほ》にと思って言った――「猫にミルクをやらなくてもいいいんですか？」

彼女はちょっとけげんそうにわたしを見た。

「あのう……猫ですって？」

「ええ……今ちょっと前に庭であなたと一緒だった……」

わたしがそう言いかけたとき、ガチャンという音がした。カーマイクル夫人がヤカンを引っくりかえして、熱湯が床いちめんに流れ出していた。わたしはヤカンを拾いあげてやったが、フィリス・パターソンは物問いたげな目でセトルを見た。彼は立ちあがった。

「じゃきみの患者を見に行くとするか、カーステアアズ？」

わたしはすぐ彼のあとについていった。パターソン嬢も一緒にきた。二階にあがるとセトルはポケットから鍵を出した。

「彼はときどき夢遊病みたいな発作を起こすことがあるのでね。ぼくがいないときはドアに鍵をかけておくことにしてるんだ」と彼は説明した。

彼はその鍵で錠をはずしたので、わたしたちは部屋の中に入った。

夕日の残照が黄色くいっぱいにあたっている窓椅子に、青年が一人坐っていた。いくらか背中をまるめ、全身の力を抜いて、奇妙なほどひっそりと坐っている。最初わたしは彼がわたしたちの入ってきたことにぜんぜん気づかずにいるのかと思ったが、そのうちに彼がまばたき一つしない瞼《まぶた》の奥からジーッとわたしたちをうかがっているのにふと気がついた。わたしと視線が合うと、彼は目をおとしてまばたきした。が、体は動かさなかった。

「やあ、アーサー。パターソン嬢とぼくの友人があなたの見舞いにきてくれたよ」とセトルが快活に言った。

しかし窓椅子の青年はまばたきしただけだった。が、一、二分すると、わたしはその男がまたわたしたちの様子をジッとうかがっているのに気づいた——こっそり盗み見るようにして。

「お茶はほしくないかね？」セトルは子供に話しかけるような調子で、相変わらず大声で快活に訊いた。

彼はテーブルの上にミルクがいっぱい入ったカップをおいた。わたしはおどろいて目をまるくしたが、セトルはにこにこしている。

「おかしなことに彼が口をつける飲みものはミルクだけなんだよ」

するとすぐアーサーはべつに急ぐふうもなく、背をまるめた姿勢から手足を一本ずつ伸ばすようにして立ちあがると、テーブルのほうへのそのそ歩いていった。わたしはふと彼の動きがまるっきり音を立てず、歩いても足音一つしないのに気づいた。テーブルのところまできたかと思うと、彼は片足を前に、もう一方の足をうしろへのばして精いっぱい伸びをした。思いきりこの運動をしおわると、今度は欠伸《あくび》だ。こんな大欠伸《あくび》は見たことがない！　まるで顔じゅう口といった感じだった。

それからようやくミルクに注意を向けると、それに口が届くまでテーブルの上にかがみこんだ。

セトルはわたしの問いかけるような目を見て答えた。

「手をまるきり使わないんだ。まさに原始的な状態に舞いもどったって感じだよ。おかしいだろう？」

わたしはフィリス・パターソンがわたしのほうへすこし尻ごみするのがわかったので、なだめるように彼女の腕に手をやった。

ようやくミルクを舐めおわると、アーサーはもういちど伸びをしてから、さっきと同じようにひっそりと、足音一つ立てずに窓椅子へもどった。そして前と同様に背をまるめて坐ると、わたしたちを見てまばたきした。

パターソン嬢はわたしたちを廊下に連れ出した。体じゅうが震えている。

「ああ、カーステアズ先生」と彼女は叫んだ。「あれは彼じゃありません……あそこにいるのはアーサーじゃありません！　勘でわかります……はっきりわかるんです……」

わたしは情けなさそうに首を振った。

「人間の頭脳はいろんなわるさをするものですからね、パターソン嬢」

じつを言ってわたしもこの患者には当惑していた。異常な徴候があらわれている。カーマイクル青年に会うのはこれがはじめてだったが、歩き方やまばたきの仕方がどことなく異様で、これとはっきり言えないが、それを見てわたしは誰かを、いや、何かを連想せずにおれなかった。

その晩の食事はひどくしんみりしたもので、重苦しい会話もカーマイクル夫人とわたしとでやっともっている有様だった。

ご婦人がたが別室に引きとってしまうと、セトルはカーマイクル夫人をどう思うとわたしに訊いた。

「正直に言って、べつにどうって原因も理由もないんだが、ぼくはああいう女は大きらいだよ。たしかにきみの言うとおり、彼女には東洋人の血がまじってるな。それに強い魔力をもってるようだ。異常に強い磁力をもった女だ」

セトルは何か言いかけたが、それきり口をつぐんでしまった。そして一、二分してからやっと、「彼女は下の息子を溺愛してるんだ」、とだけ言った。

わたしたちは夕食後もういちど緑色の客間に集まった。ちょうどコーヒーを飲みおわって、みんなでその日の話題をなんとなくぎこちなく話し合っていると、ドアの外から中に入れてくれと哀れっぽい声で猫が鳴きだした。誰も気にするふうはなかったが、わたしはもともと動物ずきなので、一、二分してから立ちあがった。

「かわいそうに、入れてやってもいいでしょう？」とわたしはカーマイクル夫人に訊いた。

彼女の顔はひどく青ざめているような気がしたが、かすかにうなずくようにしたので、わたしは承知したものと思ってドアのところへ行ってあけた。ところが外の廊下には何もいなかった。

「変だなあ。たしかに猫の鳴き声がしたんだが……」

わたしは席にもどると、みんながジーッとわたしの顔を見ているのに気づいた。わたしはなんだかちょっと気まりがわるくなった。

わたしたちは早目に寝室へ引きあげた。セトルはわたしの部屋までついてきた。

「必要なものは揃ってるだろうな？」と彼は部屋の中を見まわしながら訊いた。

「うん、ありがとう」

しかし彼は何か話があるのに切り出しかねている様子で、そのままぐずぐずしていた。

「それはそうときみはこの家に何かうす気味わるいものがいると言ったろう？　だが今のところはべつになんともないようじゃないか」とわたしは言った。

「すると、明るい感じだって言うのかい？」

「こんな有様じゃそうも言えないな。どう見たって深い悲しみの影がおおいかぶさってるからね。じゃ何か異常な点があるかって言うと、絶対にそんなものはないんだなあ」

「おやすみ」セトルがぽつんとそう言った。「いい夢でも見たまえ」

夢はたしかに見た。パターソン嬢が連れていた灰色の猫がわたしの頭によほど強い印象を与えたにちがいない。わたしは一晩じゅう哀れな猫の夢ばかり見ていたような気がした。

わたしはハッとして目がさめたが、そのとたんにどうして猫のことがこんなに頭にこびりついて離れなかったのかわかった。わたしの部屋の外でそれがひっきりなしに鳴いていたからだ。そう騒ぎ立てられては眠るどころではない。わたしはロウソクに火をつけてドアのところへ行った。相変わらず鳴き声こそしているが、外の廊下には何もいない。わたしはふと思いついた。かわいそうに猫はどこかに閉じこめられて外に出られずにいるのだ。左の方は突きあたりになっていて、そこにはカーマイクル夫人の部屋がある。そこでわたしは右の方へ行った。が、ほんの五、六歩、歩いたか歩かないうちに、今度はうしろのほうで鳴き声がしだした。わたしはくるっと振り向いた。するとまた鳴き声がした――今度ははっきり右の方だ。

何かしら――たぶん廊下を吹きぬける冷たい風のせいだったのだろうが――わたしは身震いして、急いで部屋にもどった。もうあたりは静かだったので、わたしはすぐまた眠りにおちた――そして目がさめたときは、夏の日ざしのまぶしい翌日になっていた。

着替えをしながら窓からのぞくと、ゆうべわたしの眠りを邪魔したやつが見えた。灰色の猫が芝生の上を音もなくゆっくり歩いている。ほど遠くないところに小鳥が群れて、いそがしく囀ったり、くちばしで羽根の手入れをしたりしている。ははあ、あれを狙ってるのだな、とわたしは思った。

ところがじつに奇妙なことが起こったのだ。猫はまっすぐ歩いていって、体の毛並みを小鳥たちに触れ合わさんばかりにして群のまん中を通っていく――が、小鳥はとび立ちもしないのだ。わたしはわけがわからなかった――とても理解がつきそうになかった。

あんまり強烈な印象をうけたので、わたしは朝食の席でそのことを言わずにおれなかった。

「お宅はまったく変わった猫を飼ってるんですね？」とわたしはカーマイクル夫人に言った。

カップが皿の上でこまかくカタカタ音を立てたので見ると、フィリス・パターソンが口をあけ、せわしい息をしながらジーッとわたしを見つめていた。

すこしのあいだ沈黙が流れた。するとカーマイクル夫人がいかにも不機嫌そうな様子を見せて言った。「あなたの見まちがいじゃございませんかしら。ここには猫なんか一匹もおりません。猫を飼ったこともございませんもの」

まずいことを言ったことが明らかだったので、わたしはあわてて話題を変えた。

しかし内心わたしは当惑していた。

――なぜカーマイクル夫人はこの家に猫がいないなんて言うんだろう？　ひょっとするとあれはパターソン嬢の飼い猫で、夫人には内証にしてるのかもしれない。いまどき珍しいことじゃないが、夫人はきっと猫ぎらいなんだろう……

それではとても納得のいく説明になりはしなかったが、さしあたってはそれで満足するしかなかった。

アーサーは相変わらずの状態だった。が、今度は彼を充分に観察して、前夜よりもこまかく観察することができた。わたしの提案で、できるだけ長く彼を家族のものたちと一緒に過ごさせるように仕向けた。彼の警戒心がゆるめば、それだけ観察の機会が多くなると思ったからだが、それればかりでなく日常生活の軌道にのせれば、彼の知性の輝きを多少とも目ざめさせるかもしれないと考えたからだ。しかしながら彼の態度には依然として変化がなかった。物静かでおとなしく、放心したようだったが、そのじつじーっとぬかりなく様子をうかがっているのだ。一つだけわたしが確認しておどろいたことがあったが、それは彼が継母に深い愛情を見せることだった。パターソン嬢には目もくれずに、できるだけ夫人のそばに坐ろうとしていた。そして一度などは、見ると愛情の表現に、黙って顔を彼女の肩にすりよせたりした。

この症状にはわたしも頭を悩ました。そして問題のすべてを解《と》くなんらかの手がかりはあるのに、これまでそれを見落としていたのだと思わずにおれなかった。

「こいつはまったく妙な症状だ」とわたしはセトルに言った。

「うん。非常に……あるものを連想させるな」

彼はそう言ってわたしを見た――が、なんとなく盗み見するような目つきだとわたしは思った。

「どうだ。彼は……何かを思い出させないかね？」と彼は言った。

そう言われると、わたしはつい前の日アーサーから受けた印象を思い出して不愉快になった。

「何をだね？」とわたしは訊いた。

彼は首を振った。

「ぼくの気のせいかもしれない」と彼は呟くように言った。「ほんの気のせいだよ」

そして彼はそれきりそのことに触れようとしなかった。

まったくこの問題には何か謎のヴェールがすっぽりかぶさっていた。わたしはその謎を解《と》く手がかりを摑みそこなったという当惑の気持ちからぬけられなかった。それにもっと小さな点でも謎があった。つまり、例の灰色の猫の、つまらない問題だった。どういうわけかこれがわたしの気になってしようがないのだ。猫の夢は見るし——絶えず鳴き声が聞こえるような気がした。ときどき遠くにこの美しい猫をチラッと見かけることもあった。そしてこの猫に何か謎がまつわりついているということが、わたしを堪えられないほど苛立たせた。ある日の午後、わたしはふと思いついて下男から何か情報を聞き出してやろうと思った。

「ぼくが見た猫のことで、きみは何か知ってないかね？」とわたしは言った。

「猫ですって、お客さま？」彼は控え目におどろきの色を浮かべた。

「前にいなかったかね？……今はどうなんだ？……猫がだよ？」

「前には奥さまが飼っていらっしゃいました、お客さま。すてきなやつでしたが……始末しなければならなくなりましてね。きれいな猫でしたから、とてもかわいそうでした」

「灰色の猫だったかね？」とわたしはゆっくりした口調で訊いた。

「ええ、さようです、お客さま。ペルシャ猫でした」

「すると、殺してしまったって言うんだね？」

「はい、そうです」

「殺されたことはまちがいないんだろうね？」

「はあ！　それはもうまちがいございません、お客さま。奥さまは獣医のところへやろうとなさらず……ご自分で始末しておしまいになりました。まだ一週間たらず前のことでございますが。あそこのぶなの木の下に埋められております」そう言うと彼は部屋を出ていったが、あとに残ったわたしは考えこんでしまった。

――カーマイクル夫人はなぜ猫は飼ったことがないって、あんなに強硬に言ったんだろう？……

この些細な猫のことには案外なにか深い意味があるぞ、とわたしは直観的に感じた。

で、セトルを見つけてわきへ連れていった。

「セトル。きみに訊きたいことが一つあるんだがね。きみはこの家で猫を見たり、鳴き声を聞いたりしたことはないかね？」

彼はそう訊かれてもおどろいたふうはなかった。むしろ予期していたようだった。

「鳴き声を聞いたことはあるよ……見たことはないがね」

「しかし、あの最初の日だが……パターソン嬢と一緒に芝生の上にいたじゃないか！」

彼はわたしをジッと見つめた。

「パターソン嬢が芝生の上を歩いてるのは見たがね。ほかには何も見えなかったよ」

わたしはわかりかけてきた。「すると、あの猫は……？」

彼はうなずいた。

「ぼくはきみが……なんの予備知識なしに……われわれみんなの耳に聞こえるものが……聞こえるかどうか知りたかったんだ」

「じゃ、きみたちはみんな鳴き声は聞いてるんだね？」

彼はもういちどうなずいた。

「変だなあ……」わたしは考え考え呟いた。「猫がある一つの場所にとりつくなんて、聞いたためしがないよ」

わたしが下男から聞いたことを話すと、彼はびっくりした顔をした。

「そいつは初耳だ。知らなかったよ」

「しかし、これはどういうことなんだろうな？」わたしは思案にあまって訊いた。

彼は首を振った。「神のみぞ知るさ！　しかしなあ、カーステアズ……ぼくは心配なんだ。そのう……そいつの声は……まるで威嚇してるみたいに聞こえるんだよ」

「威嚇してる？」わたしは鋭く言った。「誰を？」

彼は両手をひろげてみせた。「そいつはわからん」

その晩も夕食のあとになって、わたしは彼の言った意味がやっとわかった。

はじめてここにきた晩と同じように、そのときもわたしたちは緑色の客間に坐っていたが、すると聞こえてきたのだ――ドアの外で例の甲高い声でしつこく鳴き立てる猫の声が。しかし今度はまちがいなく怒った鳴き方だった――あの長く尾を引く、威嚇するようなものすごい鳴き方だ。そのあと鳴き声がやんだかと思うと、ドアの外側の真鍮《しんちゅう》の掛け金が爪で引っかくようにガタガタはげしく鳴った。

セトルはとびあがった。

「あれはきっと本物の猫だ」と彼は叫んだ。

彼はドアのところへとんでいって勢いよくあけた。

何もいなかった。

彼は額をこすりながら戻ってきた。フィリスは青くなって震えているし、カーマイクル夫人も死人のように青い顔をしている。まるで子供のように満足そうにしゃがみこんで、頭を継母の膝にもたせかけているアーサーだけは平然と落ち着いていた。

わたしたちが階段をあがったとき、パターソン嬢はわたしの腕に手をかけて言った。

「ねえ、カーステアズ先生。あれはなんですの？　どういうことなんでしょう？」

「今はまだわかりませんがね、お嬢さん。突きとめて見せますよ。しかしこわがることはありません。あなたの身には絶対に危険はないと思いますから」

彼女は疑わしそうにわたしを見た。「そうお思いになります？」

「大丈夫ですとも」とわたしはきっぱり言った。灰色の猫が彼女の足にじゃれていたのをおぼえていたので、絶対に心配はないと思った。猫がおどかしているのは、彼女が目あてではなかったからだ。

わたしはしばらくのあいだ寝つかれなかったが、やっとうとうとしたと思うと、いきなりハッとして目がさめた。何かを引き裂いたり引きちぎったりしているようなバリバリいう音がしたからだ。わたしはベッドからとび起きて、廊下へとんで出た。同時にセトルも向かい側の部屋からとび出してきた。音は左手のほうからしたのだ。

「きみも聞いたのか、カーステアズ？　聞こえたんだね？」と彼は叫んだ。

わたしたちは急いでカーマイクル夫人の部屋の入口へ駈けつけた。わたしたちとすれちがった者は何もなかったが、音はすでにやんでいた。わたしたちの持ったロウソクの火かげが夫人の部屋のドアの艶のいい羽目板にぼんやり映っているだけだ。わたしたちは顔を見合わせた。

「あれが何かわかってるだろう？」と彼は囁くような声で言った。

わたしはうなずいた。「猫の爪が何かを掻きむしり引き裂いてたんだな」わたしは体がすこし震えた。と、思わず叫び声をあげて、持っていたロウソクの火をさげた。

「おい、ここを見てみろ、セトル」

〝ここ〟というのは、壁ぎわにくっつけて置いた椅子だった——が、そのクッションが大きく幾すじにも引き裂かれ、引きちぎられていたのだ。

二人で詳しく調べてみた。彼がわたしを見たので、わたしはうなずき返した。

「猫の爪だ」彼は息をはずませながら言った。「まちがいない」彼の目は椅子から閉ざされたドアへ動いた。「威嚇されてるのはあの人なんだ。カーマイクル夫人だよ！」

その晩わたしはそれきり眠れなかった。事態はなんとかてを打たなければならない段階まできている。わたしの知るかぎりでは、この状況を解決する鍵を握っている者はたった一人しかない。わたしはカーマイクル夫人が口で言った以上のことを知っているのではないかと思った。

翌朝おりてきたとき、彼女は死人のように青い顔をして、食事もろくろく食べなかった。それで体がまいってしまわないというのは、よほど気丈だからにちがいないとわたしは思った。朝食のあとでわたしは彼女にすこし話がしたいのだがと言った。そして単刀直入に切り出した。

「カーマイクル夫人、わたしにはあなたが非常に危険な目に会われるにちがいないと思う理由があるのですが……」

「ほんとですか？」彼女はびっくりするほど平静をよそおって言った。

わたしは続けて言った。「この家の中には、あなたに敵意をもつものが……いや、幽霊がいるんですよ」

「なんというご冗談を……」彼女は小ばかにしたような低い声で言った。「まるでわたしがそんなつまらないものを信じてるみたいじゃありませんか」

「あなたの部屋の外に置いてあった椅子が、ゆうべずたずたに引き裂かれたんですよ」とわたしはそっけなく言った。

「ほんとですの？」彼女は眉をあげて、さもおどろいたと言わんばかりな顔をしたが、わたしはそんなことを言わなくても、彼女は百も承知なのだと見抜いていた。「何かばかげたくだらないいたずらでしょう」

「いや、そうじゃありません」わたしはすこしばかり腹を立てて言った。「で、お話ししていただきたいんです……あなたのためなんですから……」そう言いかけてわたしはちょっと口をつぐんだ。

「何をお話しするんですか？」

「今度の問題の解決に役立ちそうなことをです」とわたしはまじめに言った。

彼女は笑った。

「わたしは何も存じませんわ。ほんとに何も」

そして危険が迫っているのだからとどんなにくり返し警告しても、彼女はしゃべろうとしなかった。が、わたしは彼女がわれわれの誰よりも多くのことを知っているし、われわれがまるきり知らないなんらかの手がかりを握っているにちがいないと確信した。しかし彼女にしゃべらせることはまったく不可能だということもわかった。

しかし彼女が正真正銘の切迫した危険にさらされていることはわかっていたので、できるだけの用心をしようとわたしは腹をきめた。

翌晩、彼女が部屋へ引きとらないうちに、セトルとわたしはそこをくまなく調べてみた。そして相談の結果、交代で廊下の見張りをすることにした。

わたしは最初の見張りに立ったが、無事に終わったので、三時にセトルと交代した。

前夜の睡眠不足で、わたしはすぐ眠ってしまった。するとじつに妙な夢を見た。

例の灰色の猫がベッドの足もとに坐って、何か妙に訴えるような目でじっとわたしの目を見ている夢だった。それから夢の中だからできるようなものの、これは猫がついてこいと言っているのだと思った。わたしがそうすると、猫はさきに立って大きな階段をおりて、建物の反対側の袖にある一見して書斎とわかる部屋へまっすぐわたしを案内した。猫はその部屋の片隅で立ちどまると、前足をあげて書棚の下のほうの棚にのせ、もう一度さっきと同じ訴えるようなまなざしでわたしを見つめた。

すると——猫も書斎も消えて、目をあけるともう朝になっていた。

セトルの見張りも無事に終わった。が、彼はわたしの夢の話を聞くと、ひどく興味をもった。わたしが頼んだので彼は書斎に案内してくれたが、そこは夢で見た部屋とどこからどこまでそっくりだった。猫が最後に悲しげな目でわたしを見た場所まではっきり指摘することができた。

二人とも当惑して、突っ立ったまま黙っていた。わたしはふと思いついてしゃがみこみ、猫のさした場所の本の表題をのぞいてみた。すると並んだ本のそこだけが隙間になっていた。

「ここにあった本が引き抜かれてるな」とわたしはセトルに言った。

彼もその棚に向かってしゃがみこんだ。

「おや、奥に釘が出てるもんだから、その本を引っぱり出す拍子に引っかかってちぎれたらしいぞ」

そして小さな切れっぱしを彼はそっとはずした。三センチ四方くらいしかない紙切れだ——が、それには意味深長な文字が印刷されてあった。〈猫……〉と書いてあったのだ。

「なんだかぞっとするなあ」とセトルが言った。「まったくおそろしく不気味だ」

「ここにあったのがどんな本なのか、なんとかして知りたいもんだ。見つける方法はないかね？」

「どこかに図書目録があるかもしれん。ひょっとするとカーマイクル夫人が……」

わたしは首を振った。

「あの人は何も話しちゃくれないよ」

「そうかな？」

「そうとも。ぼくたちは暗中模索してるが、彼女はちゃ、ちゃんと知ってるんだ。そのくせ自分勝手な理由で何もしゃべろうとしない。しゃべるくらいならどんな危険な目に会ってもかまわないって調子だからな」

その日は何事もなく過ぎたが、わたしにはそれが嵐の前の静けさという気がしてしようがなかった。そのくせこの問題ももうすぐ解決するといった妙な気持ちもあった。つまり、今こそ暗中模索しているが、もうすぐ光明がさしてくるだろうという気持ちだった。事実はすっかり揃っていて、あとはそれを結合して筋の通ったものにまとめる手がかりさえつかめばよかったからだ。

そして事実そのとおりになった！　まったく奇妙な形で！

それはわたしたちが例によって夕食後みんなで緑色の客間に坐っているときのことだった。みんなは黙りこんでいた。じっさい部屋の中には音一つしなかったが、そのとき小さな鼠が一匹、床を走りぬけた——そのとたんに事は起こったのだ。

アーサー・カーマイクルが椅子から大きく跳躍したのだ。彼の躍動する体は矢のようにすばやく鼠を追いかけた。鼠が羽目板の向こうに姿を消すと、彼はその場にうずくまって——体をまだ武者ぶるいさせながら、じーっと見張りだした。

ゾッとするような光景だった！　わたしはこんな体じゅうがしびれるような瞬間を味わったことは一度もない。前にアーサーの忍び歩くような足どりや、油断のない目のくばりを見て、わたしが何を連想しようとしたか、今はもう考える余地がなかった。そして狂気じみた、信じようもない、とてつもない解釈が、とっさに頭に浮かんだ。あり得べからざること——考えられぬこととして否定してみた。が、どうしても頭から払いのけることができなかった。

そのあとどんなことが起こったか、ほとんど記憶がない。何もかも薄れぼやけて、嘘としか思えなかった。わたしたちはただなんとなく二階にあがり、自分自身の恐怖をたしかめる結果になるのではないかという気がして、相手の視線をはばかるようにしながら言葉すくなにお休みの挨拶をかわしたことだけはおぼえている。

午前三時になったらわたしを起こす約束で、まずセトルがカーマイクル夫人の部屋の外で最初の見張りについた。わたしはべつにカーマイクル夫人の身を案じたわけではない……自分なりに夢のような埒《らち》もない憶測をたくましくしていたのだ。それはあり得べからざることだと自分に言いきかせた——不可能だと。が、まるで魅せられたように、わたしの心はいつのまにやらまたその考えに舞いもどってしまうのだった。

するととつぜん夜の静けさが破られた。セトルが大声を張りあげてわたしを呼んだ。わたしは廊下にとび出した。

彼は夫人の部屋のドアを力いっぱい叩いたり、体をぶっつけたりしていた。

「あの人は頭がどうかしちまってる！　鍵をかけたりして！」と彼は叫んだ。

「しかし……」

「だってあいつが中にいるんだぞ、おい！　彼女のところにだ！　あれが聞こえないのか？」

鍵のかかったドアの向こうから長く尾を引くものすごい猫のうなり声が聞こえた。そしてそれに続いて悲鳴が起こった……そしてもう一度……カーマイクル夫人の声にまちがいない。

「ドアだ！　こいつをぶちこわさなくちゃだめだ。ぐずぐずしてたら間に合わんぞ」とわたしはどなった。

二人は満身の力をこめてドアに肩をぶっつけた。ドアはメリメリッと音を立ててこわれた。そしてわたしたちはころげこむようにして部屋の中に入った。

夫人はベッドの血の海に倒れていた。こんなにおそろしい光景は、めったに見たことがない。心臓はまだ動いていたが、傷はひどく、咽喉《のど》の皮膚がずたずたに引き裂かれ引きちぎられていた……わたしは震えながら小声で言った。「爪だ……」ゾクゾクするような恐怖の悪寒《おかん》が全身を走った。

わたしはていねいに傷の手当てをして包帯をまきおわると、この傷の正確な種類は、とくにパターソン嬢には伏せておくほうがいいと言っておいた。それから病院の看護婦をよこすようにという電文を書いて、電報局があき次第うてるようにした。

もう窓には夜明けのうす明かりがさしている。わたしは下の芝生をのぞいてみた。

「着替えをして外に出ようじゃないか」とわたしはいきなり彼に言った。「夫人はもう大丈夫だろう」

彼もすぐ身支度をしたので、わたしたちは一緒に庭へ出た。

「これからどうするつもりなんだ？」

「猫の死体を掘り出すのさ」とわたしは手みじかに言った。「確かめなくちゃね……」

道具小屋に鋤があったので、太いぶなの木の根もとを掘りだした。やがて発掘作業が報われた。が、あまりいい気持ちのする仕事ではなかった。猫が死んでから一週間になる。しかしわたしが見たいと思ったものは見た。

「この猫がそうだ。はじめてここにきたときに見た猫だよ」とわたしは言った。

セトルは鼻をフンフンいわせた。甘ずっぱい巴旦杏《アーモンド》の匂いがまだしている。

「青酸だ」と彼は言った。

わたしはうなずいた。

「何を考えてるんだい？」と彼がけげんそうに訊いた。

「きみと同じことをさ！」

わたしの推測は彼にとってべつに目あたらしいものではない——彼も同じことを考えたのがわたしにはわかっていたのだから。

「あり得ないことだ……あり得べからざることだよ！」と彼は呟くように言った。「あらゆる科学……あらゆる自然の法則に反することだものな……」彼の語尾が震えた。

「ゆうべのあの鼠だが……しかし……ああ！　そんなことってあるもんか！」

「カーマイクル夫人はとても不思議な女だ。彼女には魔力がある……人を催眠術にかける力がね。彼女の先祖は東洋人だ。その力をあのアーサーみたいな弱い愛すべき人間に、どんな目的で使ったかしれたものじゃないよ。それに考えてもみろ、セトル、もしこれからさきもアーサーが彼女に甘え放題甘えた手のつけられぬ薄ばかのままだとしてみろ、財産は事実上そっくりそのまま彼女と彼女の生んだ息子……あの彼女が溺愛してるときみが言った息子のものになってしまうだろう。しかもアーサーは近いうちに結婚しようとしてたんだぜ！」

「といって、これからどうするつもりだ、カーステアズ？」

「べつに方法はない。が、カーマイクル夫人が復讐されないように精いっぱい頑張るしかないよ」

カーマイクル夫人はすこしずつ快方に向かっていた。傷の回復はきわめて順調だった。わたしは今度ほど打つてがなくて困ったことはない。わたしたちを手玉にとった魔力は、まだ無傷のまま野放しになっていたし、今のところはおとなしくしているが、わたしたちとしては時機を待つしか仕方のない有様だった。ただ一つだけわたしも腹をきめていることがあった。それは夫人が動かせる程度によくなり次第、彼女をウォールデンから連れ去らねばいけないということだった。おそろしい悪霊がつけ狙えないようにできるチャンスはそれしかなかった。こうして何日かが過ぎた。

わたしは夫人を移す日を九月十八日ときめていた。思いがけない危機が訪れたのは、十四日の朝だった。

書斎でセトルと夫人のことをあれこれ相談していると、そこへあわてふためいたメイドがとびこんできたのだ。

「ああ！　先生がた！　早く早く！　アーサーさまが……池に落ちたんです。小舟に乗ろうとなさった拍子に舟が離れたもんですから、体の平衡を失って落ちてしまわれたんです！　あたし、窓から見たんです！」

わたしはそれ以上聞かずに、おっとり刀で部屋をとび出したが、セトルもあとからついてきた。フィリスもちょうど部屋の外にいたので、メイドの話を聞いた。彼女もわたしたちと一緒に走った。

「でも心配はいりません。アーサーは泳ぎがとても上手なんですから」と彼女は大声で言った。

しかしわたしはなんだか胸さわぎがしたので、速度を倍加した。池の水面にはさざ波一つなかった。からの小舟だけがゆっくり漂っていた——が、アーサーの姿はぜんぜん見あたらない。

セトルは上着と靴をぬいだ。

「ぼくが中に入るからね。きみはほかの舟にのって、カギ棹で底をさらってくれ。大して深くないんだから」と彼は言った。

ずいぶん長いあいだ探したような気がしたが、見つからなかった。時は刻一刻とすぎていく。ところがもう駄目だと諦めかけたとき、やっと見つかったので、どうみても完全に息絶えたとしか思えないアーサーの体を岸に運んだ。

わたしは生きているかぎり、このときのフィリスの顔に浮かぶ絶望した苦悩の色を忘れることはあるまい。

「まさか……まさか……」彼女の口をついて出る声は言葉にならなかった。

「まあまあ、お嬢さん。今に息を吹きかえすから心配しないで」とわたしは言った。

しかしわたしは内心ほとんど希望がもてなかった。三十分も水底に沈んでいたのだ。セトルに毛布やその他の必要なものを取りに行ってもらって、わたしは人工呼吸にとりかかった。

わたしたちは一時間以上も一生懸命手当てをしたが、息を吹きかえす気配はなかった。わたしはセトルに交代してもらうと、フィリスのそばへ行った。

「どうもうまくいきそうにありません。アーサーはわたしたちにも助けようがないのです」とわたしは静かに言った。

彼女は一瞬棒立ちになっていたが、それからとびつくようにしてアーサーの生気のない体にしがみついた。

「アーサー！」彼女は必死になって叫んだ。「アーサー！　わたしのところにもどって！　アーサーったら……もどって……もどってきて！」

彼女の声は静まりかえって周囲にこだまして消えた。と、わたしはいきなりセトルの腕をつかんだ。「見ろ！」

アーサーの顔にかすかな赤味がさしていたのだ。わたしは彼の心臓に耳をあててみた。

「人工呼吸をつづけるんだ！　息を吹きかえしたぞ！」とわたしは叫んだ。

こうなると一分一秒が矢のようにすぎていく。おどろくほどの短い時間でアーサーは目をあけた。

そのとたんにわたしは彼の様子のちがいに気づいた。それは知性のある目――人間の目だったのだ。

その目がフィリスにとまった。

「やあ！　フィル」と彼は弱々しい声で言った。「フィルじゃないか？　あすでなくちゃ来ないと思ってたのに」

彼女は気持ちがまだ口をきくところまでいっていなかったので、微笑してみせた。彼はますます当惑した面持ちでまわりを見まわした。「だけど……あのう……ここはどこなんだろう？　それに……気持ちがわるいな！……どうしたんだろう？　おや、セトル先生！」

「あなたはもうすこしで溺れ死ぬところだったんだ……ほんとですよ」とセトルはむずかしい顔で答えた。

アーサー卿は顔をしかめた。

「生きかえったあとは気分がひどくわるいものだって聞いてはいたけど。どうしてこんなことになったんだろう？　眠ったまま歩いてたのかな？」

セトルは首を振る。

「家へ連れていかなくちゃ」とわたしは進み出て言った。

アーサーがジッとわたしを見ているので、フィリスが紹介した。「カーステアズ先生よ……うちにきていらっしゃるの」

わたしたちは両側から彼をかかえるようにして家のほうへ歩きだした。すると彼は何か思いついたふうにいきなり目をあげた。

「ねえ、先生、ぼく、十二日まで元気になれないんじゃないでしょうね？」

「十二日？」とわたしはゆっくり言った。「八月の十二日ですか？」

「ええ……来週の金曜日まで」

「今日は九月の十四日ですよ」とセトルがだしぬけに言った。

彼は当惑の表情をありありと見せていた。

「しかし……しかし今日は八月八日だと思ってたがなあ。じゃぼくは病気だったんだな、きっと」

フィリスがやさしい声で、あわてたように口をはさんだ。

「そうよ……とても重い病気だったの」

彼は顔をしかめた。

「どうもわからないな。ゆうべ床に入ったときは全然どうもなかったのに……すくなくともほんとはゆうべじゃなかったにちがいないが。しかし夢を見たな……おぼえてるよ、夢だ……」彼は思い出そうとして、いっそう眉をしかめた。「何か……あれはなんだっけなあ？……何かおそろしいことが……いや、誰かがぼくにしたんだ……だからぼくは腹が立って……絶望して……するとそのあとぼくは自分が猫になった夢を見た……うん、猫にだよ！　おかしいじゃないか？　しかしおかしいなんてもんじゃなかった。それどころか……おそろしくて！　しかし思い出せないなあ。思い出そうとするとみんな消えちまうんだ」

わたしは彼の肩に手をかけた。「思い出そうとしちゃだめですよ、アーサー卿。それでいいんだと考えることです……忘れることですよ」とわたしはまじめな口調で言った。

彼は当惑顔でわたしを見てうなずいた。フィリスがほっとしたように息をつくのがわたしの耳にきこえた。わたしたちは家に着いた。

アーサーがとつぜん言った。「ところでおふくろはどこにいる？」

「お母さまは……ご病気なの」フィリスがすこし口ごもりながら言った。

「ふーん！　かわいそうに！　どこにいる？　寝室かい？」彼の声はいかにも心配そうだった。

「そうです」とわたしは言った。「が、今は邪魔しないほうが……」

そのままあとの言葉はとぎれてしまった。客間のドアがあいて化粧着をきたカーマイクル夫人がホールに出てきたのだ。

彼女の目はアーサーに吸いつけられたきり動かない。心底から罪の意識におびえた恐怖の表情をわたしが見たことがあるとしたら、そのときの彼女の目にあらわれた表情こそまさにそれだった。彼女の顔は狂おしいばかりの恐怖で、とても人間の顔とは思えないほどだった。彼女の片手は咽喉《のど》もとへ伸びた。

アーサーは子供のような愛情を見せながら彼女のほうへ歩いていった。

「やあ、お母さん！　お母さんも具合がよくなかったんですって？　ふーん、ほんとにかわいそうにね」

彼女は目を見張ってあとずさった。と思うと、運のつきた魂の悲鳴をあげて、あいた戸口からうしろざまに倒れてしまった。

わたしは駈けよるなり彼女のそばにしゃがみこんだが、すぐセトルを手招きした。

「静かに！　彼をそっと二階へ連れてって、もういちど降りてきてくれ。夫人はもう死んでるよ」

五、六分すると彼は戻ってきた。

「どうしたんだ？　死因は？」と彼は訊いた。

「ショックさ。アーサーを……息を吹きかえした正真正銘のアーサーを見たショックだ……いや、ぼくはこう言ったほうがいいと思うんだが、神の裁きさ」

「というと……」と彼は言いかけて口ごもった。

「命には命をさ」とわたしは意味深長な言い方をした。

「しかし……」

「うん。そりゃあ妙な思いがけない事故のおかげで、アーサーの心は肉体に舞いもどったがね。アーサー・カーマイクルが殺されたことにちがいはないんだから」

彼は半ば恐怖のまじった目でわたしを見た。「青酸でかね？」と彼は低い声で訊いた。

「うん。そうだよ」


セトルもわたしも自分たちの信じていることを一度も口に出したことはない。話したところで信じてもらえそうにないからだ。ありきたりな見方をすれば、アーサー・カーマイクルは記憶喪失にかかっただけだし、カーマイクル夫人は一時的な躁《そう》病の発作で自分の咽喉《のど》をひどく傷つけたのだし、灰色の猫の幽霊もたんなる気の迷いということになる。

しかし、わたしの考えで絶対に動かせないと思う事実が二つある。一つは廊下の椅子のクッションが掻き裂かれたこと。もう一つはもっと重大な意味をもったことだ。図書目録が見つかったので詳しく調べた結果、書棚から失くなった本というのは、古い奇妙な書物で、人間を動物に変性させる可能性に関するものだった。

もう一つある。ありがたいことにアーサーは何も知らない。あの何週間かのあいだの秘密を、フィリスも胸一つにおさめて話さなかったし、また心から深く愛し、彼女の呼びかけた声にこたえてあの世の入口から戻ってきた夫に、これからさき話すことも絶対にないとわたしは確信している。

翼の呼ぶ声
The Call of Wings

　サイラス・ヘイマーがそのことをはじめて耳にしたのは、二月のさむざむとした夜のことだった。ディック・ボロウと二人で、神経科の専門医バーナード・セルドンのところで催された晩餐会から歩いて帰るときのことだ。ボロウがいつになく黙りこんでいるので、サイラス・ヘイマーはちょっと妙に思って、何を考えているのかと訊いた。ボロウの返事がふるっていた。

「今晩あそこにきていた連中の中で、おれこそしあわせだと胸を張って言えるのは二人しかいないな、と考えてたんだよ。しかもその二人ってのが……変な話だが……あんたとわたしなのさ！」

　この場合〝変な〟という表現がぴったりだった——というのは、この二人にはまるきり似たところがないからだ。リチャード・ボロウはイースト・エンド（ロンドン市内東部の貧民街）の熱心な牧師だし、サイラス・ヘイマーは数百万という大金も毎日のように扱うでっぷりした何不自由のない男だった。

ボロウは思案顔で言った。「妙な話だがね……わたしの知ってる金持ちの中で、満足しきってる百万長者っていえばあんただけだね」

ヘイマーはすこしのあいだだまっていた。次に口をあけたとき、その口調は変わっていた。

「昔わたしはみじめな、寒さに震える新聞売りの子供だった。そのころ欲しかったのは……今は手に入れたが……金《かね》の威力じゃなく、金で得られる慰めと贅沢だった。金に物を言わせようっていうんじゃなく、ふんだんに使いたかったんだよ……自分のことでね！　わたしは金には淡白なんだ。よく金では買えないものもあるって世間では言うけど。なるほどそれはそうだ。しかしわたしの欲しいものはなんでも買えるんでね……だからわたしは満足してるのさ。わたしは唯物論者なんだ、ボロウ、徹底した唯物論者なんだよ！」

あかあかとともった往来の明かりが、この信条の告白を裏づけた。サイラス・ヘイマーの体のでっぷりした線はずっしりした毛裏のコートでふくれあがり、白い光線が顎の下のだぶついた厚い肉を目立たせた。彼とは対照的に、ディック・ボロウは痩せた禁欲的な顔立ちと、何か狂信的で空想的な目をして歩いていた。

「わたしにわからないのはあんたのほうだよ」とヘイマーは力を入れて言った。

ボロウは微笑した。

「わたしは悲惨と欠乏と飢餓……肉体のあらゆる病気のどまん中に住んでるんだ！　しかし力づよい一つの理想の幻《まぼろし》がわたしを支えていてくれる。あんたがそうした幻を信じないかぎりとても簡単にはわかるまいが、どうもあんたは信じていそうにないね」

ヘイマーは頑固に言った。「信じるもんか。わたしは見たり聞いたり試したりできないものは信じないんだ」

「なるほど。そこがあんたとわたしのちがいだ。じゃ失礼するよ……そろそろ地下にもぐるとしよう！」

二人は明かりのついた地下鉄の駅の入口にきていた。ボロウはそこからうちへ帰るのだ。

それからさきヘイマーは一人で歩いていった。今夜は車をさきに帰して歩いて帰ることにしたのが、彼にはうれしかった。大気は身を切るように冷たく、毛裏のコートにくるまっていると心地よい暖かさが感じられた。

通りを横切る前にちょっと縁石のところで立ちどまった。大型バスがのろのろとやってくる。ヘイマーはしごくのんびりした気分だったので、バスが通りすぎるのを待った。その前を突っ切ろうとすれば急がなくてはならない。が、急ぐというのが彼には気に入らなかった。

と、彼のそばにいたうらぶれたホームレス風の男が、酔っぱらって歩道からころがり落ちた。ヘイマーは叫び声を聞いた——バスはハンドルを切ったがだめだった。そして——こみあげてくる恐怖にさいなまれながら、彼は道路のまん中にぐったりのびたぼろのかたまりを、腑抜けたように見ていた。

野次馬がまるで魔法のようにどこからともなく集まってきて、二人の警官とバスの車掌を取りかこんだ。が、ヘイマーの目は恐怖にとり憑《つ》かれたように、つい今さっきまでは人間だった——自分と同じように人間だったその息絶えたかたまりに釘づけになった。彼は何かにおびえたように身震いした。

「旦那、気にやむこたありませんよ」とそばにいた風采のあがらぬ一人の男が声をかけた。「どうにもならなかったんだ。どっちみちあいつはおしまいだったんだからね」

ヘイマーは相手の顔をじっと見つめた。なんとかすれば助けられたかもしれないという考えは、正直なところはじめから頭に浮かばなかった。そんな考えはばかげているとばかりに払いのけた。そうだ、ひょっとしておれが間抜けだったら今ごろは……彼はそうした考えを急いで払いのけると、野次馬を離れて立ち去った。言うに言われぬしつこい恐怖にとりつかれて体が震えた。

――おれは死をおそれている……ぞっとするほどおそれてるんだ！……それは認めないわけにいかない……金持ちだろうと貧乏人だろうと差別なく、おそろしいほどの早さで、容赦なく、確実におそいかかってくる死を……

彼は足を早めたが、さっきからの恐怖は相変わらずつきまとって、彼を冷たい、凍るような手でつかまえて離さなかった。

彼はわれながら不思議だった――というのは、生まれつき絶対に臆病者でないことは自分でもよくわかっていたからだ。五年前だったらこんな恐怖におそわれることなどなかったろうと思い返した。その頃は人生がそんなに甘いものでなかった……そう、たしかにそうだった――人生に対する愛着が神秘をとく鍵なのだ。彼にとって生きる喜びは今やその頂点に達していた。ただ一つだけ脅威があるだけだ――それは破壊者である死神だった！

彼は明るい往来をうしろにして曲った。左右に高い壁のあるその狭い通りが、すばらしい美術品で有名な彼の邸宅がある広場への近道になっているのだ。

背後の街《まち》の騒音が低くなって次第に遠のくと、軽いコツコツいう自分の足音しか聞こえなくなった。

と、そのうちに前方の薄暗がりからもう一つの音が聞こえてきた。壁にもたれて坐った男がフルートを吹いているのだ。もちろんうぞうむぞうの辻音楽師の一人にきまっている。それにしてもどうしてまたこんな変な場所をえらんだのだろう？　夜のこんな時間には、きっとおまわりが……とたんにヘイマーの考えごとはいきなり中断された。その男に両足がないのに気づいてハッとしたためだった。そばの壁に一組の松葉杖がもたせかけてある。続いてヘイマーは男の吹いているのがフルートではなく、もっと高く澄んだ音色の出る奇妙な楽器だということがわかった。

男は吹きつづけた。ヘイマーが近づいても気にとめない。頭をのけぞらせて、自分の音楽に酔いしれているふうだ。そしてその音色は澄んで楽しげに流れ、いよいよ高まっていく……

奇妙な曲だ——厳密に言って、曲などというものではなく一小節で、歌劇〈リエンツィ〉（ワグナー作）のヴァイオリンが出すゆるやかな回音（一種の装飾音）に似ていなくもない一小節で、音階から音階へ、和音から和音へとくり返されながら、そのたびごとに絶えず高まって、限りない自由へと解放されていくのだった。

それは彼がこれまでに聞いたどんな調べともちがったものだった。それにはなんとも奇妙なもの、霊感を感じさせるもの……精神を昂揚させるものがあった……それには……

彼はそばの壁の出っぱったところに物狂おしいような手つきでつかまった。ただ一つのことしか意識になかった――地面から離れちゃだめだ……どんなことがあっても地面から離れちゃだめだ、ということだった。

ふと音楽がやんでいるのに気づいた。足のない男は松葉杖に手をのばしている。そしてこちらでは彼サイラス・ヘイマーが狂人みたいに扶壁にしがみついている……それも、ちょっと考えただけではばかばかしいような――自分の体が大地を離れてのぼっていく――音楽が自分の体を上のほうへ引っぱりあげていく――というまったく途方もない考えにとりつかれたというだけの理由でなのだ。

彼は笑った。――まったくなんてばかばかしいことを考えたんだろう！　もちろん一瞬間だっておれの足は大地から離れちゃいなかったじゃないか。だがなんて妙ちくりんな錯覚だろう！

歩道にひびくせわしげなコトンコトンという松葉杖の音で、不具の男が立ち去っていくのがわかった。彼はその男の姿が暗闇にすっぽり呑みこまれてしまうまで、うしろ姿をじっと見送った。――なんておかしな奴なんだろう！

彼は前よりもゆっくり歩きだした――が、足の裏に大地が感じられないというあの奇妙な、絶対あり得ない気持ちの記憶を頭からぬぐい去ることはできなかった……

それから彼はふと衝動にかられて振り向くと、さっきの男が歩いていったほうへ急いで歩きだした。そう遠くまで行ってしまったはずはない――すぐ追いつけるだろう。

体を左右にゆすりながらゆっくり歩いていく足のない男の姿が見えると、彼はやにわに叫んだ。

「おーい！　ちょっと待ってくれ」

男は立ちどまると、ヘイマーがそばへくるまでじっと突っ立ったままでいた。彼の頭上に明かりがついていたので、その目鼻立ちの一つ一つまではっきり見えた。ヘイマーはおどろいて思わず息をのんだ。男は彼が生まれてこれまでに見たこともないような、ずばぬけた美貌の持ち主だったのだ。年恰好はちょっと見当がつかない――少年でないことは確かだが、若さがこの男の場合はとくに目立った――いや、はげしい情熱的な若さと力が！

ヘイマーは妙に話が切り出しにくくて困った。

「きみ」とぎこちなく言った。「ちょっと聞きたいんだがね……たったいまきみが吹いてたのはなんて曲だね？」

　男は微笑した……それを見ると、世界じゅうがとつぜん歓《よろこ》びにあふれたような気がした。

「昔の曲ですよ……大昔の曲ですよ……何年も……いや、何世紀も昔のね」

　彼は一語一語おなじように力を入れるようにしながら、奇妙なほど澄んだ声ではっきり言った。イギリス人でないことは明らかだが、国籍についてはさっぱり見当がつかない。

「きみはイギリス人じゃないね？　国はどこ？」

　もういちど楽しそうな微笑が浮かんだ。

「海の向こうです。でもわたしがきたのはもうずっと昔……ずっとずっと昔です」

「ひどい事故に会ったんだね。最近かね？」

「もうしばらく前です」

「両足ともなくすなんて、よっぽど運がわるかったんだねえ」

「これでよかったんですよ」男はひどく落ち着いた口調で言った。そして異様に厳粛な表情を浮かべた目を相手に向けた。「あれはろくでなしだったから」

　ヘイマーは男の手に一シリング落とすと、背を向けて去った。彼は当惑し、なんとなく心が落ち着かなかった。

〝あれはろくでなしだったから〟……か。なんて妙な言葉だろう！　どう見たって何か病気のせいだ……しかし、ずいぶん変な言い方だった。

ヘイマーは考え考え家に帰った。その出来事を頭から払いのけようとしたがだめだった。ベッドに横になって最初の睡魔がおそってきたとき、近くの時計が一時を打つのを聞いた。はっきりと一つだけ打ち、それからシーンと静まりかえった——と、その静寂が聞きおぼえのある音で破られた……とたんに思い出した。心臓の鼓動の早くなるのがわかった。通りにいた例の男が、どこかそう遠くないところで吹き鳴らしているのだ……

それは気持ちのいい調べだった。楽しげな魅力をたたえた回音、あのときと同じに容易に忘れられない一小節……「なんだかうす気味わるいな」とヘイマーは呟いた。「うす気味わるい。あれには羽根が……」

ますます冴え、ますます高まり——一節ごとに高まり、彼をつかまえてのぼっていく。彼は今度はさからわずに身をまかせた。……上へ……上へ……音の波はぐんぐん高く連れていく……ほこらかに、のびのびと、それは流れていく。

高く、より高く……人間の声が届かないところまできてもまだのぼり続ける……最後のゴール……完全な極限の高さまで行きつくのだろうか？

のぼっていく……

何かが引っぱっている——彼を下へ引っぱっている。何か大きくて重く、執拗なものが。それは容赦なく彼を引きもどした。下へ……下へ……

彼は向かい側の窓に目を向けたままベッドに寝ていた。それからはげしく、苦しそうな息をつくと、片手をベッドの外へのばした。そうして動かすことも、おかしいくらい面倒くさい。ベッドのやわらかさがうっとおしかった——いや、光と大気を閉め出している窓の重いカーテンもうっとうしかった。天井が上からのしかかってくるような感じがする。息苦しくて窒息してしまいそうだった。夜具の下でかすかに体を動かした。すると自分の体の重みが、何よりもいちばんうっとうしく感じられた……


「きみの意見を聞かせてもらいたいんだよ、セルドン」

セルドンはテーブルから三センチほど椅子をうしろへ押しやった。彼はこの差し向かいの晩餐の目的はなんだろうと思っていたのだった。冬以来ほとんどヘイマーに会っていなかったが今夜のこの友人はなんとなく様子が変わっていた。

「じつはこうなんだ……なんだか自分で自分が心配でねえ」と百万長者は言った。

セルドンはテーブル越しに相手を見ながら微笑した。

「ぴんぴん張りきってるように見えるがね」

「そのことじゃないんだ」ヘイマーはちょっと口をつぐんだが、それから静かにつけ加えて言った。「わたしは気が狂うんじゃないかと心配なんだよ」

神経科の専門医は急にひどく興味をそそられて、ちらっと目をあげた。そしてかなりのろのろした手つきで自分のグラスにワインをつぐと、やおら落ち着いた声で言ったが、鋭い目をチラッと相手に向けた。「どうしてそう思うんだね？」

「わたしの身にあることが起こったんだよ。どうにも説明できないし、信じられもしないことがね。ほんとのこととは思えないので、気が狂いそうなんだ」

「ゆっくりでいいから、ひとつ話してみてくれないか」とセルドンは言った。

で、ヘイマーは話しだした。「わたしは超自然のものなんか信じない。信じたこともない。ところがこればかりはねえ……ま、はじめから一部始終話したほうがいいだろう。去年の冬の晩、きみのとこでご馳走になったあとではじまったんだ」

それから彼は歩いて帰宅したこと、そのあとで起こった奇妙な出来事を簡単に話した。

「それがそもそものはじまりでね。どうもうまく説明できないんだが……そのときの気持ちはね……しかしすばらしいものだったよ！　それまでに感じたり、夢に見たどんな気持ちともちがうものだった。いや、それがそれ以来ずっと続いてるんだ。毎晩じゃなく、ほんのときどきだけどね。そのとき聞いた音楽、上へ引っぱりあげられていく気持ち、宙をとんでね……そして今度はおそろしく引っぱられて……地上へ引き戻されるんだ。そしてそのあとの苦痛、目がさめるときの実際の肉体的な苦痛がね。ちょうど高い山から降りてきたときみたいな気持ちなんだ……あの耳の痛みはきみも知ってるだろう？　そう、あれに似てるが、もっとひどくて……しかもそれと同時におそろしい重圧感があるんだ……閉じこめられ、息苦しくて……」

　そこで彼は口をつぐんで間《ま》をおいた。

「うちの召使たちはもうわたしを狂人だと思ってる。わたしは屋根や壁が我慢ならなくてね……家の屋根の上に露天の場所をつくって、家具や絨毯や、息苦しくするものはいっさい置かないようにした……が、そうしてもまわりの家がやっぱりどうもいけない。何もないところ……どこか息のつけるところでなくちゃだめなんだ……」そう言うとセルドンを見やった。「ね、どう思う？　説明がつくかね？」

「ふーん」とセルドンが言った。「いろいろ説明のしようはあるがね。催眠術をかけられたとか、自己催眠だとか……神経がおかしくなったとか。あるいは夢を見ただけかもしれないとかね」

ヘイマーは首を振った。「そういう説明はどれもこれもだめだな」

セルドンはゆっくりと言った。「いや、ほかにもあるが、これは一般には認められないんでね」

「そう言うきみは認められるっていうのかね？」

「だいたいのところは認めるよ！　われわれに理解できないことで、普通のやり方で説明しようたってとてもできないことがうんとあるからね。理解しなければならないことが、まだいくらでもある。だからぼく自身は虚心坦懐であるに越したことはないと思ってるんだ」

「で、どうしたらいいと思う？」とヘイマーはちょっと黙っていたが言った。

セルドンはいかにもてきぱきした態度で体を乗りだした。

「いくつかあるがね。まずロンドンを離れて、きみの言う〝ひろびろとしたところ〟を探すんだな。そしたら夢が消えるかもしれない」

「そりゃだめだよ」とヘイマーはあわてて言った。「もうその夢がなくちゃだめだって状態になってるんだから。あの夢を棄てたくないんだよ」

「ああ！　思ったとおりだ。それがだめってなら、その男を見つけ出すんだな……その足のない男を。きみはもうその男が超自然的な性質を何もかも持ってると思いこんでるからね。彼と話をするんだ。そして呪縛をふりほどくんだ」

ヘイマーはまた首を振る。

「なぜだめなんだ？」

「こわいんだよ」とヘイマーはぽつんと言った。

セルドンはいらいらした身振りをした。「そう何もかも頭から信じこんじゃだめじゃないか！　ところで今度の問題のきっかけになったその曲だがね……いったいどんなふうな曲なんだ？」

ヘイマーが口ずさんでみせると、セルドンは当惑のしかめっ面《つら》をして聞いた。

「〈リエンツィ〉の序曲にちょっとばかり似たところがあるようだな。何かこう引っぱりあげていくような……羽根があって。だけどぼくは地面から足が離れはしないぜ！　どうだね、そうして宙をとぶってのは……いつもそっくり同じなのかい？」

ヘイマーは意気ごんで体を乗りだした。「いやいや。だんだんひろがってくんだよ。一回ごとに前よりもいくらか高いところへ上っていくんだ。説明しにくいけど。いいかね、いつもある点に到達したことはわかるんだ……音楽がそこへ連れていったんだ……直接にではなく、連続する音の波でだ……その波の一つ一つが前よりももっと高いところに届いて、しまいにもうこれ以上はないって頂点に到達する。そしてわたしは引っぱり降ろされるまでそこにそのまま いるんだ。一つの場所というよりも、一つの状態なんだよ。そう、それもはじめっからではないが、しばらくするとわたしはまわり一面にいろんなほかのものがあって、わたしがそれらに気づくのを待ってるってことがわかりだした。仔猫を考えてみたまえ。目はある……が、はじめっから見えるわけじゃないだろう。盲目同然で、見るすべをおぼえなくちゃな。そう、わたしの場合もそうだったんだ。この実際の目と耳はなんの役にも立たないが、それに相当する何か未発達なものが……肉体的なものじゃ全然ない何かがあった。ところがそれがだんだん発達して……光を感じた……それから音を……次には色を感じた……どれもこれもみんなごくぼんやりとして形は成してない。見たり聞いたりするというよりも、物の認識というやつだ。最初は光だった……だんだん強く、だんだんはっきりしてくる光だった……次は砂だ、いちめんにひろがった砂漠だ……それからあちこちに運河みたいな細長いまっすぐな水路が……

……」

セルドンはハッと息をのんだ。「運河だって！ そいつはおもしろい。続けてくれ」

「しかしそんなことはどうでもいい……もう物のかずじゃないんだ。ほんとのものはまだ見えないが……耳で聞いたものなんだから……それは羽根がどっと押し寄せてくるような音だった……わけはどうも説明できないが、豪勢なものだった！ この世にあんなものはありゃしない。それからありがたいものがもう一つあった……それらをわたしは見たんだよ……羽根をさ！　なあ、セルドン、羽根をだぜ！」

「だけど羽根ってなんなんだ？　人間なのか？……天使か？……鳥なのか？」

「それはわからん。見えなかったんだから……そこまではね。見たのは色なんだよ！　羽根の色さ……この世にあんなのはない……すばらしい色だった」

「羽根の色だって？」とセルドンはおうむ返しに言った。「どんな色だね？」

ヘイマーはじれったそうに手を振った。「言えるわけないじゃないか？　盲人に青い色を説明するようなもんさ！　きみなんか見たこともない色だよ……その羽根の色はね！」

「それで？」

「それで？　それだけさ。わたしがいったのはそこまでなんだから。しかし一回一回もどってくるのがだんだん具合がわるくなった……ますます苦痛になってきた。なぜかわからない。自分の体が絶対にベッドを離れなかったという自信はある。わたしが行きつくこの場所では、肉体の持ち合わせがなかったという確信もある。じゃなぜあんなにひどい苦痛を与えるんだろう？」

セルドンは黙って首を振る。

「なんだかおそろしいんだ……帰ってくるのが。引っぱられる……すると苦痛だ。手足が痛み、神経という神経が痛む。そして耳はまるで鼓膜が破れてしまいそうになる。それから何もかもがものすごくのしかかってくる……それらすべての重み……ぞっとするような閉鎖感。明かりが、空気が、空間が欲しくなる……何よりも息をつくひろびろとした空間がね！　そして自由が！」

「で、これまできみにとってあんなにだいじだったほかのものはみんなどうなんだ？」とセルドンが訊いた。

「そこがいちばんまずいんだよ。今だって前より以上じゃないが、同じくらい好きなんだ。安楽とか、贅沢とか、快楽とか、そういったものは、羽根と反対の方へわたしを引っぱるような気がしてね。その二つのあいだには永久に争いが続くんだろう……どういう結末になるか、わたしにはわからない」

　セルドンは黙って坐っていた。それまで耳を傾けて聞いた不思議な話は、実際かなり幻想的だった。

　――みんな妄想……とてつもない幻覚だろうか？……それとも万が一つにも事実だということがありうるだろうか？　だがもしそうだとしても、人もあろうになぜヘイマーなんかが……？　唯物主義者で、肉体を愛し、精神を否定する男なんかが、まさかほかの世界を垣間《かいま》見るなんてないにきまってる……

テーブル越しにヘイマーは心配そうに見ている。

セルドンはゆっくりと言った。「待つしかないいんじゃないかな。どんなことが起こるか待ってみるんだ」

「だめだよ！　だめにきまっている！　そんなこと言うところをみると、きみにはわかっちゃいないんだ。わたしを二つに引き裂こうとしてるんだぜ……このおそろしい争いは……食うか食われるかの長い長い争いは、この……この……」と彼は口ごもった。

「肉と霊とのかね？」とセルドンが言った。

ヘイマーは穴のあくほどジッと前を睨んでいた。「そう言ってもいいかもしれんな。とにかくもう堪えられないんだ……そのくせ自由になれない……」

もう一度バーナード・セルドンは首を振った。彼もなんとも説明のしようがないものの虜《とりこ》になってしまったのだ。もういちど彼は考えを言った。

「ぼくがきみだったら、その足のない男をつかまえるな」

だが帰宅するみちみち彼は胸の中で呟いた。〝運河……とはなあ〟

翌朝サイラス・ヘイマーはあらたな決意を見せた足どりで家を出た。セルドンの忠告を受けいれて、足のない男を見つけようと腹をきめたのだ。が、心の中では、探してもむだだろう……あの男はまるで大地にのみこまれたように、あとかたもなく消えてしまっているにちがいないと思っていた。

通りの両側の黒い建物が日光をさえぎっているので、そこはうす暗く神秘的な感じだったが、そこを半分ほど行くと壁が一カ所だけこわれていて、そこから金色の光線が一すじさしこみ、地面に坐った人影を明るく照らし出していた。人影——そう、例の男だった！

管楽器を松葉杖のそばの壁にもたせかけて、男は色チョークで敷石に絵を描いているところだった。二つはすでに完成していた。それはすばらしく美しい繊細な森の風景で、木々は揺れ、小川はせせらぎの音を立てて、まさに本物のように見える。

そこでヘイマーはまた迷った。

——この男はただの辻音楽師だろうか？……舗道の画家にすぎないのだろうか？　それとも何かもっと……？……

とつぜんこの百万長者の自制心がくずれて、彼は乱暴な口調で怒ったように叫んだ。

「きみは誰なんだ？　後生だから言ってくれ、きみはいったい誰なんだ？」

男は彼と目が会うと微笑した。

「なぜ答えないんだ？　言え、さあ、言うんだ！」

するとそのとき彼はその男が何も描いてない敷石に、信じられないほどの早さで絵を描いているのに気づいた。ヘイマーはその手の動きを目で追った……大胆な筆さばきが五、六度はしると、巨大な木立が描き出された。続いて岩に腰かけて……男が一人……笛を吹いている。不思議なほど美しい顔立ちの……しかも山羊の足をした男だ……

足のない男の手はすばやく動いていく。絵の中の男はまだ岩に腰かけているが、山羊の足はもうない。もういちど男は彼の目をとらえた。

「あれはろくでなしだったから」と彼は言った。

ヘイマーは憑《つ》かれたように目を見張った。目の前の男の顔が絵の中の顔だったのだ――しかも異様なほど、そして信じられないほど美しかった……熱烈で繊細な生の歓び以外のすべてから浄化されたものだった。

ヘイマーは背を向けると、逃げるようにして通りから明るい日ざしの中へ出ていったが、胸の中では絶えず呟きをくり返していた――〝そんなばかな。とんでもない……おれは気が狂っちゃったんだ……夢を見てるんだ！〟だがその顔は彼の頭にこびりついて離れなかった――牧羊神《パン》の顔が……

彼は公園に入って椅子に腰をおろした。人けのすくない時間だった。五、六人の子守女が子供と一緒に木蔭に坐り、ひろびろとした芝生のあちこちには、海に浮かんだ島のように男たちがだらしなく寝そべっている……

〝情けないホームレス〟という言葉は、ヘイマーにとっては悲惨をかためたようなものだった。が、とつぜんそれが今日はうらやましかった。

あらゆる創造されたものの中で、自由なのは彼らだけだという気がした。下にある大地、頭上の空、うろつきまわれる世界……彼らは閉じこめられてもいなければ、鎖でしばられてもいない。

ふと稲妻《いなずま》のように、あれほど容赦なく自分を縛りつけていたものは、ほかの何物にもまして崇拝し誇りにしていたもの……富だったのだということが頭に閃いた。彼は富こそこの地上で最強のものだと思っていたが、今こうして富という黄金の力に包みこまれてみて、はじめて自分の言葉が正しいことに気づいたのだった。彼をがんじがらめに縛っていたのは、彼の持っている金《かね》だったのだ……

――しかしはたしてそうだろうか？　ほんとにそうなんだろうか？　おれにわからないもっと根深く、もっと真相に近いものがあるのだろうか？　金だろうか？……それともこの金に対するおれの執着心なんだろうか？……

彼は自分でつくった足かせに縛られてしまったのだ――富そのものではなく、富を愛する気持ちが鎖だったのだ。

彼は自分を引き裂こうとしている二つの力を今はっきりと知った――彼を閉じこめ、取りまく物質主義のぬくぬくとした、いろいろな要素を含む力と、それとは逆の、はっきりした厳然たる呼び声だ――この呼び声は彼が心の中で、〝翼の呼び声〟と名づけているものだった。

だが一方が戦い、むしゃぶりついているのに、もう一方は戦いをあざ笑って、体をまげて取っ組み合おうともしない。ただ呼ぶだけだ――絶えず呼びかける……言葉で言っているのと同じくらい彼にははっきり聞きとれた。

「お前はわたしと妥協することはできないぞ」とその声は言っているようだった。「というのは、わたしはほかのすべてのものを超越しているからだ。もしお前がわたしの呼ぶ声にこたえようとするなら、ほかのすべてを棄て、お前を抑えつけている力を切り棄てなければだめだ。わたしが連れていくところへは自由なものしかついていてこれないからだ……」

「わたしにはできない」とヘイマーは叫んだ。「わたしにはできない……」

腰かけたまま独《ひと》り言《ごと》を呟いている大男を五、六人の者が振りかえって見た。

こうして彼は犠牲をもとめられた――彼にとってかけがえのない貴重なものを……彼

自身の分身ともいうべきものの犠牲を。

自分の分身……彼は足のない男のことを思い出した……

「いったいどういう風の吹きまわしでやってきたんだね？」とボロウは訊いた。

実際イースト・エンドの教会などヘイマーにとってはなじみの薄い場所だった。

「これまでにわたしはずいぶん説教を聞いたがね」と百万長者は言った。「どれもこれもあんたたちにもし基金があったら、どんなことができるかって話ばかりだった。で、わたしはただこれを言いにきただけなんだよ……あんたに基金を提供しようってことをね」

「そりゃとってもありがたいな」とボロウはちょっとおどろいて言った。「大口の寄付なのかね、え？」

ヘイマーはそっけない微笑を浮かべた。「まあそうだろうな。わたしの財産を一ペニー残さずだから」

「なんだって？」

ヘイマーはてきぱきした事務的な態度で一部始終を率直に話した。ボロウの頭は混乱していた。

「あんたは……あんたは全財産を投げ出して、それをイースト・エンドの貧民救済のために寄付し……このわたしを受託者にするっていうのか？」

「そうだよ」

「しかしなぜ……なぜなんだ？」

「それがわたしには説明できないんだよ」とヘイマーはゆっくり言った。「去年の二月だったが、理想の幻《まぼろし》のことを二人で話したの、おぼえてるかね？　そう、一つの幻《まぼろし》がわたしを取っつかまえたんだよ」

「それはすばらしいじゃないか！」とボロウは目を輝かせながら身を乗りだした。

「べつにすばらしいなんてことはないさ」とヘイマーは渋い顔をして言った。「イースト・エンドの貧乏のことなんか、わたしにはどうってことないんだ。彼らに欠けてるのは気概だけさ！　このわたしだってけっこう貧乏だった……が、そこからわたしは抜け出したんだ。が、その金を今は手離さなくちゃならなくなった……でもあんなばかばかしい慈善団体にはやりたくないしね。あんたなら信用できる。肉体に餌をやるか、魂にやるかとなったら……肉体にやるほうがましだ。わたしはひもじい思いをしたからな……しかしあんたは自分のしたいようにしていいんだよ」

「こんな話は前代未聞だよ」とボロウは口ごもりながら言った。

「これで話はすっかりついたわけだ」とヘイマーは続けた。「弁護士たちはやっと手続きをすませた……わたしの署名もすんでる。ここ二週間ってものは、ほんとに忙しかった。財産を整理するってのは、つくるのと同じくらいむずかしいもんだな」

「ところであんたは……あんたも多少はとっておいたんだろうね」

「一ペニーもとってないさ」とヘイマーは愉快そうに言った。「すくなくとも……それじゃ真からほんととは言えないからな。このポケットに二ペンスだけ入ってるから」そして笑った。

彼は途方にくれている友だちに別れを告げると、教会を出て狭いいやな匂いのする通りへ入っていった。たった今あんなに朗らかな口調で言った言葉が、うずくような喪失感とともに頭によみがえってきた。〝文《もん》なしか！〟あの莫大な財産のうち、彼は何一つ残してなかったのだ。そうなったいま彼はこわかった……貧乏と飢えと寒さがこわかった。彼にとって犠牲はさっぱり楽しいものではなかった。

だがそうした気持ちとはうらはらに、いろいろなものの重圧感と脅威がなくなっているのに気づいていた――もう圧迫されることもなければ、縛りつけられることもない。鎖のいたぶりで彼は血の気がなくなり苦悩させられてきたが、今は自由の幻が彼を力づけていた。物質的な欲求があの〝呼び声〟のひびきを弱めることはあるかもしれないが、殺してしまうことはできない——それが死滅することのない不滅のものだということを彼は知っていたからだ。

　大気には秋の気配が見え、風は肌寒く吹いた。彼は寒くて身震いした——それに飢《ひも》じくもあった……昼食をとるのを忘れていたのだ。それが彼にごく近い将来のことを思い出させた。何もかも……安楽、気楽、ぬくぬくとした暖かさ……を棄ててしまうなど、とても信じられなかった。彼の肉体は力なく叫んだ……するとまたもやよろこばしい自由な昂揚感が湧いてきた。

　ヘイマーは躊躇した。地下鉄の駅の近くだった。ポケットに二ペンスある。その金で二週間前にのらくらの怠け者たちを見た公園へ行ってみようという気になった。そんな気まぐれな考え以上に、未来に対する計画などなかった。今の彼は正直なところ自分が狂人だと信じていた——正気の人間なら彼みたいな真似はしないからだ。しかしそれにしても、狂人というものはすばらしく、またおどろくべきものだった。

　そう、彼はいまひろびろとした公園の中へ行こうとしていた。しかも地下鉄でそこまで行くことが、彼にとって特別な意味があった。というのは、地下鉄は埋められ、閉じこめられた生活のあらゆる恐怖を見せていたからだ……その閉じこめられた状態から解放されて、迫り寄ってくる家並みの脅威をかくしてくれるひろびろとした芝生と木立ちへあがっていくのだ。

エレベーターは彼をすばやく、そして有無を言わせず下へ下へと運んでいった。空気は重苦しく生気がない。彼は人々の群から離れて、プラットフォームのいちばんはしのところに立った。左手にトンネルが口をあけていて、間もなくそこから蛇のような電車が姿をあらわすはずだ。彼はそのあたり全体になんとも言えぬ不吉なものを感じた。近くには背をまるめた若者が一人、酔い呆けているらしく、だらしなくベンチに坐りこんでいるだけで、ほかには誰もいなかった。

遠くからかすかだがおびやかすような電車の轟音が聞こえてきた。若者はベンチから立ちあがって、千鳥足でヘイマーのそばへくると、そのままプラットフォームのはしに立ってトンネルをのぞきこんだ。

と……ほとんど信じられないあっという間《ま》のことだったが……男は体の平衡を失ってころがり落ちてしまった……

無数の考えが一度にどっとヘイマーの頭に押し寄せた。バスに轢《ひ》かれてまるくちぢこまったかたまりが目に浮かんだし、「旦那、気にやむことありませんよ。どうにもならなかったんだ」というしわがれ声も聞こえた。そしてそれと同時に、今この若者の命が救えるとしたら、彼自身の手で救うしかないこともわかった。近くには誰もいないし、電車は間近に迫っている……それは稲妻のような早さで彼の心をよぎった。彼は妙に落ち着いた、はっきりした思案をした。

ほんの短い一秒の間《ま》に彼は決心した。が、その瞬間にも死の恐怖が薄らいでいないことを知った。ぞっとするほどおそろしかった。そしてそれから——それも空《むな》しい希望じゃなかろうか？　二つの生命をむだに棄てることになるのじゃなかろうか？……という気がした。

プラットフォームの反対側のはしにいたぎょっとした目撃者たちの目には、若者の転落と、それを追う男の跳躍との間には、時間のあきは全然なかったように見えた——そしてトンネルのカーヴを曲って突進してくる電車が、うまく間《ま》に合うように停車することとは無理だった。

ヘイマーは若者をすばやく抱きあげた。自然の勇敢な衝動にかられなどしたのではない——彼の震えおののく体は犠牲をもとめる別世界の精霊の命令に従ったまでのことなのだ。最後の力をふりしぼって彼は若者をプラットフォームの上へ放りあげたが、自分は倒れて……

するととつぜん恐怖は消えた。物質の世界はもう彼を引っぱりおろさなかった。束縛から解放されたのだ。一瞬、彼は牧羊神《パン》の歓喜にみちた笛の音《ね》が聞こえるような気がした。そして——だんだん近く、だんだん高く——ほかのすべての音をのみこんで——無数の羽根がよろこばしげに押し寄せてきた……彼を包みこみ、取りかこみながら……

最後の降霊会

The Last Séance

ラウール・ドーブルイユは短い曲を鼻歌でうたいながら、セーヌ川を渡った。三十二歳くらいの若いハンサムなフランス人で、血色のいい顔に黒い口ひげを生やしている。職業は技師だ。しばらくするとカルドネ通りに着いて、十七番地の玄関を入った。女管理人が部屋から顔を出して、しぶしぶ、「おはよう」と挨拶すると、彼は陽気に挨拶をかえした。それから階段をのぼって、三階の部屋へ行く。ベルを押すと、立ったまま応答のあるのを待ちながら、例の短い曲をまた鼻歌でうたう。この朝のラウール・ドーブルイユはとくに機嫌がよかった。ドアは年輩のフランス女があけたが、訪問者が誰かわかると、その皺だらけの顔が微笑にほころびた。

「おはようございます、ムッシュー」

「おはよう、エリーズ」とラウールが言った。

彼は手袋をはずしながら玄関へ入った。

「マダムはぼくのくるのわかってるんだろうね？」と肩越しに訊く。

「ええ……ええ、おわかりですとも、ムッシュー」

エリーズは玄関のドアを閉めて、彼のほうへ向いた。

「そこの小さな客間へお通りください……マダムは五、六分でいらっしゃいますから。ただ今はおやすみになっていらっしゃいますので」

ラウールはさっと目をあげた。

「お具合がわるいんじゃないんだろうね？」

「お具合がですって！」

エリーズは鼻を鳴らした。ラウールの前を通って、彼のために小さな客間のドアをあけてやる。彼が入ると彼女もついてきた。

「お具合がですって！」と彼女は続ける。「いいわけがないでしょう……おかわいそうに。降霊術、降霊術、いつもいつも降霊術ばかり！いいわけがありませんよ……自然じゃないし、神さまのおぼしめしにかないませんからね。わたしに言わせりゃ、ざっくばらんなところ、あれは悪魔との取引きですよ」

ラウールは安心させるように彼女の肩を軽く叩いた。

「まあまあ、エリーズ、そう興奮しないで……それになんでも自分のわからないことを、そうあっさり悪魔に結びつけちゃいけないな」

となだめるように言う。

エリーズは疑わしそうに頭を振った。

「ま、いいでしょう……ムッシューが何をおっしゃろうと勝手ですがね、わたしゃいやですよ、あんなの。マダムを見てごらんなさい……一日一日だんだん顔色がわるくなるし、痩せて……それに頭痛もなんですからね！」と彼女は小声でぶつぶつ言った。

そして両手を差しあげた。

「ああ、だめだめ、よくありませんよ……こんな霊魂を扱うことはね。霊魂なんてねえ！　いい霊魂はみんな天国にいるんだし、そうでないのは地獄にいるんですよ」

「あんたの死後の生活に対する考え方は、気持ちがいいほど単純だなあ、エリーズ」とラウールは椅子にどっかり腰をおろしながら言った。

老婆は開き直った。

「わたしゃ善良なカトリック信者ですからね、ムッシュー」

彼女は胸に十字を切るとドアのほうへ歩いていったが、把手《とって》に手をかけたまま、ちょっと足をとめた。

そして頼むような口調で言った。「ムッシュー、いずれは結婚なさるんでしょうが、そしたらもうなさらないように……あんなことはみんなね？」

ラウールはやさしい微笑を向けた。

「あんたは誠実ないい人だね、エリーズ……それに主人思いだ。こわがることはないよ……彼女がぼくの妻になったらさいご、あんたの言うように、ああいう〝霊魂を扱うこと〟はやめにする。ドーブルイユ夫人になったら、もう降霊会なんかしなくなるよ」

エリーズの顔は微笑にほころびた。

「おっしゃるとおりでございましょうね？」と彼女は念を押した。

相手はまじめな顔でうなずいた。

「そうだよ」と彼は彼女にというよりは、自分に言いきかせるように言った。「そうとも、あんなことはみんなやめにしなくちゃ。シモーヌはすばらしい才能があるし、それを思いきり活用したが、もう彼女の役目は終わったんだ。エリーズ、あんたが言うとおり、彼女は一日一日顔色がわるくなるし、痩せている。霊媒の生活はおそろしく神経が緊張して、つらいし、骨の折れるものだ。それにしても、エリーズ、あんたの主人はパリじゅうで……それどころか、フランス第一のすばらしい霊媒だよ。世界じゅうからみんなが彼女のところへやってくるのも、彼女にかぎってごまかしやいんちきが全然ないことを知ってるからだ」

　エリーズは軽蔑したように鼻を鳴らした。

「いんちきだなんて！　まあ、とんでもない……うちのマダムはごまかそうにも、生まれたての赤ちゃんだってごまかせやしません」

「まさに天使だね」と若いフランス人は熱を入れて言った。「だからぼくは……ぼくは彼女をしあわせにするためなら、男としてできることはなんでもするつもりだ。あんたもその点は信用してくれるだろうね？」

　エリーズは開き直ると、どことなく素朴な威厳を見せて言った。

「わたしはもう何年も何年もマダムにお仕えしてきたんですからね、ムッシュー。はばかりながらわたしは彼女を愛してると言ってもよろしいでしょう。あなたが彼女に相応しただけ愛していらっしゃると信じられなかったら……いいですか《エ・ビアン》、ムッシュー！　わたしはよろこんであなたを八つ裂きにしちまいますよ」

　ラウールは笑った。

「すごいぞ《ブラボー》、エリーズ！　あんたは忠実な友だちだからね……このぼくがマダムに降霊術をやめさせると言った以上、ぼくを認めてくれなくちゃ困る」

彼はこの冗談めかした言葉を老婆が笑って受けてくれるものと思ったが、すこしばかりおどろいたことに、彼女は生《き》まじめな表情をくずさなかった。

「でもムッシュー、もし霊魂のほうで彼女と手を切ってくれなかったらどうなります？」と彼女はためらいながら言った。

ラウールはびっくりして彼女を見た。

「え！　何を言うんだ？」

エリーズはくり返した。「もし霊魂のほうで彼女と手を切ってくれなかったらどうなるかって申しあげたんですよ」

「あんたは霊魂なんか信じちゃいないと思ってたんだがね、エリーズ？」

「これからだって信じやしませんよ」と彼女は強情らしく言った。「そんなの信じるなんてばかげてますからね。それにしても……」

「なんだね？」

「わたしにはとても説明しにくいんですけどね、ムッシュー。あのう……ね、わたしはこれまでいつも思ってたんですよ、ああいう霊媒は……みんな自分でそう言ってますが……あの人たちは愛する人を亡くした気の毒な魂につけこむ小賢《こざか》しいぺてん師だって。だけどマダムはそんなことありません。マダムはいい人ですものね。正直で……」

彼女は声をひそめると、はばかるような調子で言った。

「いろんなことが起こるんですよ。ごまかしじゃなく、いろんなことが起こるんです。……だからわたしはこわいんです。だってまちがいありませんからね、ムッシュー、あれが正しくないことは。自然と神さまにそむくことで、誰かがその罰を受けなければなりません」

ラウールは椅子から立ちあがると、彼女のそばへ行って軽く肩を叩いた。

「落ち着きなさい、エリーズ」と彼は微笑しながら言った。「ね、いい知らせがあるんだ。降霊会も今日が最後でね、もうあすからは全然なくなるんだよ」

「じゃ今日はあるんですね？」と老婆は疑いぶかそうに訊いた。

「最後のさ、エリーズ、最後のやつなんだよ」

エリーズは不服そうに首を振った。

「マダムはとてももう……」と彼女は言いかけた。

が、その言葉は中断された――ドアが開いて、背の高い金髪の女が入ってきたからだ。ほっそりと優雅で、ボッティチェリの描いた聖母マリアのような顔をしている。ラウールの顔はパッと明るくなり、エリーズは気をきかして、さっさと引きさがっていった。

「シモーヌ！」

彼は彼女の長くて白い手を一度に握って、かわるがわるキスした。彼女はそっと彼の名を呟くように言った。

「ラウール、いとしい人」

彼はもういちどその手にキスをしてから、じっと彼女の顔を見た。

「シモーヌ！　なんて青い顔をしてるんだ！　きみはやすんでるってエリーズが言ってたけど、まさか病気じゃないんだろうね？」

「ええ、病気じゃないんですけど……」と彼女は口ごもった。

彼は彼女をソファへ連れていって、そのそばに腰をおろした。

「さあ話してごらん」

彼女はかすかにほほえんだ。

「きっとわたしをばかだとお思いになるわ」と呟くように言った。

「ぼくが？　きみをばかだと思うって？　そんなことあるもんか」

シモーヌは握られていた手を引っこめた。すこしのあいだ身じろぎもせずにじっと足もとの絨毯を見つめた。それから低い早口で言った。

「わたし、こわいの、ラウール」

彼は彼女がそのさきを言うものと思って一、二分待ったが、その気配がないので力づけるように言った。

「で、何がこわいの？」

「ただこわいのよ……それだけ」

「しかし……」

彼は当惑して彼女を見たが、彼女はすぐその表情に気づいて答えた。

「ええ、ばかげてるでしょう？……でもたしかにそうなんです。こわい、ただそれだけ。何がこわいのかってことも、なぜかってこともわからないんですけどね……何かおそろしいことが……おそろしいことが、わたしの身に起こるって気がしょっちゅう頭にこびりついて離れないの」

彼女はじっと前を見つめた。ラウールはやさしく抱いてやった。

「ねえ、きみ」と彼は言った。「さあ、へたばっちゃだめだよ。ぼくにはわかってる……緊張さ、シモーヌ、霊媒の生活からくる緊張だよ。きみに必要なのは休息だけだ……休んで安静にしていることさ」

彼女はうれしそうに彼を見た。

「ええ、ラウール、おっしゃるとおりね。わたしに必要なのはそれ……休息と安静だわ」

彼女は目を閉じて、ちょっと彼の腕にもたれかかった。

「それからしあわせもだ」と彼は彼女の耳にささやいた。

彼の腕が彼女をさらにしっかりと抱きよせた。シモーヌは目を閉じたまま、深い息をついた。

「そうね」と彼女は呟いた。「そうね。こうしてあなたに抱かれていると安心なの。霊媒の生活を……おそろしい生活を忘れてね。あなたはいろいろ知ってるわ、ラウール……でもそのあなたでもわたしの言った意味がすっかりわかるってわけにはいかないのよ」

彼は抱いている腕の中で彼女の体のこわばるのがわかった。彼女は目をあけると、じっと前を見つめた。

「まっ暗な小部屋に坐って待っていると、闇がこわいの、ラウール……だってそれはがらんとした何もない暗闇なんですもの。それをわざわざ自分からその中に呑みこまれるんですからね。そうなったら、あとはなんにもわからないし、なんにも感じないけど、しまいにゆっくりと、苦しい回復がきて、眠りからさめるんだけど、それがとっても疲れてね……おそろしく疲れてしまうの」

「わかる……わかるよ」とラウールは呟いた。

「とっても疲れちゃって……」とシモーヌはもういちど呟くように言った。

そうくり返して言っているうちに、彼女の全身から力が抜けていくようだった。

「だけどきみはすばらしいよ、シモーヌ」

彼は彼女の手をとると、自分ののぼせの熱をわけて元気づけてやろうとした。

「きみにかなうものはいない……前代未聞の最高霊媒ってやつだよ」

彼女はそれを聞くと、ちょっと微笑を浮かべながら首を振った。

「そうさ、そうとも」とラウールは力をこめて言った。

そしてポケットから手紙を二通引っぱり出した。

「見てごらん、サルペトリエールのロシュ教授からのと、これはナンシーのジェニール博士からのだが、どっちもこれからあともときどき自分たちのために霊媒になってくれるようにって頼んできてるんだぜ」

「ああ、やめて！」

シモーヌはいきなり立ちあがった。

「だめよ……だめ。もうすっかりおしまいにしなくちゃ……何もかもすんじゃったんだから。あなた約束してくれたじゃありませんか、ラウール」

まるで追いつめられたけものみたいに、浮き足立ちながらも踏みとどまって向き合っている彼女を、ラウールはおどろいてまじまじと見つめた。彼は立ちあがって彼女の手をとった。

「そうだ、そうだ。たしかに終わった……それはわかってるよ。だけどぼくはあんまりきみが自慢だったもんだから、ついこの手紙のことを言っちゃったんだよ、シモーヌ」

彼女は疑わしそうに横目でチラッと彼を見た。

「もうわたしに二度と降霊術はさせないんでしょうね？」

「うん……うん。きみが自分からほんのたまさか古くからの友人たちのためにやってやろうという気になったら別だけど……」

しかし彼女はそれをさえぎって、興奮して言いだした。

「だめだめ、もう二度とごめんよ。あぶないんですもの。勘でわかるの……おそろしい危険が」

彼女はすこしのあいだ、握り合わせた手を額にあてていたが、それから窓へ歩いていった。

「もう二度とさせないって約束してちょうだい」と彼女は肩ごしにいくらか落ち着いた声で言った。

ラウールは彼女のそばへ行って、その肩を抱いた。それからやさしい口調で言った。

「ね、シモーヌ、今日かぎり絶対にさせないって約束するよ」

彼は彼女がはっとしたのがわかった。

「今日？……ああ、そうだった……わたし、エクス夫人のことをすっかり忘れてたわ」

と彼女は呟くように言った。

ラウールは時計を見た。

「もうそろそろくる頃だ……でも、シモーヌ、きみの具合がよくないのなら……」

シモーヌはろくろく聞いていない様子だった――自分の考えごとに耽っていたのだ。

「あの女《ひと》ね……変わった人なのよ、ラウール、とっても妙な。わかるかしら？……わたし……わたし、なんだかあの人がとってもこわくて」

「シモーヌ！」

彼の声に非難がましい調子があったが、彼女はすぐそれを感じとった。

「ええ、ええ、わかってますわ……あなたもほかのフランスの男のかたと同じね、ラウール。あなたの目から見ると、母親は神聖なもので、子供を亡くしてあんなに悲しんでいるのに、わたしが彼女をそんなふうに思うなんて不人情でしょうね。でも……説明はできないけど、彼女はとっても大きくて、喪服でしょう？……それに手ときたら……あなた、彼女の手に気がついたことあって、ラウール？　とっても大きくて頑丈な手よ…

…まるで男の手みたいに頑丈なの。ああ！」

彼女はちょっと身震いして目を閉じた。ラウールは手を引っこめて、冷たいと言ってもいいような口調で言った。

「まったくきみがわからないよ、シモーヌ。きみは女だからね、ほかの女に対して……一人っ子を亡くした母親に対しては、当然心から同情してしかるべきところだがなあ」

シモーヌはじりじりしたような身振りをした。

「まあ！　わからないのはあなたのほうよ、ラウール！　どうにもならないことなのよ。わたし、はじめて彼女に会ったとたんに……」

彼女はいきなり両手をひろげた。

「ゾッとしたのよ！　おぼえてるでしょう？……彼女のために坐るのを承知するまで、わたしなかなか決心がつかなかったわ。なんだか彼女のために不幸になるような気がして仕方がなかったの」

ラウールは肩をすくめた。そしてそっけない口調で言った。

「ところがどっこい、実際はそのまる反対だったじゃないか。どの会もみんな大成功だった。あの小さなアメリの霊はたちまちきみに乗り移ることができたし、姿を現わした霊魂はほんとにとてもはっきりしていた。この前のときなんか、まったくロシュ教授に出席してもらえばよかったくらいだよ」

「姿を現わした霊魂ねえ」とシモーヌは低い声で言った。「話してちょうだいな、ラウール……だってあなたも知ってるように、わたしは失神状態にあるあいだは、どんなことがあったかぜんぜんわからないんですから……それ、ほんとにそれほどすばらしかったの？」

彼は熱心にうなずいてみせる。

「はじめの一、二度は、子供の姿もぼんやりした靄みたいにしか見えなかったんだけどね、この前の降霊会のときは……」と彼は説明した。

「で？」

彼はごく静かに話した。

「シモーヌ、そこに立った子供は、肉体も血もあるほんとに生きた子供だったよ。ぼくは触ってもみたんだからね……だけど触るときみにはほんとに苦痛らしかったので、エクス夫人には触らせなかった。彼女の自制心が失われて、きみの身に何か害があっちゃいけないって心配があったんでね」

シモーヌはもういちど窓の方へ目をそらした。そして呟いた。

「目がさめるとおそろしく疲れるんです。ラウール、あなた自信があって？……あんなことをして正しいって、ほんとに自信があって？　うちのエリーズ婆やがどう思ってるか……わたしが悪魔と取引きしてると思ってるの、あなたも知ってるでしょう？」

　彼女はどこかあいまいに笑った。

　ラウールは生まじめな顔で言った。

「ぼくがどう信じてるか、きみだって知ってるじゃないか。未知のものを取り扱うときは、危険はつきものだが、きみの場合は目的が高大なものだ……科学のためなんだから。世界じゅうに科学のための殉教者がいるんだよ……ほかの者が無事に自分たちの足跡についてこれるように代価を払った先駆者たちがね。この十年間、きみはひどい神経的な緊張という代価を支払って、科学のためにつくしてきた。もうきみの役目はすんだ……あすからはのびのびとしあわせを楽しむことができるんだ」

　彼女は落ち着きを取りもどして、愛情のこもった微笑を彼に向けた。それからチラッと時計を見た。

「エクス夫人は遅いわねえ……来ないのかもしれないわ」と彼女は呟いた。

「ぼくはくると思うな。きみのとこの時計はちょっと進んでるよ、シモーヌ」

　彼女は部屋の中を動いて、あちこちの飾りつけを直した。

「どうなんでしょうね、あのエクス夫人って人は？　どこの生まれで、家族はどうなのかしら？　わたしたち彼女のことは何も知らないんだから……変ね？」

ラウールは肩をすくめた。

「霊媒のとこへくる連中は、みんなできるだけ身もとを内証にしとくものさ。まず用心第一ってわけだ」

「そりゃそうね」とシモーヌは気のない相槌をうった。

彼女が持っていた小さな花瓶が指からすべり落ちて、暖炉のタイルにぶつかってこなごなに砕けた。彼女はいきなりラウールを振りかえった。

「ね、わたしどうかしてるわ。ラウール、わたしがもしエクス夫人に、今日は霊媒になれませんからって言ったら、ひどい……ひどい臆病者だと思って？」

彼が不愉快そうなおどろきを見せたので、彼女は赤くなった。

「きみはさっき約束したじゃないか、シモーヌ……」と彼はやさしく言いかけた。

彼女は壁のほうへ尻ごみした。

「わたし、したくないのよ、ラウール。したくないの」

だがもういちどチラッと向けた彼の控え目な非難の目を見ると、彼女はひるんだ。

「ぼくが考えてるのは金のことじゃないよ、シモーヌ……もっともあの女《ひと》がこの前の会のぶんとして払った金は莫大なものだった……いや、まったく莫大なものだったけどさ」

彼女は反抗的にそれをさえぎって言った。

「この世の中にはお金よりだいじなものがあるわ」

彼はおだやかに相槌をうった。「そりゃそうさ。ぼくもそこんとこを言ってるんじゃないか。考えてもごらんよ……あの女《ひと》は母親だ……一人っ子を亡くした母親なんだぜ。もしきみがほんとは病気じゃなくて、自分勝手な気まぐれだとしたら……そりゃあ金持ち女の思いつきを断わったっていいよ……だけど、最後に一目わが子を見たいって母親の願いが断われるかね？」

シモーヌは絶望したように両手を前へ突き出した。

「まあ、どうしてわたしをいじめるの」と彼女は呟くように言った。「そりゃああなたの言うとおりよ。あなたのお望みどおりにしたいけど、今やっと自分が何をおそれていたのかわかったの……〝母親〟って言葉なんだわ」

「シモーヌ！」

「世の中には原始的で基本的な支配力がいくつかあるでしょう、ラウール。たいていは文明のため滅ぼされてしまったけど、母性愛ははじめと同じだわ。動物だって……人間だって、みんな同じ。この世の中で子供に対する母親の愛情に匹敵するものは、ほかに何もないでしょう。掟も憐れみもあったものじゃなく、どんなものにもぶつかっていくし、行く手に立ちはだかるものは容赦なく叩きつぶしてしまう」

　彼女は口をつぐむと、ちょっとせわしく息をついてから、屈託のない微笑をチラッと見せた。

「今日はわたし変ね、ラウール。自分でもわかってるけど」

　彼は彼女の手をとった。

「しばらく横になったらいいよ……彼女がくるまでやすみなさい」と彼はすすめた。

「ほんとにそうね」彼女は彼に微笑を見せると部屋を出ていった。

　ラウールはそのままあとに残って、一、二分のあいだ考えこんでいたが、それから大股でドアのほうへ歩いていくと、それをあけて小さなホールの向こうへ行った。そして突きあたりの部屋に入った。そこは居間で、いま出てきた部屋とよく似ているが、一方の奥はくぼみ《アルコーヴ》になっていて、そこに大きな肘かけ椅子が置いてある。そこを仕切るように、ずっしりした黒いカーテンがかかっていた。エリーズがせっせと部屋の支度をしている。アルコーヴに寄せて椅子を二脚と小型のまるいテーブルが置いてある。テーブルにはタンバリンが一つ、角笛が一つ、紙と鉛筆がすこしばかりのっていた。

「これで最後ですね」とエリーズが仕方なく満足したような口調で呟いた。「ねえ、ムッシュー、これがもうすんだあとだったらいいんですけどねえ」

けたたましい呼び鈴の音がひびいた。

「あの人だ……あの大きな男まさりのご婦人ですよ」とエリーズは続けて言った。「なぜ彼女は教会へ行って、亡くなった子供さんの魂にちゃんとお祈りをして、聖母さまにロウソクの一本も立ててやらないんでしょうね？　わたしたちにとって何が一番いいか、ありがたい神さまはご存じのはずじゃありませんか？」

「玄関に出なさい、エリーズ」とラウールがきっぱりとした口調で言った。

彼女はチラッと彼を見たが、言われたとおりにした。一、二分すると彼女は客を案内して戻ってきた。

「あなたがおいでになったことをご主人にお伝えしてまいりますから、奥さま」

ラウールは進み出て、エクス夫人と握手した。シモーヌの言った言葉が記憶によみがえってきた。

〝とっても大きくて、黒ずくめで〟

じっさい彼女は大柄な女で、フランス風のどっしりした喪服は、彼女の場合はなんとなく大げさな感じがした。話す声もいやに太い。

「どうもすこし遅刻してしまいまして」

「いや、ほんの五、六分ですよ」とラウールは微笑を浮かべて言った。「マダム・シモーヌは横になっています。こう申すとなんですが彼女はだいぶ具合がよくないのです……神経がたかぶってるのと過労とで」

ちょっと引っこめかけた彼女の手がいきなり万力のように彼の手を握りしめた。

「でも降霊はなさるんでしょうね？」と鋭い口調で言った。

「ああ、それはもう、奥さん」

エクス夫人は安堵の溜め息をつくと椅子に腰をおろして、顔のまわりにひらひらしている黒いヴェールを一枚はずした。

「ああ、あなた！　この降霊会がわたしにとってどんなにすばらしく楽しいものか、あなたには想像もおつきにならない……とてもおわかりいただけないでしょう！　わたしの娘ですもの！　かわいいアメリ！　彼女の姿を見たり、声を聞いたり……まして……ひょっとして……そうです、ひょっとしてできたら……手をのばして触ることが……」

ラウールは急いできっぱり言った。

「エクス夫人……こう言ってはなんですがね……どんなことがあっても、わたしがはっきり指示した場合以外は何もしてはいけませんよ……でないととんでもないことになりますからね」

「わたしの身にあぶないことが？」

「ちがいます、奥さん……霊媒にです。ああして起こる現象は、やり方によっては科学的に説明がつくことをご了解くださらないといけません。専門語は使わずに、ごく簡単にその点をお話ししましょう。霊魂があらわれるためには霊媒の生きた肉体を使わねばならないのです。あなたも霊媒の口から気体が流れ出るのをご覧になったでしょう。それがしまいに凝結して、その霊魂の死んだ肉体とそっくりなものを形成するのです。しかしこの心霊体は霊媒の生きた肉体にほかならないのだとわたしたちは信じています。いつかそのうちに慎重に検討したり実験したりして、その点を立証したいと思っていますがね。……大きな難点はそうした現象を扱う場合、霊媒に加わる危険と苦痛なんです。もし誰かがそうして姿かたちをとった霊魂に乱暴に触ったりすると、霊媒が命を失うという結果になりかねないのです」

エクス夫人はひどく熱心に彼の説明を聞いていた。

「とてもおもしろいお話ですね。ところでお訊きしたいんですが、そうして姿を見せた霊魂が非常に進歩した結果、その親である霊媒から分離できるというときはくるのでしょうか？」

「これはまた突拍子もないことを考えたもんですな、奥さん？」

彼女は譲らない。

「でも実際のところ、あり得ないことじゃないんでしょう?」

「今日《こんにち》のところじゃ、全然あり得ませんね」

「だけど、おそらくいつかはね?」

ちょうどそのときシモーヌが入ってきたので、彼は返事をせずにすんだ。彼女は元気がなく、顔色もわるかったが、明らかに落ち着きはすっかり取り戻していた。彼女は進み出てエクス夫人と握手したが、そのとき彼女の体に震えが走ったのにラウールは気づいた。

「マダム、ご気分がおわるいそうでいけませんわね」とエクス夫人は言った。

「なんでもありません」とシモーヌはそっけなく言った。「はじめましょうか?」

彼女はアルコーヴへ行って肘かけ椅子に腰をおろした。と、今度はラウールがとつぜん全身に恐怖の波が流れるのを感じた。

彼は叫ぶように言った。「きみはまだ体がしっかりしてないからね。降霊会はやめにしたほうがいい。エクス夫人だってわかってくださるだろう」

「あなた!」

エクス夫人は憤然として立ちあがった。

「いやいや、やめたほうがいい。ぜひそうしなくちゃ」

「マダム・シモーヌはもういちどだけやってくださると約束したんですよ」

「そうでしたわね」とシモーヌは静かに相槌をうった。「ですから約束ははたすつもりです」

「守っていただきますよ、マダム」と相手の女は言った。

「わたしは、約束は破りません」とシモーヌは冷ややかに言った。

「心配いらないわ、ラウール」とやさしくつけ加えて言った。「だってこれで最後ですもの……最後よ、ありがたいわ」

彼女が合図したので、ラウールはアルコーヴの前にどっしりした黒いカーテンを引いた。それから窓のカーテンも引いたので、部屋の中は薄暗くなった。そして椅子の一つをエクス夫人にすすめると、自分ももう一つに坐ろうとした。が、夫人はぐずぐずしていた。

「失礼ですけどね、あなた……おわかりのように、わたしはあなたの誠実さも、マダム・シモーヌの誠実さも絶対に信じてますけどね。でもわたし、自分が確かめたことをもっと貴重なものにしたいと思ったもんですから、勝手にこんなものを持ってきたんですよ」

そう言うとハンドバッグから細紐を取り出した。

「奥さん！　失礼じゃありませんか！」とラウールは叫んだ。

「念のためですよ」

「もういちど言うが、失礼ですよ」

「反対なさるわけがわかりませんねえ。もしまるっきりごまかしがないのなら、何もこわがることはないでしょう」冷ややかな声だ。

ラウールは軽蔑の笑い声を立てた。

「わたしはこわがることなんか絶対に何もありませんよ、奥さん。やりたけりゃわたしの手も足も縛るがいい」

彼の言葉は期待どおりの効き目がなかった――というのは、エクス夫人は冷たくこう言っただけだったのだから。

「ありがとう」そして巻いた細紐を持って彼のほうへ歩みよった。

とつぜんシモーヌがカーテンのかげから叫んだ。

「だめだめ、ラウール、そんなことさせないで」

エクス夫人はあざけるように笑った。

「マダムがこわがってるわ」と皮肉に言った。

「ええ、こわいわ」

ラウールは叫んだ。「言葉に気をつけるんだ、シモーヌ。どうやらエクス夫人はぼくたちを詐欺師だと思ってるらしいから」

「確かめなくちゃね」とエクス夫人は冷たく言った。

彼女はてきぱき事をはこんで、ラウールを椅子にしっかりくくりつけた。

そして彼女が仕事をすませると、彼は皮肉な口調で言った。「なかなか上手な縛り方で結構ですな。これで満足しましたか？」

エクス夫人は答えない。部屋の中を歩きまわって、壁の羽目板を丹念に調べた。それからホールに通じるドアに錠をおろすと、鍵を抜いておいて椅子にもどった。

「さあ、用意はできましたよ」と、なんとも言いようのない不気味な声で言った。

何分かすぎた。カーテンの奥からシモーヌの息づかいの音が、だんだんはげしく、鼾《いびき》をかくような音になった。やがてそれが次第に低くなって消えてしまうと、そのあとにひとしきり呻き声が続いた。そしてまたしばらくのあいだ沈黙が流れたかと思うと、それがとつぜん鳴りだしたタンバリンの音で破られた。テーブルから角笛が取りあげられ、床に叩きつけられる。皮肉な笑い声が聞こえた。アルコーヴのカーテンがすこしばかり引きあけられたらしく、霊媒の姿がその隙間からわずかに見えた――顔をがっくりと胸におとしている。突然エクス夫人がはげしく息を吸いこんだ。霊媒の口からリボンのような靄が一すじ流れ出している。それは凝結して、徐々に形を……小さな子供の姿をとりだした。

「アメリ！　わたしのかわいいアメリ！」

そのしわがれた囁き声はエクス夫人の口から洩れたものだった。霧のようにぼんやりした姿はますます凝結の度を増していく。ラウールはとても信じられないといった目でそれを見つめた。それまでにこれほど成功した心霊体は一度もなかったのだ。もう確かに生きた子供であることはまちがいない――生きた血肉をもつ子供がそこに立っていたのだ。

「マ、マ、ママン！」

低い子供の声がした。

「わたしの子供だ！……わたしの子供だ！」とエクス夫人は叫んだ。

彼女は椅子から立ちあがりかけた。

「気をつけて、奥さん」とラウールは警戒して叫んだ。

姿かたちをとった霊魂はカーテンのあいだからためらいながら出てきた。子供だ。立ちどまって両手を差し出している。

「ママン！」

「ああ！」とエクス夫人は叫んだ。

もういちど椅子から立ちあがりかける。

「奥さん……霊媒が……」とラウールは心配になって叫ぶ。

「あの子の体に触らなくちゃ」と彼女はしわがれた声で叫んだ。

彼女は一足前に出た。

「後生です、奥さん、落ち着いてください」とラウール。

彼はもうほんとに心配だった。

「早く坐って」

「わたしのかわいい子、あの子の体に触らなくちゃ」

「奥さん、命令です……坐りなさい！」

彼は紐をはずそうとして必死にもがいたが、エクス夫人の縛り方はうまかった——彼はどうしようもなかった。今にも災難が降りかかろうとしているのだというおそろしい気持ちが、彼の心に襲いかかってきた。

「後生だ、奥さん、坐ってください！　霊媒のことを忘れないで」と彼は大声で叫んだ。

エクス夫人は彼の言葉には耳もかさなかった。まるで人が変わったようだ。その顔には恍惚と歓喜がはっきりと出ていた。彼女の差しのべた手がカーテンの隙間に立つ小さな姿に触れた。と、霊媒の口からゾッとするような呻き声がほとばしった。

「けしからん！　けしからん！　なんてひどいことを。霊媒が……」

エクス夫人は荒々しい笑い声を立てながら彼のほうを向いた。

「あなたの霊媒なんかどうなったって構うもんか……わたしは子供がほしいんだからね」

「あなたは狂ってる！」

「わたしの子供なんですよ。わたしのよ！　このわたしの！　わたしがお腹をいためた子供なんだからね！　わたしのかわいい子供があの世から、生きて、ちゃんと息をしながらわたしのとこへ帰ってきたんだ」

ラウールは口をあけたが、言葉はまるきり出なかった。

――これは……この女はなんてひどいんだ！　情けも容赦もなく、野蛮で、自分だけの熱望にかまけて……

子供の口があいて、これで三度目だったがさっきと同じ言葉が聞こえた――

「マ、マ、ママン！」

「さ、おいで、アメリ」とエクス夫人は叫んだ。

そしてすばやく子供を抱きあげた。カーテンのかげから苦痛のどん底にあるような長く尾を引く呻き声が聞こえた。

「シモーヌ！　シモーヌ！」と彼は叫んだ。

彼はエクス夫人がそばを駈けぬけ、ドアの錠をはずし、階段を駈けおりていく足音をぼんやり聞いていた。

カーテンのかげからは相変わらず長く尾を引く甲高くてゾッとするような呻き声が聞こえた——ラウールがこれまでに耳にしたこともないような呻き声だった。それは次第に弱くなって、咽喉《のど》にからむようなおそろしい音になって消えた。そして体がドサッと倒れるような音がした。

ラウールは縛られた紐をほどこうとして狂ったみたいになった。そうして逆上してあばれているうちに、彼は不可能なことを成しとげ、ありったけの力で紐を切った。立ちあがろうともがいていると、そこへエリーズが、「マダム！」と叫びながら駈けこんできた。

「シモーヌ！」とラウールは叫んだ。

二人は一緒に駈けよると、カーテンを引きあけた。

ラウールはうしろへよろめいた。

「たいへんだ！　赤い……まっ赤だ……」と彼は呟いた。

そばでエリーズのきびしい震え声がした――

「とうとうマダムは亡くなってしまった。もう終わりです。だけどムッシュー、何が起こったのか話してください。どうしてマダムはすっかり縮んでしまったんでしょう？……なぜいつもの体の半分しかないんですか？　ここでどんなことが起こったんです？」

「わからない」とラウールは言った。

その声がすごい叫び声になった。

「わからん。ぼくにはわからん。だけどぼくは……気が狂いそうだ……シモーヌ！　シモーヌ！」

S
•
O
•
S

「ふーむ！」とディンズミード氏は満足そうに言った。それからうしろへさがると、得心のいった目でまるいテーブルを眺めまわす。ナイフ、フォーク、その他の食卓用品がのった粗末な白いテーブル・クロスの上に、暖炉の火の明かりがチラチラ映っている。

「あのう……用意はすっかりできましたか？」とディンズミード夫人が口ごもりながら訊いた。小柄な、しなびたような女で、顔には血の気がなく、薄い髪の毛は額のところからひきつめにして、絶えずおどおどした様子だ。

「すっかり用意したよ」と夫はものすごく愛想がいいと言ってもいいような態度で言った。

猫背で、大きな赤ら顔の、図体の大きな男だ。小さなかなつぼ眼がもじゃもじゃした眉毛の下で光り、大きな顎にひげは生えていない。

「レモネードにしますか？」とディンズミード夫人が囁くような声で訊いた。

夫は首を横に振った。

「お茶さ。どう見たってお茶のほうがずっといい。天気を見てみるがいい……ひどい吹き降りじゃないか。こんな晩の食事に必要なのは、熱くてうまい一杯のお茶だよ」

そしておどけたようにウィンクをすると、またテーブルの上を眺めにかかった。

「上等のタマゴ料理に、冷たいコーンビーフに、パンとチーズ。夕食のわしの注文はそれだ。じゃ、さっさと行って支度をしてくれないか、かあさん。台所でシャーロットが手伝うって待ってるじゃないか」

ディンズミード夫人は立ちあがって、編み物の糸の玉をていねいに片づけた。

「あの子もなかなかの器量よしになりましたね。ほんとにきれいになりましたよ」

「そうとも！　母親に生き写しだよ！　さ、もう行って行って……これ以上時間をむだにしないでくれ」

彼は一、二分小声で鼻歌をうたいながら、部屋の中をぶらぶらしていた。一度は窓に近づいて外をのぞく。そして独り言《ひとごと》を呟いた。

「ひどい天気だ……これじゃ今夜は客もきそうにないな」

それから彼も部屋を出ていった。

十分ほどしてからディンズミード夫人がタマゴを目玉焼きにした皿を持って入ってきた。二人の娘がほかの料理をもってあとに続き、ディンズミード氏と息子のジョニーはしんがりをつとめた。ディンズミード氏はテーブルの上席に坐る。

「さてこれからいろといただくに先立って……」と彼はおどけた口調で言った。「缶詰食品を最初に考えだした人に感謝をささげよう。ここが肝心な点だが、何キロ四方に何もないここで、もし肉屋が毎週御用聞きにくるのを忘れたとき、ときどきお世話になる缶詰がなかったら、わしらはどうすりゃいいんだ?」

彼は上手な手つきでコーンビーフを切りつづけた。

「何キロ四方なんにもないこんなところに家を建てようなんて、いったい誰が考えついたのかしらねえ」と娘のマグダレンが不機嫌に言った。「人っ子一人いないんだから」

「そう……人っ子一人いないな」と父親。

「どうしてそんなことをする気になったのか、わたしは考えられないわ」とシャーロット。

「そうかね、お前?　いや、わしには理由があった……理由があったんだ」

彼の目がちらっと妻の目を盗むように見たが、彼女は顔をしかめた。

「それにお化《ば》け屋敷よ。わたしはどんなことがあったって絶対に一人じゃ寝ないわ」とシャーロット。

「ばかなことばかり言うんじゃない。何も出たわけじゃないじゃないか？　さ、もうやめなさい」と父親。

「そりゃあ何も出たわけじゃないけど……」

「けど……なんだね？」

シャーロットは答えずに、ちょっと身震いした。ひどい吹き降りが窓に大きな音を立てる。ディンズミード夫人がスプーンを皿に取り落としたので、カチャンと音がした。

「ビクビクするんじゃないよ、かあさん」とディンズミード氏は言った。「今夜は天気がひどくわるいだけさ。心配することはない……この暖炉の火のそばにいりゃあ安全だし、外から入りこんでくるやつだってまさかいはしない。そうさ、そんなやつがいたら、それこそ奇蹟っていうもんだ。が、奇蹟なんてものはおこりゃせん。そうとも」そして妙に満足そうな口調で、独《ひと》り言《ごと》のようにつけ加えた。「奇蹟なんかおこりゃせんよ」

その言葉が彼の口から出たとたん、突然ドアをノックする音がした。ディンズミード氏は化石のように動かなくなった。

「あれはいったいなんだ？」と彼は呟いた。口はだらっとあけたままだ。

ディンズミード夫人は小さく悲鳴のような叫び声を洩らすと、肩掛けを体にまきつけた。マグダレンは頬に血の気をとりもどすと上体を乗りだして父親に言った。

「奇蹟がおこったのよ。誰だか知らないけど、行って入れてあげたほうがいいわ」


その二十分前、モーティマー・クリーヴランドは篠《しの》つく雨と霧の中に立って車を調べていた。まったく踏んだり蹴ったりだった。十分たらずのうちにかわるがわるタイヤが二度もパンクしたあげく、夜がくるというのに雨やどりの場所一つありそうにない、この何キロ四方何もないウィルトシャーの荒野のどまん中で立ち往生してしまったのだ。近道をしようとしたばっかりに、このざまだ。本道を走ってさえいたらよかったのだ！ところでいま彼が迷いこんだのは丘の斜面についた狭い荷馬車の通る道らしく、車はそのさきにはとても行けそうになかったが、かといって近くのどこかに村があるかどうかさえ、皆目わからなかった。

彼が途方にくれてあたりを見まわしていると、頭上の丘の斜面にチラチラ明かりがまたたいているのが、ふと目に入った。あっという間に霧がまたもやそれを隠してしまったが、辛抱づよく待っていると、やがてまた明かりがチラッと見えた。ちょっと思案してから、彼は車のそばを離れて、丘の斜面をのぼりだした。

しばらくして靄の中から抜け出ると、小さな家の明かりのついた窓から相変わらず輝いている明かりが見えた。とにかくそこなら雨やどりができる。モーティマー・クリーヴランドは彼を追い返そうと全力をふるっているような雨風の猛攻撃に顔をうつむけて堪えながら、足をいそがせた。

クリーヴランドという彼の名前や業績を聞いても、たいていの人はぜんぜん知らないと言うだろうが、彼はその方面ではかなり名を知られているのだ。精神病学の権威で、潜在意識に関するすぐれた教科書を二冊書いている。それにまた心霊研究協会の会員だったし、自分の研究の結論と研究方針に関係をもつ範囲で神秘学《オカルト》の研究家でもあった。

彼は生まれつき雰囲気に対して敏感だったが、入念な訓練によってその天賦の才能にますます磨きをかけた。ようやく目ざす家にたどり着いてドアをノックしたとき、彼はその全能力がとつぜんとぎすまされたように、神経がたかぶり、好奇心が湧いてくるのを感じた。

屋内の話し声が彼の耳にはっきり聞こえた。ノックしたとたん、中は急に静まりかえったが、しばらくしてうしろへ押す椅子の床をこする音がした。そしてすぐ十五歳くらいの少年がドアをあけた。少年の肩越しに室内の光景がまともにクリーヴランドの目に入った。

それを見て彼はあるオランダの名匠の描いた屋内の光景を連想した。食事の並んだまるいテーブル、それをかこむ家族の者たち、そして一、二本のロウソクのチラチラする明かりと暖炉の火がそれらを照らしている。大柄な父親がテーブルの一方のはしに坐り、おびえたような顔をした小柄で灰色の髪の女が、彼と向かい合わせに坐っている。ドアの正面から一人の若い娘がまっすぐクリーヴランドを見ていた。彼女のびっくりした目はまっすぐ彼の目を見ていたが、カップをもつ手は口へ持っていきかけたままだ。

彼は一目で気づいたが、ひどく並はずれたタイプだが美人だった。金髪が靄のように顔のまわりに垂れかかり、ひどく間隔のあいた目はまじりけなしの灰色。口と顎はイタリア初期の〈マドンナ〉の絵そっくりだ。

一瞬、死んだような静けさが流れた。そこでクリーヴランドは部屋の中に入って、自分の窮境を説明した。彼がありふれた話をしおわると、ますますわけのわからない沈黙がまたもや続いた。やっと……いかにも苦しそうにして父親が立ちあがった。

「お入りなさい……クリーヴランドさん……とおっしゃいましたな？」

「そうです」とモーティマーは微笑しながら言った。

「はあ！　そうですか。お入りなさい、クリーヴランドさん。犬だって外におれる天気じゃありませんからな？　火のそばへいらっしゃい。ドアを閉めてくれないか、ジョニー？　夜なかにそんなとこに突っ立っとるんじゃない」

クリーヴランドはやってきて、火のそばの木の腰掛けに坐った。ジョニー少年はドアを閉めた。

「わたしはディンズミードと言います」と相手の男は言った。もうすっかり愛想がよくなっている。「これは家内で、こっちの娘二人はシャーロットとマグダレンです」

クリーヴランドはそれまで彼に背を向けて坐っていた娘の顔を、その時はじめて見たが、これまた感じこそ全然ちがうが、妹に負けないすばらしい美人だった。大理石のような青白い顔にまっ黒な髪。形のいいわし鼻。そして重々しい感じの口もと。きびしい……近づきがたい、凍りついたような美しさだ。父親が紹介するとうなずくようにして会釈したが、相手の人柄をさぐるような強いまなざしで彼を見た。あれこれ考えてはみるのだが、純な若い判断力でははかりかねているふうだった。

「何か飲みものを一杯いかがですか、え、クリーヴランドさん？」

「ありがとう。こういうときは一杯のお茶がもってこいですね」とモーティマー。

ディンズミード氏はちょっとためらったが、テーブルから五つのカップを一つ一つ取りあげては、中身を茶こぼしにあけた。

「この茶は冷えちまった。かあさん、もうすこし入れ直してくれんか？」とぶっきらぼうに言った。

ディンズミード夫人はすぐ立ちあがると、ティー・ポットを持っていそいで出ていった。モーティマーは彼女が部屋から出るのをよろこんでいるようだと思った。

間もなくあたらしいお茶が運ばれ、不意の客はいろいろとご馳走をすすめられた。ディンズミード氏は大いにしゃべった。彼は開放的で愛想がよく、それにおしゃべりだった。自分のことを洗いざらい客に話してきかせた。最近、建築業から身をひいた――いや、しこたま儲けもした。彼と妻は田舎の空気がすこしばかり吸いたくなった――それまで田舎に住んだことが一度もなかったからだ。一年のうちで十月と十一月を選んだのは、もちろん季節としてはわるかったが、待ちたくなかった。「人生なんてわからんもんですからな」というわけで彼らはこの家を買いとったのだ。十五キロ四方何もないし、町と名のつくものからは三十キロも離れている。いや、彼らに不服はない。娘たちはすこしばかり退屈しているが、彼と妻は静けさを楽しんでいる。

そういうふうにして彼は話し続けたが、モーティマーはその立板に水を流すようなおしゃべりを聞いているうちに、なんだか催眠術にでもかけられたような気分になった。たしかにここにはかなりありふれた家庭生活しかない。が、そのくせこの家の中をさっきチラッと見たときから、彼は何かそのほかのものを――何かしら緊迫したもの、何かしら緊張した空気が、五人のうちの一人から発散されているのを感じていた……が、それが誰かはわからなかった。

——まったく愚にもつかない考えだ……おれの神経がどうかしてるんだ！　おれが突然あらわれたもんだから、みんなびっくりした……それだけのことさ……

彼がその夜の宿の問題を切り出すと、二つ返事で答えがあった。

「ここにお泊まりになるしかありませんよ、クリーヴランドさん。何キロ四方、ほかになんにもないんですからな。寝室はご用立てできるし、わたしのパジャマはちょっとぶかぶかかもしれんが、ま、ないよりゃましでしょうし、そうすりゃあなたの服も朝までには乾くでしょうて」

「どうもすみません」

「どういたしまして」と相手は愛想よく言った。「今も申しましたように、こんな晩にゃあ犬だって追っぱらえませんからな。マグダレン……シャーロット……二階《うえ》に行って部屋を見てきなさい」

二人の娘は部屋を出ていった。しばらくすると頭の上を動きまわる足音がモーティマーの耳に聞こえた。

「お宅のお嬢さんみたいに魅力のある方たちがここで退屈するのも、よくわかるような気がしますね」とクリーヴランドは言った。

「なかなかの器量よしでしょうが？」とディンズミード氏は父親らしい自慢げな口ぶりで言った。「母親にもわたしにもあまり似てませんでしてな。こっちは器量のわるい夫婦ですがね、ぞっこん愛し合ってます……いや、ほんとですよ、クリーヴランドさん。なあ、マギー、そうだろうが？」

ディンズミード夫人はとりすました微笑を浮かべた。が、すぐまた編み物をはじめた。針がせわしげな音を立てる。編む手がなかなか早い。

やがて部屋の用意ができたと告げられたので、モーティマーはもういちど礼を言って、そろそろ寝室へ引きとりたいのだがと言った。

「ベッドに湯たんぽを入れましたか？」と夫人は主婦の誇りを急に思い出したように言った。

「ええ、おかあさん、二つ」

「そりゃよかった」とディンズミード氏。「お前たち、彼と一緒にあがって、ほかに何かたらないものがないかどうか見てきなさい」

マグダレンはロウソクをかかげながら彼のさきに立って階段をのぼった。シャーロットはあとからついてきた。

その部屋はなかなか感じのいい部屋で、狭くて天井は傾斜しているが、ベッドは寝心地がよさそうで、ほんのすこし埃のかかった家具も、数こそすくないがマホガニーの古木でつくったものだ。洗面器の中には湯の入った大きな缶が置いてあるし、肥満型のピンクのパジャマは椅子にかけてあった。そしてベッドもきちんと整えて折り返してある。

マグダレンは窓のところへ行って、戸締まりをたしかめた。シャーロットは最後にもういちど洗面台にそろえた道具を一わたり目で調べる。それから二人はドアのところでちょっと躊躇した。

「おやすみなさい、クリーヴランドさん。ほかに何かありませんか?」

「ええ、ありがとう、マグダレンさん。二人にとんだご面倒かけてわるかったですね。おやすみなさい」

「おやすみなさい」

彼女たちは部屋を出ると、うしろ手にドアを閉めた。モーティマーは一人になった。ゆっくりと何か考えながら服をぬぐ。ディンズミード氏のピンクのパジャマを着ると、夫人に言われたとおり自分の濡れた服はまるめてドアの外に出した。階下からはディンズミード氏の騒々しい声が聞こえる。

——なんておしゃべりな男だろう! まったく変わったやつだ……が、実際このうちの者はみんなどこか変わってる……それともそう思うのはおれの気のせいかな?……

彼はゆっくりと部屋に戻ってドアを閉めた。そしてベッドのそばに立ったまま考えこんだ。と、そのうちに彼ははっとした——

ベッドのそばのマホガニーのテーブルは埃でよごれていた。が、その埃の中に書かれた三文字がはっきり見えたのだ——S・O・Sと。

モーティマーはわれとわが目が信じられないように目をまるくした。それは彼がぼんやり感じている憶測と予感のすべてを裏書きしていた。

——するとやっぱりおれの勘はあたってたんだ。この家には何か不吉なものがあるんだ。

S・O・S……これは救助をもとめる合図だが、埃の中にそれを書いたのは誰の指だろう? マグダレンのか、シャーロットのか? 思い出してみると、二人とも部屋を出るまでにほんのすこしのあいだそこに立っていたっけ。誰の手がこっそりテーブルに伸びて、この三文字を書いたんだろう?

彼の目の前に二人の娘の顔が浮かんだ。暗くて冷たいマグダレンの顔と、彼が最初に見たときの、あのギョッとして目を大きく見ひらきながら、その視線に何かはかり知れないものを浮かべたシャーロットの顔が……

彼はもう一度ドアのところへ行って、それをあけた。ひびきわたるようなディンズミード氏の声はもう聞こえない。家の中はシーンと静まりかえっている。

彼は胸の中で呟いた。

〝今夜はどうしようもない。あすだ……ま、そのうちにわかるだろう〟

クリーヴランドは朝早く目がさめた。居間を通りぬけて庭へ出た。雨あがりの朝はさわやかで美しい。ほかにも早起きしたものがいた。庭のはずれにシャーロットが柵にもたれてダウンズ（イングランド南部および南東部地方の丘陵地帯）をじっと眺めていた。そのそばへ行くみちみち、彼は心臓がいくらかどきどきした。それまでずっと、例の文字を書いたのはシャーロットだと内心思っていたからだ。彼が近づくと、彼女は振りかえって、「おはようございます」と挨拶した。その目は率直で子供っぽく、秘密の下心を感じさせるものはすこしもない。

「とてもすばらしい朝ですね」とモーティマーもにこにこして言った。「今朝の天気はゆうべから見るとまるで嘘のようです」

「ほんとに」

モーティマーはそばの木から小枝を一本折りとった。彼はそれで足もとの平らな砂地に暇つぶしみたいな恰好で書きだした。そして注意ぶかく娘の様子に気をくばりながら、S……O……Sと書いた。だが今度も彼女にはハッとした気配などみじんも見えない。

「この字が何をあらわしてるか知ってますか？」彼はだしぬけにそう言った。

シャーロットはちょっと顔をしかめて言った。「船が……定期船が遭難したときに送る信号じゃありませんの？」

モーティマーはうなずいて静かに言った。「ゆうべぼくの寝たベッドのそばのテーブルの上に、誰かがこれを書いたんですがね。ぼくはひょっとするとあなたかもしれないと思って」

彼女はおどろいて目をまるくしながら彼を見た。

「わたしが？　いいえ、とんでもない」

すると彼のまちがいだ。鋭いうずくような失望が彼の脳裡を走った。あんなに……あんなに自信があったのに。それまで彼の勘が狂ったことはめったになかったのだ。

「ほんとにまちがいないんですね？」と彼は念を押した。

「ええ、ありません」

二人はきびすを返すと、連れ立ってゆっくり家に向かった。シャーロットは何かに気をとられているふうだ。彼がした二つ三つの質問にも、うわのそらで返事をした。と、とつぜん彼女は低い、せきこんだ声で言いだした。

「あなたが……あなたがあのＳ・Ｏ・Ｓの文字のことをお訊きになるなんて妙ですわね。もちろんわたしが書いたんじゃありませんけど……わたしだって九分九厘書きかねませんでした」

彼が立ちどまって彼女を見たので、彼女は急いで続けた。

「ばかばかしいとお思いになることはわかってますけど、わたしはとってもこわかったんです……死ぬほどこわい思いをしてたので、ゆうべあなたがいらっしゃったときは、なんだか……なんだかそれに対する答えのような気がしたんです」

「何がこわいんです？」と彼はせきこんで訊いた。

「わからないんです」

「わからないって？」

「わたしの考えじゃ……あの家だと思うんですけど。あそこにきてから、その気持ちがだんだんひどくなってきたんです。なんだかみんなも変わったような気がして。父も、母も、マグダレンも……みんな変わったような気がするんです」

モーティマーはすぐには口をひらかなかった。そしてまだそうしないうちにシャーロットはまた話しだした。

「あのうちが幽霊屋敷らしいのご存じ？」

「なんですって？」彼は急にすっかり興味をかきたてられてしまった。

「そうなんです、もう何年も前のことですが、あそこである男が妻を殺したんです。それもわたしたちが引っ越してきてからわかったんですけど。父は幽霊なんて愚の骨頂だと言ってますが、わたしには……わかりません」

モーティマーはすばやく頭をはたらかせた。それから事務的な口調で言った。

「ちょっとお訊きしますが……その殺人事件があったのは、ゆうべぼくが寝た部屋だったんですか？」

「それはなんにも知りません」

モーティマーは半ば独《ひと》り言《ごと》のように言った。「そう考えれば……そうだ……そうかもしれない」

シャーロットはけげんそうに彼を見る。

モーティマーはやさしく言った。「ミス・ディンズミード、あなたはこれまでに一度でも自分に霊媒的なところがあると思ったことはありませんか？」

彼女はびっくりした目で彼を見た。

彼は静かに言った。「あなたはゆうべ自分がS・O・Sを書い**た**ことを知ってるんじゃないかと思うんですがね。いやいや、もちろんぜんぜん無意識にですよ。いわば犯罪が大気を汚染してるってわけです。あなたみたいな敏感な神経ならそういうふうな行動をするかもしれないんです。そして被害者の気持ちと印象を再現した。何年もむかし彼女はあのテーブルの上にS・O・Sと書いたかもしれないし、その彼女の行動をゆうべあなたが無意識のうちに再現したのかもしれないんです」

シャーロットの顔がパッと明るくなった。

「なるほど。それで説明がつくとお思いなんですね？」と彼女は言った。

家から彼女を呼ぶ声がしたので、彼女は中へ入っていったが、彼のほうは庭の小道を行ったりきたりした。

——今の説明でおれは満足したろうか？　おれの知ってるいろいろな事実が、あれで解明できたろうか？　ゆうべあの家に入ったときに感じた緊迫感が、それで説明できるだろうか？……

できるかもしれない——が、そうは思っても、自分の突然の出現が、まるで度胆をぬかれたといってもいいようなおどろきを与えたという妙な気持ちは消えなかった。彼は胸の中で呟いた——

〝心霊学的な説明ばかりに振りまわされちゃいかん……そりゃあシャーロットにはあて

はまるかもしれない……が、ほかの連中には通じない。あんなふうにおれが現われたもんだから、みんなはそれこそ度胆をぬかれたようだった……ジョニーは別として。問題はどうであれ、ジョニーだけは関係ない〃

それだけは確信していた——なぜそんなに自信があるのか不思議だったが、事実そうだったのだから仕方がない。

と、ちょうどそのとき当のジョニーが家から出てきて、彼のほうへやってきた。

「朝ごはんです……どうぞ」と彼はぎこちなく言った。

モーティマーは少年の指がひどく汚れているのに気づいた。ジョニーはその視線を感じていまいましそうに笑った。

「ぼく、しょっちゅう化学薬品をいじるもんだから。それでときどきパパはとっても怒るんです。彼はぼくに建築関係のことをやらせたいらしいんだけど、ぼくは化学をやって研究がしたいんです」

行く手の窓にディンズミード氏が姿を見せた——相好をくずして陽気な笑顔をみせている。が、それを見ると、モーティマーの胸には不信と反感がよみがえってきた。ディンズミード夫人はもう食卓についていて、抑揚のない声で、「おはようございます」と挨拶したが、彼はまたもやどういうわけか、彼女が彼をおそれているような印象をうけた。

マグダレンはいちばん最後に入ってきた。そして彼に向かって軽くうなずいてみせると、向かい側の席についた。

「よくおやすみになれて？　ベッドの寝心地は？」とだしぬけにそう訊いた。

彼女は穴のあくほど彼を見つめていた。そして彼は快適だったとていねいに答えたが、何か失望といってもいいような影が彼女の顔をかすめたのに気づいた。彼女はどんな返事を期待していたのだろう、と彼は思った。

彼は夫人に向かって愛想よく言った。

「お宅の坊やは化学に興味をお持ちのようですね！」

とたんにガチャンという音がした。夫人がカップを取り落としたのだ。

「おいおい、マギー」と夫は言った。

モーティマーにはその声にたしなめと注意がこもっているように思われた。彼は客人のほうに向くと、建築業の利点や、若者たちに身のほど知らずなことをさせてはだめだとかしゃべり立てた。

朝食がすむとモーティマーは一人で庭に出てタバコを吸った。この家にいとまを告げなければならない時が迫っていることは明らかだった。一夜の宿は借りなければならないから借りたのだが、理由もなくそれを延ばすことはむずかしいし、もっともらしい口実のつくりようもない。そのくせ彼は妙に出発したくなかった。

その問題をあれこれ考えながら、彼は家の裏手に出る小道を歩いていった。彼の靴はクレープゴムの底がついているので、音はほとんど……いや、全然しなかった。台所の窓のそばを通りかかると、中からディンズミード氏の声がしたが、その言葉がたちまち彼に聞き耳を立てさせた。

「大した金額なんだよ……ほんとに」

夫人がそれに答えた。あんまり声が低すぎて、モーティマーには聞きとれない。するとディンズミードが言った。

「六万ポンドちかくあるって弁護士が言っていた」

モーティマーははじめから立ち聞きするつもりはなかったので、しきりに思案をしながらもときた道を引き返した。金の話をきいて情況がはっきりしてくるような気がした。とにかく六万ポンドの問題がからんでいる――となると事情はさらにはっきりしてくるが、同時に――ますます醜いものにもなってくる。

家からマグダレンが出てきたが、出たかと思うと父親に呼ばれて、また中へ入ってしまった。間もなくその父親自身が客のところへやってきた。

すな」

「珍しい上天気ですね」と彼は愛想よく言った。「車がひどくなっていなければいいで

〝おれがいつ出かけるか知りたいんだな〟とモーティマーは胸の中で呟いた。

そこで彼は難儀しているときに親切なもてなしにあずかった礼を、もういちど口に出して言った。

「どういたしまして……どういたしまして」と相手は言った。

マグダレンとシャーロットが一緒に家から出てきて、腕を組み合ったまますこし離れた丸木の腰掛けのところへぶらぶら歩いていって腰をおろした。黒髪の頭と金髪の頭がじつにおもしろい対照を見せている。モーティマーはふと思いついて言った。

「お宅のお嬢さんたちはまるっきり似てませんねえ、ディンズミードさん」

ちょうどパイプに火をつけようとしていた相手の男は、手首がピクッとしてマッチを取り落とした。

「そうお思いですか？　ええ、ま、そうかもしれませんな」

モーティマーの頭に直観がひらめいた。

「しかし、もちろん二人ともあなたのお嬢さんってわけじゃないでしょうね」と彼はすらすらと言った。

彼はディンズミードが一瞬ためらっていたが、すぐ腹を決めたのがわかった。

「なかなかお察しがいいですなあ」と彼は言った。「そうです……一人は捨て子だったんですがね……赤ん坊のうちにわたしたちが引き取って、うちの子として育てたんですよ。自分じゃまだほんとのことはちっとも知りませんが、いずれはわかるしかないでしょう」そう言って彼は溜め息をついた。

「遺産相続の問題ですね？」とモーティマーが静かに切り出した。

相手は疑わしそうな目をチラッと彼に向けた。

が、すぐざっくばらんに言うのがいちばんと決めたらしく、その態度は積極的なと言ってもいいくらい率直で、あけっぴろげになった。

「あなたがそんなことをおっしゃるなんて妙ですな」

「以心伝心ってやつがあるでしょう、ね？」とモーティマーは言って微笑した。

「じつはこうなんです。わたしたちはその母親の願いをきいてあの子を引き取ってやったんですよ……報酬をもらってね……だって当時はわたしが土建業をはじめたばかりでしたからな。ところが二、三カ月前、新聞に広告が出ているのに気づいたんです。そして問題の子がうちのマグダレンにちがいないって気がしましてなあ。わたしは弁護士に会いにいきましたがね……まあ、ああだこうだとずいぶん訊かれましたよ。あの連中は疑いぶかいもんですなあ……あなたは当たり前だとおっしゃるかもしれないが。しかしもう万事けりがつきました。来週ロンドンへ本人を連れてくことになってるんですよ……もっともあの子は今のところそのことは何も知りませんがね。彼女の父親ってのは、どうも金持ちのユダヤ人だったようですな。彼は亡くなる二、三ヵ月前になって、はじめて子供のいることを知ったんです。彼女を探し出そうと手をまわしたし、彼女がもし見つかったら、全財産を彼女に遺すってことにしたんです」

モーティマーはじっと耳をそば立てて聞いた。ディンズミード氏の話を疑う理由は全然ない。それによってマグダレンが黒髪の美人だというわけもわかったし、おそらく彼女の冷たい態度もそれで説明がつくかもしれない。その話自体は事実どおりかもしれなかったが、にもかかわらず、その裏に何か打ち明けてないものがあるような気がした。

しかしモーティマーは相手に不審をもたせるつもりはなかった。それどころか、そんな気持ちをもたせないように、その場を離れなければならない。

「なかなかおもしろいお話ですね、ディンズミードさん。ミス・マグダレンもよかったですね。美人の相続人となれば前途洋々ですよ」

「そうですな」と父親もおだやかに相槌をうった。「それにあの子はめったにないくらい気立てのいい娘でしてなあ、クリーヴランドさん」

その様子にはしんからの温かい気持ちがはっきりあらわれていた。

「さてそれじゃわたしもそろそろおいとましなくちゃ。ほんとに難儀なときにお世話いただいて、もう一度お礼を申しあげます、ディンズミードさん」とモーティマーは言った。

それから彼はディンズミードのあとについて家の中に入ると、夫人にいとまを告げた。彼女は彼らに背を向けて窓のそばに立っていたが、二人の入ってきた気配に気づかなかった。

「クリーヴランドさんがお別れの挨拶に見えたよ」という夫の快活な声をきくと、彼女は臆病らしくはっとして振り向いたが、とたんに何か手に持っていたものを取り落としてしまった。モーティマーはそれを拾ってやった。二十五年ほど前にはやったスタイルの衣裳を着たシャーロットの小さな写真だった。彼は彼女の夫にはすでに言った感謝の言葉をもういちど述べた。そしてまたもやそこに恐怖の表情と、瞼《まぶた》の下から彼にちらっと向けた盗み見のような視線に気づいた。

娘二人の姿はどこにも見えなかったが、モーティマーとしてはこのさい彼女たちに会いたそうにするのは得策でないし、彼には彼なりの考えがあった——そしてそれはやがて正しかったことが証明されたのだ。

前の晩車をとめておいたところへ降りていく途中、家から八百メートルばかりきたとき、小道の片側の藪をかきわけて、彼の行く手の路上にマグダレンが出てきた。

「あなたにお会いしなければならなかったので」と彼女は言った。

「だろうと思ってましたよ」とモーティマー。「ゆうべぼくの部屋のテーブルにS・O・Sって書いたのはあなただったんでしょう？」

マグダレンはうなずいた。

「どうしてです？」とモーティマーはやさしく訊いた。

娘は横を向いて、藪から木の葉をひきちぎりだした。

「わからないんです……ほんとにわからないんです」

「言ってごらん」とモーティマー。

マグダレンは深い息をした。

「わたしは実際的な女で、いろんなことを想像したり空想したりするタイプの人間じゃありません。あなたが幽霊や霊魂を信じてらっしゃることはわかってます。わたしはそうじゃありません。だからあのうちに……」と丘の上を指さして、「……何かわるいことがあると言っても、それは形のあるわるいことって意味で、ただの過去の影みたいなものじゃないのです。わたしたちがあそこにきて以来、ずっとそれはひどくなってくるばかりでした。一日一日とわるくなるばかりで、父も変わったし、母も変わりました……シャーロットも変わってしまいました」

モーティマーが口をはさんだ。「ジョニーは変わりましたか？」

マグダレンは彼を見たが、そのうちにすこしずつわかってきたという表情を目に見せた。

「いいえ……いま考えてみると、ジョニーは変わってません。彼だけですわ……あの影響をすこしも受けてないのは。ゆうべお茶のときも彼は変わってませんでしたもの」

「で、あなたは？」とモーティマー。

「わたしはこわくて……まるで子供みたいにこわくてこわくて……何がこわいのかもわからずにね。それに父も妙でしたわ……妙としか言いようがないんです。彼が奇蹟の話をしたので……わたし、祈ったんです……本気で奇蹟がおこりますようにって祈ったんです……そしたらあなたがドアを叩いたんです」

彼女は急に口をつぐんで、じっと彼を見つめた。それから食ってかかるような口調で言った。

「あなたにはわたしが気がふれているみたいに見えるでしょうね」

「いや、それどころかじつに正常に見えますよ。正常な人間なら誰でも、危険が身に迫れば予感するものです」

「あなたはわかってらっしゃらないわ。わたしがこわがってるのは……自分のことでじゃないんです」

「じゃ、誰のことを?」

しかし、またもやマグダレンは途方にくれたように首を振った。「わからないんです」

それからまた続けて言った。

「S・O・Sは衝動にかられて書いたんです。ばかげてるにきまってますけど……わたし、みんながあなたと話をさせてくれないような気がしたんです……ジョニー以外の者たちのことですけど。そのときあなたに何をしていただくつもりだったか、おぼえてません。今でも思い出せないんですけど」

「いいんですよ。ぼくがやってあげるから」とモーティマー。

「あなたに何ができまして?」

モーティマーはちょっと微笑してみせた。

「考えることができますよ」

彼女はけげんそうに彼を見た。

「そうです……ずいぶんいろんなことがやれますよ、あなたがとても信じられないくらいにね。お訊きしたいんですが……ゆうべ夕食のすぐ前に、あなたの注意を引いた何かふとした言葉とか文句とかがありませんでしたか？」

マグダレンは眉をしかめて言った。「そんなものなかったと思いますけど。すくなくともわたしの聞いたところじゃ、父が母にシャーロットはお前に生き写しだと言って、とても変な笑い方をしてましたけど……それはべつにおかしなことじゃないでしょうしね？」

「ええ」とモーティマーはゆっくり言った。「シャーロットがお母さんに似てないって点を別にすればね」

彼はそれっきり一、二分のあいだ考えこんでいたが、ふと目をあげてみると、マグダレンはけげんそうな顔をしてじっと彼を見ていた。

「うちへお帰りなさい、お嬢さん……それから心配はいりませんよ。ぼくに任せておきなさい」

彼女は素直に小道を家に向かってのぼっていった。モーティマーはすこしさきまでゆっくり歩いていったが、それから緑々《あお》とした芝生の上に寝ころんだ。そして目を閉じると、意識的な思索や努力はいっさいやめにして、一連の光景を脳裡に浮かぶままにしておいた。

ジョニー！　彼の考えはきまってジョニーに舞いもどった。ジョニー――まったく罪がなく、疑惑と策略の網にはまるきり関係がないにもかかわらず、すべてのものが回転する軸こそ彼なのだ。モーティマーはその朝ディンズミード夫人が食事の席で、カップを皿にガチャンと取り落としたのを思い出した。彼女の気持ちを動揺させた原因はなんだったのだろう？　彼が何気なく少年の化学ずきを口にしたからだろうか？　そのときはディンズミード氏のことなど気にしていなかったが、彼が坐ったまま、カップを口へ持っていこうとした手を途中でとめてしまった光景が、今ははっきりと目に浮かんだ。

ゆうべ彼がドアをあけたときのシャーロットのことも、続いて思い出した。彼女はカップのふちからジッと彼を見つめたまま坐っていた。そしてそれに続いて、もう一つの記憶もよみがえってきた。ディンズミード氏は次々にカップの中身をあけて、「このお茶は冷たくなっちまった」と言った。

彼は立ちのぼる湯気を思い出した。つまりあのお茶はきっとそれほど冷めていなかったのではなかろうか？

彼の頭の中で何かがもぞもぞしだした。さほど以前のことではない……たぶん一月《ひとつき》たらず前に読んだものの記憶だ。一少年の不注意で一家じゅうが中毒をおこしたという記事だった。食料品貯蔵室に置き忘れた一包みの砒素が、下にあったパンの上にすっかりしたたり落ちてしまったのだ。彼はそれを新聞で読んだ。たぶんディンズミード氏も読んだにちがいない。

情況はだんだんはっきりしてきた……

三十分後モーティマー・クリーヴランドは元気よく立ちあがった。

家の中はまた夜だった。今夜は落としタマゴで、塩漬け豚肉の缶詰も出ている。しばらくして台所からディンズミード夫人が大きなティー・ポットを持って出てきた。家族の者たちは食卓をかこんだ。

「ゆうべとはうって変わったお天気ね」と夫人は窓のほうへちらっと目をやって言った。

「うん……今夜はピンが落ちる音でも聞こえるくらい静かだ。さあ、かあさん、ついでくれんか？」とディンズミード氏が言った。

夫人はカップに茶をついで、順々に渡した。が、ティー・ポットを置いたとたん、彼女はとつぜん小さな叫び声をあげて、片方の手で心臓をおさえた。ディンズミード氏は椅子に坐った体をくるっとまわして、彼女のおびえた目が見ているほうを見た。モーティマー・クリーヴランドが戸口に立っていたのだ。

彼は前へ出てきた。愛想はいいが、いかにもすまなそうな態度だ。

「どうもみなさんをびっくりさせてしまったようで。用事ができたので戻ってこなけりゃならなかったんです」

「用事ができたので戻った？」とディンズミード氏は叫んだ。彼の顔はまっ赤で、青すじを立てている。「どんな用事か言ってもらいたいな」

「お茶をすこし」とモーティマーは言った。

そしてすばやい手つきでポケットから何か取り出すと、テーブルからカップを一つ取りあげ、中身をすこし左手に持った小さな試験管にあけた。

「何を……何をする？」とディンズミードは息をはずませて言った。その顔色は白墨《ぼく》のように白くなったかと思うと、まるで魔法のように血の気を失って紫色になった。夫人はおびえた絹を裂くような悲鳴をあげた。

「あの新聞はお読みになったと思いますがね、ディンズミードさん？　読んだにちがいありません。家族全員が中毒にかかって、治った者もいるし死んだ者もいるという記事は、ときどき出ます。今度の場合は、一人だけ治らないはずだった。まず第一にあげられる死因は、あなた方が食べている塩漬け豚肉の缶詰ということになるでしょうが、もしその医者が疑いぶかい男で、缶詰説をあっさり納得しなかったらどうでしょうね？

お宅の食料品貯蔵室には砒素が一包みある。その下の棚にはお茶の包みがのっています。上の棚には都合よく穴もあいている……となると、砒素が偶然お茶の中にこぼれたのだろうと推測するのが何よりも自然じゃないでしょうか？　息子さんのジョニーは不注意のそしりをまぬがれないかもしれませんがね、それだけのことです」

「なんのことかわたしにはさっぱりわからん」とディンズミードが息をはずませて言った。

「おわかりのはずですがね」モーティマーは二つ目のカップを取りあげると、二本目の試験管をいっぱいにした。一方には赤いラベルを、もう一つには青いラベルを貼った。

「赤いラベルの方はシャーロットさんのカップから取ったのが入ってるし、青いラベルのにはマグダレンさんのが入ってます。これは断言してもいいと思いますが、前の方のにはあとのより四、五倍も多量の砒素が検出されるでしょうな」

「お前は狂ってる」とディンズミード。

「いいや！　とんでもない。わたしは狂ってなんかいません。ディンズミードさん、あなたは今日わたしにマグダレンは実の娘じゃないと言いましたね。あれは嘘です。マグダレンこそあなたの娘さんです。シャーロットはあなたが養女にした子供だ……が、その子は母親に瓜二つだったから、わたしも今日その母親の小さな肖像画を手にしたとき、それをこのシャーロットの肖像画だと勘ちがいしたくらいです。あなたは実の娘に財産を相続させようとした。が、あなたが実の娘に仕立てたシャーロットを、人目につかないようにすることは不可能かもしれないし、その母親を知ってる誰かが、二人の似通ってるほんとのわけを勘づくかもしれないので、あなたは決心した。そう……カップの底に白い砒素を一つまみ入れようとね」

ディンズミード夫人がとつぜんヒステリーをおこして体を前後にゆすりながら甲高い笑い声を立てた。そしてキーキー声で言った。「お茶だよって……そう彼が言ったんです……レモネードじゃなくお茶だって……」

「おとなしくできないのか？」と夫はカンカンに腹を立ててどなった。

モーティマーはテーブルの向こうからシャーロットが目をまるくして、感心したように彼を見ているのに気づいた。と、誰かが彼の腕に手をかけた――マグダレンは彼をみんなに話し声のとどかないところへ引っぱっていった。

彼女は試験管を指さして言った。「それで……父を。あなたはまさか……」

モーティマーは彼女の肩に手をかけた。

「お嬢さん……あなたは過去を信じないんでしたね。ぼくは信じますよ。この家の雰囲気だって信じてます。もしここに来なかったら、彼だってあるいは……あるいはとぼくは言いますがね……ああいう計画を思いつかなかったかもしれないんです。ぼくは今も……そしてこれからさきも、シャーロットを守るためにこの二本の試験管はしまっておきます。それ以外は……あなたさえよかったら……あのS・O・Sを書いた手に対するお礼として、ぼくは何もしないつもりですよ」

解説

評論家
風間賢二

1 ミステリと怪奇幻想

アガサ・クリスティーは、あらためてここに記すまでもなく、ミステリの分野では世界中に最も名の知れわたった作家である。

そのことは、処女作『スタイルズ荘の怪事件』(一九二〇年)以降、五十六年にわたる長い作家活動を通して執筆された八十冊あまりの作品の総発行部数が五億部以上に達すると言われていることからも明らかだ。また、本国イギリスでは、シェイクスピアよりも世界中に翻訳されている作家として国民的人気を誇っているらしい。

したがって、クリスティーが創造した特異な名探偵たち――エルキュール・ポアロやミス・マープル、パーカー・パイン、ベレズフォード夫妻などが快刀乱麻を断つがごとく、合理的精神にもとづいた鋭い人間観察と科学的知を駆使して解決する数多くの難事件の物語は、英国の内外を問わず、つとに知れわたっている。

しかし、驚異的な発行部数を誇り、世界中に愛読者のいるグローバルな人気を有するミステリ界の女王が超自然的恐怖や非合理的な出来事を語る怪奇幻想短篇の名手であったことは、意外にも知られていない。

本書『死の猟犬』（一九三三年）は、そうした合理と理知の裏側に潜む「もうひとつの世界」を描いた作品を主として収録し、本格ミステリとはまた一味ちがう怪奇幻想作家クリスティーの才筆ぶりが堪能できる作品集となっている。ちなみに、彼女の短篇集は、『ポアロ登場』（一九二四年）以降、生涯にわたって十五冊刊行されているが、本書はそのうちの五冊目にあたる。

ところで、合理的精神や理性が勝利するミステリと非合理や不条理が最後に笑う怪奇幻想とは、一見したところ水と油のようだが、実は、同じ穴のムジナといってよい。

といっても、そもそもミステリとは、霊的なものや実体のない不可視のものを知的に探索する形而上学的な用語であり、あるいはそれ以前に、多くの欧米人にとっては神学上の〝神秘的な〟ものを指すといったことから始めて、怪奇幻想における超自然的な要素との関係を語り起こしてゆくのも、重要でおもしろい考察となりそうだが、一般の読者にはどうでもいい退屈で鼻白むだけの話題なので、この場では、娯楽小説史の文脈で、ミステリと怪奇幻想との関係に軽く触れておくだけにしよう。

怪奇幻想やホラー小説の愛読者にとっては常識のことだが、それらのジャンルの母胎となったのが十八世紀英国で誕生したゴシックロマンスである。その鼻祖がホレス・ウォルポールの『オトラント城』（一七六四年）だ。悪魔や幽霊が跋扈し、残虐非道な悪漢が活躍する恐怖と戦慄の暗黒小説たるゴシックロマンスは、十八世紀末に全盛期を迎え、一八二〇年代には衰退したが、この分野の超人気作家がラドクリフ夫人だった。

彼女の作品の人気は、物語が女性好みの感傷的なラヴロマンス仕立てであったこと、および従来のゴシックロマンスが、いわば非合理の専制であり、悪の勝利を謳いがちであったところを、超自然現象や怪異な出来事を物語の最後に合理的に解釈・説明してしまうところにあった。わけのわからぬ曖昧で不確かな非合理を叡智と理性で合理的に謎解きをしてしまうわけだ。ようするに、不定形のものに形を与え、闇に光を、混沌に秩序をもたらす物語。これは、まさにミステリの原型である。

ミステリのプロット作りの定型を築くのに一役買ったラドクリフ夫人の代表作『ユードルフォーの秘密』（一七九四年）と同じ年、社会思想家・作家（そして、『フランケンシュタイン』の作者メアリー・シェリーの父親でもある）ウィリアム・ゴドウィンによって、これまたゴシックロマンスの傑作のひとつといわれている『ケイレブ・ウィリアムズ』が刊行されている。こちらはサスペンス・タッチの社会派ミステリの嚆矢と言われている。

古巣はゴシックロマンスなのだ、ミステリと怪奇幻想は。冒頭に怪異で不可解な出来事が起こり、それが全体を影のように覆いながら物語を進行させてゆく。そして神秘＝謎を合理で解釈して物語の輪を閉じればミステリとなり、逆にすべてを人知の及ばぬ非合理に委ねて物語の輪を開いたままにすれば怪奇幻想となる。

ミステリの枠組みの中に怪奇幻想色（というかゴシックロマンス）が濃厚な作品として、ニコラス・ブレイクの『雪だるまの殺人』（一九四一年）やエドマンド・クリスピンの『金蝿』（一九四四年）、あるいはマイケル・イネスのアプルビイ警部もの『APPLEBY'S END』（一九四五年）がある。そうしたマニアックな作品を持ち出さなくとも、ミステリ・ファンにはジョン・ディクスン・カーの作品群を、怪奇幻想愛好家にはアルジャノン・ブラックウッドの「ジョン・サイレンスもの」やウィリアム・ホープ・ホジスンの「カーナッキもの」などの、いわゆる〈オカルト探偵〉、〈サイキック・ディテクティヴ〉シリーズを例にあげれば、ミステリと怪奇幻想の近親相姦的関係は明白だろう。

クリスティーやカーが活躍した一九二〇年代から三〇年代にかけてのミステリ黄金時代には、とりわけそのジャンルにおける怪奇幻想味（ホラー的要素）が濃厚だった。たとえば、クリスティーの本格ミステリ作品に限っても、長篇では、黒魔術や妖術をあつかった『殺人は容易だ』（一九三九年）があり、短篇では、古代ミイラの呪いを素材にした「エジプト墳墓の謎」（一九二四年『ポアロ登場』所収）がつとに知られている。また、彼女の後期の長篇では、『蒼ざめた馬』（一九六一年）と『ハロウィーン・パーティ』（一九六九年）がオカルト色やホラー色が強い。

クリスティーの創造した不朽のキャラクター、ポアロやミス・マープルに比べると、いささか影が薄いが、一際異彩を放っている奇妙な探偵ということで、彼らふたりより印象の強い人物がハーリ・クィン氏である。幼少の頃、クリスティーはイタリアのコメディア・デ・ラルテの道化師《ハーレークィン》に夢中になっていたことがあり、クィン氏はその魔術と想像力が一体となって顕在化したキャラクターとして創案されており、彼の登場する「恋愛がらみの悲劇の謎」の数々は、すべて怪奇幻想ものとして読むことができる。ちなみに、時空を超越した神秘的なクィン氏の活躍は、第三短篇集『謎のクィン氏』（一九三〇年）にまとめられている。

ここであらためてクリスティーの生まれた年号に注目してみよう。一八九〇年である。続いて、彼女が『スタイルズ荘の怪事件』で長篇デビューを果たした一九二〇年を想起しよう。この間の三十年は、モダンな怪奇幻想小説――英国正調ゴースト・ストーリーの黄金時代であった。

たとえばこの時期、十九世紀半ばに英国産怪奇幻想小説に新たな道を切り開いたレ・ファニュの伝統を引き継ぎ、怪談の精髄は巧妙な語り口と雰囲気にありと喝破したM・R・ジェイムズ、人間よりも自然の神秘を探求してオカルト色濃厚な作品を創作しつづけたアルジャノン・ブラックウッド、世紀末の憂鬱と退廃、そして神秘思想を作品に結晶させたアーサー・マッケンといった二十世紀三大怪奇幻想作家を輩出したばかりか、海洋奇談とコズミックな恐怖を得意としたウィリアム・ホープ・ホジスン、露骨でグラフィックな描写に新機軸をもたらしたE・F・ベンスンなどが活躍している。

おもしろいのは、英国正調ゴースト・ストーリーの黄金時代の初期に、ゴシックロマンスの最後の傑作といわれるブラム・ストーカーの『吸血鬼ドラキュラ』(一八九七年)が刊行され、その翌年にモダンホラーの幕開けを告げるヘンリー・ジェイムズの『ねじの回転』(一八九八年)が登場していること。前者の「外界の恐怖」から後者の「内なる戦慄」へ、怪奇幻想のモードは、そのように変換していくわけだ。そして、世紀が明けてすぐに、ジョゼフ・コンラッドが『闇の奥』（一九〇二年）を発表して、〝まったくの恐怖そのもの〟を見事に活写し、恐怖を人間存在にかかわる哲学的命題にまで引き上げた。

話を一九二〇年代にまで広げよう。というのも、本書『死の猟犬』の刊行は一九三三年だが、収録作品の大方は二〇年代に執筆されたと思われるからだ。

ゴースト・ストーリーは、現実の恐怖——第一次世界大戦を経ることで、いささか人気を失うが、それがゆえ、少数の優れた作家によって、さらに語り＝騙りの技巧に磨きがかけられることになる。たとえば、ヘンリー・ジェイムズの衣鉢を継ぐウォルター・デ・ラ・メアを筆頭に、ラドヤード・キプリング、H・R・ウェイクフィールド、ジョン・メトカーフ、エリザベス・ボウエンなどが日常生活に深く根ざした恐怖の源泉を入念に考案された叙述と朦朧とした雰囲気で語った。

つまり、本書に収録されている短篇は、時代背景からみれば、英国正調ゴースト・ストーリーの黄金時代の影響下に執筆されたものばかりであるということだ。

2　精神分析学と心霊主義

本書を通読して、おそらく最初に気づくことは、ほとんどの作品に精神科医が登場していることだろう。続いて、交霊会や女霊媒師についての記述が多いこと。この二点、本書をより深く堪能するために重要なことと思われるので、少し触れておきたい。

実を言うと、そのことに関しては、すでに高山宏氏が推理小説を文化史的観点から読み直した刺激的で優れた論集『殺す・集める・読む　推理小説特殊講義』（二〇〇二年）所収の「探偵と霊媒」で詳細に考察している。したがって、ここでは屋上屋を架すことになりかねないが、しばらくつきあっていただきたい。

クリスティーが登場し、本書が刊行された一九二〇年代から三〇年代は、すでに述べたように本格ミステリの黄金時代であったわけだが、同時にモダニズムの全盛期でもあった。作家・芸術家であろうと哲学・思想家であろうと、モダニストたちの最大の関心事は、明らかにすること、暴露すること、解読すること、読み解くことにあった。彼らの世界観によれば、物事には裏があること――現象の背後に、中に、奥に、下に隠された真実が、解かれるべき秘密の鍵があるのだ。

かくて、モダニストたちはこぞって、支離滅裂なものを首尾一貫としたものに、不明瞭なものを明確に、語り得ぬものを語ることで、世界に調和と秩序をもたらし、理解可能なものにしようとした。つまり、彼らはみな、世界という謎に立ち向かう探偵であり、不可解な現象という病の内部・下部に遠く隠れ潜んでいる真理という原因を診断する医師であることを目指していたのである。こうした探偵＝医師としてのモダニストの代表がフロイトだった。

ちなみに、十九世紀末、ヴェルヌやドイル、あるいはハガードに代表される地底探検ものや秘境冒険ものがなぜ人気を博したのか、あるいは考古学がブームとなったのか（クリスティーの二番目の夫も考古学者だ！）、クラフト＝エヴィングやハヴロック・エリスの性科学が台頭してきたのか、そして、いかなる理由からマルクスは、経験的な現実は混沌もしくは幻影であり、巨大なパズルのピースでしかなく、存在の真理は社会経済的な構造を探査することによってのみ求められると結論づけることになったのか。すべてはモダニズムの「内部」や「下部」を志向する精神の賜物なのだ。

エルンスト・ブロッホが、「探偵小説の哲学的考察」で語っていることは、見事にそのままモダニズム精神の表明となっている。

「第一に謎解きの緊張がある。これが、さなきだに探偵的なものとして、第二に、往々にしてそこからきわめて重要なものが体験される裏面性という特殊なアクセントをともないつつ、仮面剝奪、すなわち暴露を指し示す。暴露は第三に、事件の物語られなかった部分、物語以前のものからはじめて解き明かされるはずの事件の経過へと立ちいたる。この第三のものが探偵小説のもっとも鮮明な特徴で、これが探偵小説を、探偵とはほとんど無関係にといえるほど、かけがえのないものとするのだ。(中略)ある犯行、がいして殺人の惨劇が発端以前におこなわれている。他の物語形式なら、例外なく、行為も犯行も終始眼の前の読者の面前で展開される。ここでは逆に、読者はある犯行の、ことのほか手際よくさばいたとはいえ、陽の目を見ることをおそれる犯行の現場には立ち会っていなかったので、くだんの犯行は物語の背後にひそみ、やがて白日下にさらされなければならず、この闡明(せんめい)そのものが、そしてひたすらそれのみが、テーマなのである。この暗黒裡に起こったものは伏線のなかでさえ描写されない。発掘作業、すなわち原型復元を可能にしてくれる間接証拠を通じてでなければ、そもそもそれは描写することができないからである」(種村季弘訳)

「仮面剝奪、すなわち暴露」と「発掘作業、すなわち原型復元」こそ、まさにフロイトがブロイアーとの共著『ヒステリー研究』(一八九五年)のときから試みている探偵行為にほかならない。翌年、フロイトは精神分析という言葉を初めて用い、一九〇〇年には、『夢判断』を刊行し、自らの精神分析学発祥の年としている。もちろん、『夢判断』も夢というテキスト（事件）を読み解き（謎の解明）、隠された意味を発掘する（真実の暴露）探偵物語として機能しているのだが、迫真のドラマとして、そして〝超一級の探偵小説〟として決定的だったのが、一九〇四年に行なわれた初めてのヒステリー症例研究「十八歳の少女ドーラの場合」である。

一九一〇年には、国際精神分析学会が創設され、当初はスキャンダラスな学説に嘲笑と侮蔑の言葉を投げかけられていたフロイトも時代の寵児となっていた。いわば猫も杓子もにわか精神分析医となり、誰もが日常生活の中で名探偵を気取ってみせた。

そんなモダニズム風土において、ミステリの黄金期が招来されるのは時間の問題であったわけだし、ブームが到来した暁には、精神分析医が探偵的であったように、探偵が精神分析医的（本書の場合では、多くの作品にそのものずばりの主要キャラクターのひとりとして登場する）となるのも必然であったろう。

精神分析学が登場するまでは、心の問題はもっぱら心理学が担当していたわけだが、実のところ二十世紀初頭まで、心理学は正確な学問的区分さえなかった。したがって門外漢の一般大衆にとっては、心理学は心霊主義《スピリチュアリズム》の同義語と見なされていたのである。

では、その心霊主義とは何か？

一八四八年のニューヨーク州ハイズビルの村に越してきたフォックス家の若い姉妹が、彼らの家にかつて住んでいて殺害された男の霊との交信に成功した事件が発端となっている。このニュースが広まるにつれて、自分も霊と交信できるという〝若い女性〟が各地に続々と出現。かくて、〝死後における生の存続〟、あるいは〈死後の世界〉＝〈霊界〉の存在が証明されたとばかりに、人々は熱狂的にスピリチュアリズムにのめりこみ、それは新たな実証的・科学的な宗教としてカルトなブームを巻き起こした。そして、死後の世界からメッセージを受け取ったり、死者とのコミュニケーションを行なったりする場が交霊会である。そこでは、かならず死者と生者との交信の仲介をする霊媒（多くが若い美女だった）が必要とされた。

心霊主義運動の一大ブームは、一八五二年に英国にも飛び火し、たちまち追従者を得て、当時の一般大衆はもとより、聖職者、政治家、法律家、文人、芸術家、科学者、大学教授、医者といった教養と見識のある人々までが積極的に興味を抱き、いたるところで交霊会が開催された。そして、一八六〇年代には各地に心霊主義協会が雨後の筍のように設立され、一八八二年には、〈死後の世界〉や〈霊魂〉の存在を実験研究する心霊研究協会まで創立されている。

その心霊研究では、単に霊の実在を実験と観察で調査するだけではなく、透視能力、予知能力、読心術、テレパシー、念動力、多重人格、体外遊離体験、憑依、自動筆記、ポルターガイスト、エクトプラズマの物質化など、いわば交霊会で多々見られる奇怪な現象の数々の歴史と事例の情報蒐集にも余念がなかった。おかげで、のちの超心理学を準備することにもなる。また、心霊研究は、世紀末ヴィクトリア朝の〈黄金の暁教団〉や二十世紀初頭エドワード朝の〈神智学協会〉といったオカルティズムへの多大な関心と人気、その結果、数々のオカルト結社の成功をも生み出すことになる。

英国における心霊主義のブームは二度あり、一度目は世紀末で、二度目は第一次世界大戦後であった。もちろんクリスティーは、二度にわたるブームをじかに見聞したわけだ。そして、当時世間を席捲した心霊主義の熱狂が本書では、「死の猟犬」が念動力、「赤信号」が予知能力、「第四の男」が多重人格、「ジプシー」が透視能力、「ランプ」が幽霊屋敷と死後の生、「ラジオ」が霊との交信、「青い壺の謎」がテレパシー、「アーサー・カーマイクル卿の奇妙な事件」が憑依現象、「最後の降霊会」がまさに交霊会そのものの不思議と怪異を語ることで再現されている。

死後の世界と霊の実在を交霊会で証明してみせる心霊主義ブームが英国正調ゴースト・ストーリーの隆盛を招来する役割の一端を担っていたことはいうまでもないだろう。

また、英国妖精物語の黄金時代がゴースト・ストーリーのそれとパラレルであるのも、実は心霊主義の台頭のおかげだ。なにしろ、妖精は太古から死者の霊とみなされており、したがって妖精の国とは、霊界にほかならないのだから。ゆえに、コナン・ドイルは晩年に心霊主義にのめり込むと同時に、あれほど妖精写真にも御執心だったのである。

自身は医師であり、そして合理と理性の権化のような名探偵シャーロック・ホームズを生み出したコナン・ドイルが、なぜ非合理（と思われる）な霊魂や妖精の世界に惹かれていったのか。思うに、心霊主義も実は、曖昧なものや不確実なもの、語り得ぬもの、不可視なもの――混沌と謎を明確なものや確実なもの、言語に置き換えることのできるもの、目に見えるもの――秩序と解明へ変換するというモダニズム精神の世界観と重なり合っていたのではないだろうか。

コナン・ドイルが信奉した心霊主義や妖精写真をペテンや紛い物として糾弾したのが、世紀の大奇術師ハリー・フーディニーだった。なるほど、心霊主義がブームとなり、それが金になることに気づいた狡猾な興行師によって、交霊会は見世物化してゆき、かなりの割合でトリックを使ったマジック・ショーとなっていったことは事実である。本書収録作の中にも、そうした詐欺師が登場する大ドンデン返しの短篇がある。また、これは余談だが、心霊主義と霊媒がらみの犯罪を扱った作品として、最近の収穫に、サラ・

ウォーターズの長篇『半身』（一九九九年）がある。本書と合わせて一読するのも一興だろう。

それにしても、なぜフーディニーは霊媒師たちの能力を目くじら立てて詐称呼ばわりしたのか。

中世から十七世紀に至るまで奇術師は、実際に超自然的能力を持つと考えられていた。奇術師の別称が、霊を呼び出す人（Conjurer）、妖術師（Sorcerer）、魅惑者（Charmer）であったことからもわかるように、彼らは巧妙なトリックを使用する以上の能力者であることを意味していた。ところが、十九世紀になると、奇術師から宗教的・神秘的な色合いは失せてしまう。単なる芸人としての手品師となってしまったわけだ。そこにかつての宗教的・神秘的色彩の濃厚な魔術師《マジシャン》が登場した。すなわち、交霊会ショーの霊媒師である。しかも、その大方がほんの小娘だ。必死に頭をひねって独自のトリックを考案し、長い歳月修練して芸を身につけたフーディニーが嫉妬し激怒するのも当然のことだったろう。

しかし、今日の目から見れば、「仮面剥奪、すなわち暴露」しようとする奇術師〝探偵〟フーディニーも、見たり聞いたり触れたりできない〈もうひとつの世界〉を「発掘作業、すなわち原型復元」する霊媒師も同じ穴のムジナ、すなわちモダニズム精神の申し子たちだったといえるだろう。

ある意味では、クリスティーの創造した謎の探偵クィン氏は、かつての本来の意味合いにおける奇術師《マジシャン》、あるいは霊媒師的なフーディニーである。なにしろ彼は、超自然的な存在（非合理）でありながら不可解な謎を解明（合理化）するのだから。しかもクィン氏は、自らはまったく動かずに、他人に指示を与えて事件を解決する。まさに真相を告げるための媒体《メディア》――霊媒《メディア》なのである。ひょっとすると、「恋愛がらみの悲劇の謎」を解く彼は、「愛の天使《メディア》」でさえあるのかも知れない。

合理と非合理がせめぎあう、いわば曖昧と両義性を体現して見せているのが探偵道化師《ハーリ・クイン》氏なのだが、そのキャラクターの特異性を物語レベルで語ってみせたのが、本書収録の一連の作品といえる。合理か非合理か？　本書には、いわばマリック的な魅惑に満ちた作品が大半を占めているが、なかにはマギー司郎・審司師弟ふうのネタばらし的落ちのある作品もあり、それがまた土俵際のウッチャリを食らったような驚きを読者にもたらしてくれる。

なお、全十二篇のうち、「検察側の証人」は、のちに同名タイトルでクリスティー自身が戯曲化（一九五四年）し、ビリー・ワイルダー監督が《情婦》（一九五七年）として映画化している。怪奇幻想色の濃厚な本書にあって、この短篇だけが純然たる法廷ものミステリである。

名探偵の宝庫

〈短篇集〉

クリスティーは、処女短篇集『ポアロ登場』（一九二三）を発表以来、長篇だけでなく数々の名短篇も発表し、二十冊もの短篇集を発表した。ここでもエルキュール・ポアロとミス・マープルは名探偵ぶりを発揮する。ギリシャ神話を題材にとり、英雄ヘラクレスのごとく難事件に挑むポアロを描いた『ヘラクレスの冒険』（一九四七）や、毎週火曜日に様々な人が例会に集まり各人が体験した奇怪な事件を語り推理しあうという趣向のマープルものの『火曜クラブ』（一九三二）は有名。トミー&タペンスの『おしどり探偵』（一九二九）も多くのファンから愛されている作品。

また、クリスティー作品には、短篇にしか登場しない名探偵がいる。心の専門医の異名を持ち、大きな体、禿頭、度の強い眼鏡が特徴の身上相談探偵パーカー・パイン（『パーカー・パイン登場』一九三四　など）は、官庁で統計収集の事務を行なっていたため、その優れた分類能力で事件を追う。また同じく、ハーリ・クィンも短篇だけに登場する。心理的・幻想的な探偵譚を収めた『謎のクィン氏』（一九三〇）などで活躍する。その名は「道化役者」の意味で、まさに変幻自在、現われてはいつのまにか消え去る神秘的不可思議的な存在として描かれている。恋愛問題が絡んだ事件を得意とするというユニークな特徴をもっている。

ポアロものとミス・マープルものの両方が収められた『クリスマス・プディングの冒険』（一九六〇）や、いわゆる名探偵が登場しない『リスタデール卿の謎』（一九三四）や『死の猟犬』（一九三三）も高い評価を得ている。

51 ポアロ登場
52 おしどり探偵
53 謎のクィン氏
54 火曜クラブ
55 死の猟犬
56 リスタデール卿の謎
57 パーカー・パイン登場
58 死人の鏡
59 黄色いアイリス
60 ヘラクレスの冒険
61 愛の探偵たち
62 教会で死んだ男
63 クリスマス・プディングの冒険
64 マン島の黄金

灰色の脳細胞と異名をとる

〈名探偵ポアロ〉シリーズ

本名エルキュール・ポアロ。イギリスの私立探偵。元ベルギー警察の捜査員。卵形の顔とぴんとたった口髭が特徴の小柄なベルギー人で、「灰色の脳細胞」を駆使し、難事件に挑む。『スタイルズ荘の怪事件』（一九二〇）に初登場し、友人のヘイスティングズ大尉とともに事件を追う。フェアかアンフェアかとミステリ・ファンのあいだで議論が巻き起こった『アクロイド殺し』（一九二六）、イニシャルのＡＢＣ順に殺人事件が起きる奇怪なストーリーが話題をよんだ『ＡＢＣ殺人事件』（一九三六）、閉ざされた船上での殺人事件を巧みに描いた『ナイルに死す』（一九三七）など多くの作品で活躍し、最後の登場になる『カーテン』（一九七五）まで活躍した。イギリスだけでなく、イラク、フランス、イタリアなど各地で起きた事件にも挑んだ。

映像化作品では、アルバート・フィニー（映画《オリエント急行殺人事件》）、ピーター・ユスチノフ（映画《ナイル殺人事件》）、デビッド・スーシェ（ＴＶシリーズ）らがポアロを演じ、人気を博している。

好奇心旺盛な老婦人探偵

〈ミス・マープル〉シリーズ

本名ジェーン・マープル。イギリスの素人探偵。ロンドンから一時間ほどのところにあるセント・メアリ・ミードという村に住んでいる、色白で上品な雰囲気を漂わせる編み物好きの老婦人。村の人々を観察するのが好きで、そのうちに直感力と観察力が発達してしまい、警察も手をやくような難事件を解決するまでになった。新聞の情報に目をくばり、村のゴシップに聞き耳をたて、それらを総合して事件の謎を解いてゆく。家にいながら、あるいは椅子に座りながらゆったりと推理を繰り広げることが多いが、敵に襲われるのもいとわず、みずから危険に飛び込んでいく行動的な面ももつ。

長篇初登場は『牧師館の殺人』（一九三〇）。「殺人をお知らせ申し上げます」という衝撃的な文章が新聞にのり、ミス・マープルがその謎に挑む『予告殺人』（一九五〇）や、その他にも、連作短篇形式をとりミステリ・ファンに高い評価を得ている『火曜クラブ』（一九三二）、『カリブ海の秘密』（一九六四）とその続篇『復讐の女神』（一九七一）などに登場し、最終作『スリーピング・マーダー』（一九七六）まで、息長く活躍した。

35 牧師館の殺人
36 書斎の死体
37 動く指
38 予告殺人
39 魔術の殺人
40 ポケットにライ麦を
41 パディントン発4時50分
42 鏡は横にひび割れて
43 カリブ海の秘密
44 バートラム・ホテルにて
45 復讐の女神
46 スリーピング・マーダー

訳者略歴　1934年京都大学英文科卒，1991年没，実践女子大学名誉教授，英米文学翻訳家　訳書『レッド・ドラゴン』ハリス（以上早川書房刊）他多数

死《し》の猟犬《りようけん》

〈クリスティー文庫55〉

二〇〇四年二月十五日　発行
二〇二〇年一月十五日　四刷

（定価はカバーに表示してあります）

著者　アガサ・クリスティー
訳者　小《お》倉《ぐら》多《た》加《か》志《し》
発行者　早川　浩
発行所　株式会社　早川書房

東京都千代田区神田多町二ノ二　郵便番号一〇一‐〇〇四六
電話　〇三‐三二五二‐三一一一
振替　〇〇一六〇‐三‐四七七九九
https://www.hayakawa-online.co.jp

乱丁・落丁本は小社制作部宛お送り下さい。
送料小社負担にてお取りかえいたします。

印刷・三松堂株式会社　製本・株式会社フォーネット社
Printed and bound in Japan
ISBN978-4-15-130055-4 C0197

本書は活字が大きく読みやすい〈トールサイズ〉です。